희망의 단비를 맞으며

희망의
단비를 맞으며

스위스 대사관을
그만두고
4남매의 오너가 된 여자

김용희(설영)

좋은땅

프롤로그

화가가 생각을 그림으로 표현하듯이 저도 생각을 글로 표현하는 것을 좋아했습니다. 중학교에 들어가 작문 시간에 제 차례가 되어 쓴 글을 갖고 나와서 읽었습니다. 저는 외갓집에 놀러가 외사촌 동생들과 썰매를 타다 얼음이 녹아 개울에 빠졌던 이야기를 썼습니다.

흙탕물을 뒤집어쓰고 들어온 저를 보시고 외할머니는 충청도 분들이 대수롭지 않게 쓰는 "잘했다 이년아!"라고 하셨습니다. 저는 그것을 아무렇지도 않게 써서 읽었습니다. 친구들은 까르르 웃음이 터졌고 선생님은 무릎을 치시며

"맞았어, 이거야. 이렇게 솔직하게 쓰는 게 글이란다." 하시며 A+를 주셨습니다. 작문 선생님은 김영삼 씨인데 그 당시 알아주는 시인이셨습니다.

나는 일기 쓰는 것을 좋아해서 대학교에 들어가 일기를 꾸준히 썼고 동생은 내가 스위스에 가고 없는 동안 언니 일기가 재미있어서 심심하면 읽었다고 했지요. 아쉽게도 친정에서 이사를 하며 없어지고 말았습니다.

주제가 떠오르면 앉아서 글을 썼고 혼자서 명상하는 게 취미였습니다. 편지 쓰기를 좋아해 내가 스위스에 가 있는 동안 매주 일기 쓰듯 편지를 써서 부모님께 보냈고 온 가족이 둘러 앉아 편지를 읽는 게 기쁨이라 하셨습니다.

그 편지가 장롱 한 칸에 가득해 어머니는 책으로 냈으면 좋겠다 하셨지요. 시간이 지나 없어졌지만 지금이라도 지나온 몇십 년의 일을 글로 써서 후손들에게 전할 수 있다는 게 감사한 마음입니다. 젊은 사람들에게는 옛날이야기로 들릴 것입니다. '오징어게임'처럼 우리나라의 지나온 70년의 급변한 이야기들이 곳곳에 담겨 있습니다.

올 1월에 한국에 있는 아들, 딸이 칠순 잔치를 멋지게 해 주어 감사했고 미국에 있는 두 딸이 보내 준 축하금으로 책을 내야겠다고 생각했습니다.

내가 70년 동안 살아오며 행복한 시간도 많았지만 내가 살던 곳과 전혀 다른 환경으로 시집을 와서 대가족 안에서 30년 동안 적응해 살아가는 게 가장 힘든 시간이었습니다.

지금은 인생의 가장 행복한 황금기를 보내고 있습니다.

이 책의 제목을 무엇으로 할까 고민하며 내 책을 읽는 모든 사람들이 행복하기를 바라는 마음으로 《희망의 단비를 맞으며》로 정했습니다.

지금은 돌아가셨지만 우선 저를 희생으로 곱게 키워 주신 부모님께 감사드립니다. 덕분에 남들이 경험하지 못하는 꿈에 그리는 스위스에서 학업과 직장을 공유하며 날개를 달은 양 꿈을 펼치고 살았습니다.

그 후 대가족의 며느리로 시집와 인내하며 살아온 저에게 시어머니께서 돌아가시기 전 수술에서 깨어나셔서 "애미야 어떻게 살았니, 고맙다."라며 제 손을 잡아 주셨지요. 그 안에 모든 것이 담겨 있었고 30여 년 고락을 같이한 시어머니와 이별을 하였습니다.

남들은 하나둘씩 애를 낳는 때에 4명을 낳고 큰딸 은정이와 같은 엄친딸만 낳았더라면 어려움을 몰랐을 텐데, 각각 다른 4명의 개성을 살려 키우는 것이 큰일이었습니다.

미국 정부에서 장학금 받으며 스탠포드 대학원에서 환경공학 박사학위를 받은 큰딸, 모든 것을 스스로 착실하게 하는 믿음직한 큰딸이지요.

미모로 가는 곳을 밝혀 주었던 플루티스트 둘째 딸, 디자이너로 신세계인터내셔널에서 일하다 예쁜 딸을 낳고 육아에 전념하며 행복해하고 있지요.

미국 피바디음대에서 피아노 석사학위 취득 후 다시 공부해 치과의사가 된 막내딸, 음대생이 NYU 치과대학병원에서 레지던트를 하는 이변도 있게 됐습니다.

삼성전자에 다니고 있는 아들 이장환, 막내지만 항상 엄마 아버지의 든든한 후원자. 조언을 아끼지 않는 아들이지요. 수영을 시작한 지 1년 만에 전국대회를 휩쓸고 동아일보사에서 주최한 동아대회에서 금메달을 따고 학교 다닐 때는 왕따 당하는 친구 편에서 도와줄 줄 아는 아들이었지요.

내가 힘들었을 때 나에게 주신 4남매가 희망이었고 하나님의 은혜
로 잘 성장해 주었습니다.

자녀는 하나님이 주신 큰 기업이다 생각하고 아이들과 남편이 집
에 있을 때는 특별한 일이 아니고서는 외출을 삼가 했습니다. 엄마와
아내가 맞이하는 집, 그것이 가족들에게 '편안한 안식처'가 되었던 것
같습니다.

우리 집에는 거짓말이 필요 없었고 무슨 일이건 편하게 말할 수 있
게 해 주었습니다. 우리 애들도 어느 가정의 애들과 마찬가지로 특별
하다고 생각하지 않았습니다. 아이들 책가방이나 핸드폰 한번 뒤져
본 적이 없습니다. 부모의 믿음이 아이들에게 성실한 마음을 스스로
갖게 해 주었던 것 같습니다.

부모는 자식들이 어떠한 일을 갖고 와도 놀라지 않고 포용하는 열
린 마음을 갖고 있어야 한다고 생각합니다. 엄마에게 말함으로 모든
것이 해결되고 걱정이 눈 녹듯이 사라지게 도와주었습니다. 내가 가장
좋아하는 찬송가 〈너 근심 걱정 말아라〉를 항상 마음에 새겼습니다.

나는 자식이 있기 때문에 항상 기도하며 겸손한 마음으로 살려고
노력합니다.

후반부 53개 에피소드에 담겨 있는 글들은 흥미를 더해줄 것입니

다. 뒷부분 에피소드를 먼저 읽어도 좋을 것 같습니다. 지금까지 담아 두었던 것을 처음 공개하는 글들도 있습니다.

주 스위스 한국대사관과 주한 스위스 대사관에 근무하며 느꼈던 경험담도 소개했습니다.

또 제가 1976년도 당시 세계 1위의 살기 좋은 나라 스위스에 처음 도착해서 한국인으로 가졌던 자부심과 우리나라가 스위스 사람보다 떨어질 것이 없는데 행복지수가 OECD 국가 중에 꼴찌라는데 안타까움을 갖고 나름 느낀 점을 이 책 속에 많이 표현했습니다. 친절하고 소박한 스위스 사람들처럼 행복지수가 높았으면 좋겠다는 생각이 들었습니다.

이 글을 통해 다시 한번 저를 사랑과 희생으로 키워 주신 부모님께 존경의 마음을 드리고, 4남매를 키우는 데 고락을 같이 하시며 저에게 힘이 되어 주셨던 시어머니께 감사를 드립니다.

또한 나의 소중한 남편 이인학 박사, 권사님 당신을 만난 것은 하나님의 축복이라 생각합니다. 당신 앞에 서면 내가 당당해지는 것은 항상 나를 배려하고 편안함을 주었기 때문이라 생각합니다. 처음엔 남의 편처럼 느꼈는데 이제는 내 편이 되어 주어 고마운 마음입니다.

엄마 아빠의 보석 같은 4남매 항상 겸손한 마음으로 이 세상의 빛이 되기를 바란다.

제 책을 보시고 인생에 조금이라도 도움이 됐으면 해서 모든 것을 사실대로 솔직히 담아 보았습니다.

목차

나의 남편

스위스에서 있었던 이야기

II. 에피소드

III. 오늘의 즐거운 이야기

I

나를 있게 한 순간들

어린 시절

태어난 배경

전쟁의 격동기를 지나고 평온을 찾을 무렵인 1954년 서울 돈암동에서 여자아이가 태어났다. 광산김씨 김환수, 성주도씨 도기선의 둘째 딸이었다. 다소 섭섭한 감은 있었지만 성격이 온순하여 주위 사람들에게 귀여움을 많이 받았다.

그때는 전쟁직후로 열악한 시절이라 물자가 풍부하지 않았다. 귀여움은 받았지만 새로운 물건이 나올 때마다 차지는 언니였다. 언니가 입다 작아지면 둘째가 받아 입는 시절이었다. 나도 새로운 것을 갖고 싶었던 이때의 서러움으로 훗날 우리 딸들에게 내려 입는 것은 덤이고 살 때는 공평하게 사 주는 인심 좋은 엄마가 되었는지 모른다.

언니는 첫째라 모든 것을 스스로 할 틈이 없이 대가족의 모든 분들이 나서서 다 해 주었다. 나는 누구에게 해 달라하기보다 혼자서 연필을 깎고 옷의 뜯어진 곳을 스스로 꿰매곤 했다. 엄마나 일하는 언니에게 부탁하기보다 혼자 알아서 하는 것을 좋아했다. 엄마는 나의 모습을 보고 신기하게 여기시며 칭찬을 해 주셨다.

하지만 나는 가끔 어른들이 말씀하시는 주위 온 딸이 아닌가 생각한 적도 있었다. 1남 4녀의 둘째로 태어나 이때부터 자립심이 강한 성격으로 자란 것 같다.

어려서부터 노래하는 것을 좋아하고 제법 목소리도 좋아 그 당시 서울문리대 다니는 삼촌은 나에게 동요보다는 본인이 즐겨 부르던 우리 가곡과 외국 가곡을 가르쳐 주곤 하셨다. 중·고등학교 음악 책에 나오는 곡들을 뜻도 모르고 외우며 따라 했다. 〈돌아오라 소렌토로〉 등을 낭랑한 목소리로 부르니 어른들께선 기뻐하며 칭찬해 주셨다.

노래하는 것이 기쁨이었고 어디를 가나 음악 책만 보면 집이 떠나가게 노래를 부르곤 했다. 문간방에 세 들어 사는 고모 집에 가서도 사촌 오빠 고등학교 음악 책을 꺼내 아는 노래 한 권을 다 부르고 나오는 괴짜였다. 주인이 시끄럽다 안 한 것이 고마울 뿐이다.

아버지는 공무원이셨고 어머니는 교육열이 강하신 분이었다. 우리는 성북동에 살 때 혜화국민학교를 다니며 나와 언니는 고모 집에서 잠시 살아야 했다. 우리를 떼 놓고 가시는 어머니의 뒷모습을 보며 눈물을 삼키곤 했다.

고종사촌 언니는 5학년이었고 나는 1학년이었다. 언니는 나에게 수업이 끝나면 언니 교실로 오라고 한다. 내가 언니 교실 앞에서 기다리면 언니 반 친구들이 우루루 몰려와 "아이 귀여워 네가 경원이 동생이니." 하며 모여든다. 나는 언니들이 몰려오는 게 너무 싫었다. 그날도 언니를 복도에서 기다리는데 한 언니가 그냥 지나치지 않고 "네가 경원이 동생이지?" 또 그러는 것이다. 나는 조그맣게 "오냐." 하고 대답했다. 그 언니가 얼마나 놀랐을까 지금 생각해도 내가 얄미워진다.

본의 아닌 말이라 아직까지도 반성을 하고 있다. 그 인기가 뭔지~

우리 국민학교 때는 중학교 입시가 있어서 5, 6학년만 되면 공부하느라 아버지 얼굴을 볼 틈도 없었다. 밤늦게까지 과외 공부하고 돌아와 숙제와 공부를 또 해야 했다. 거의 매일 치러지는 모의고사와 배치고사 때문이었다. 정말 목욕할 시간도 없을 정도였다. 일생에서 공부를 제일 많이 하는 시기라는 말이 나올 정도였다. 국민학교 6학년 학생들이 공부 스트레스가 가장 많은 불쌍한 아이들이었다.

1965년 서울 시내 중학교 입시 문제에 무즙과 디아스타제 사건은 유명했다. 엿을 만들 때 엿기름 대신 쓸 수 있는 게 무엇인가 하는 문제에 정답이 디아스타제였다. 보기에 같이 나온 무즙도 맞다 하여 엄마들이 무즙으로 엿을 만들어 법정과 문교부에 찾아가 농성을 하며

"무즙으로 만든 엿 좀 먹어 봐. 이게 엿이 아니고 뭐란 말이냐! 빨리 나와 이 엿 좀 먹어 보란 말이야."

그 후 '엿 먹어라'는 말은 안 좋게 받아들여지고 결국 무즙을 쓴 학생들은 구제가 되어 정원 외로 입학이 허가가 되었다고 한다. 이 와중에도 비리가 생겨 청와대 비서관을 비롯해 고위 공직자들이 옷을 벗는 일이 벌어졌다. 그 당시 엄마들의 치맛바람은 유명했다.

4년 후인 1969년에 드디어 중학교 무시험이 시행이 되어 많은 어린이들이 입시 지옥에서 벗어나게 되었다.

나보다 3년 후에 시행된 일이라 나는 입시 지옥에서 자유롭지 못했다.

치열한 경쟁 속에 내가 지원한 이화여중에 실패를 하고 2차로 명문

인 정신여중에 입학하게 되었다. 그때 어린 나이였지만 이로 인한 아픔이 참 컸던 것 같다. 다행히 정신여중은 미션스쿨로 선생님들이 학생들의 마음을 잘 다독여 주고 많은 사랑으로 우리들을 대해 주셨다. 점심시간에는 선생님들과 팔짱도 끼고 사진도 같이 찍곤 했다. 사제 지간에 스스럼없는 분위기였다. 등나무 아래 둘러앉아 이야기꽃을 피우며 우리의 꿈도 키울 수 있었다.

교장선생님께서는 새로 부임하는 선생님들께 우리 학생들에게 체벌을 하지 말라는 부탁을 하셨다고 한다. 교장선생님은 미국에서 공부하신 유학파이셨다. 교장선생님과 마주칠 땐 먼저 웃으며 인사하시는 인자한 분이셨다. 커다란 입으로 항상 웃으셔서 별명이 '메기'셨다. 교장선생님 덕분에 우리는 꿈 많은 학창 시절을 보낼 수 있었다. 좋은 선생님들 밑에서 공부하고 내가 좋아하는 성악실기에 매진해 내가 원하는 대학교에 들어갈 수 있었다. 고등학교 때 수유리 이층집에 살았다. 에어컨도 없던 시절 이층 피아노 방에서 창문을 열어놓고 연습하면 그 동네 친구아버지가 들으시고 "저 애가 누군지 목소리도 좋고 저렇게 열심히 연습하니 대학은 걱정 없겠다."고 하셨다고 친구가 나에게 전해준 말이 생각난다. 친구 아버님도 예술인이셨다.

대학생활을 누구보다도 활동적으로 재미있게 보내며 나는 우리 집 통행금지 저녁 8시에 매일 걸려 엄마에게 혼나기 일쑤였다. 그래도 나의 할 일은 다하며 대학 졸업을 앞두고 이모가 살고 계신 스위스에 유학을 갈 수 있는 기회를 얻게 되었다.

유년 시절 남동생의 비보

유년 시절 우리 가족은 연지동에 살았다. 아버지께서 공무원이셨고 할머니, 할아버지, 삼촌이 함께 사는 대가족이었다. 또한 우리 집엔 항상 고모네 가족, 작은집 가족 등 많은 식구들이 북적대곤 했다. 할아버지 고향이 충청도인 관계로 시골 친척들이 수시로 와서 며칠씩 묵고 가는 인심 좋은 집안이었던 것 같다.

내가 어렸을 때 아버지의 공무원 봉급으로 대가족이 살기 어려워 잠시 남자 어른들이 연탄 장사를 하셨다고 들었다. 삼촌이 서울대학교를 다니며 수업 끝나면 집에 와 리어카로 연탄을 날라 동네 어른들께서 기특하게 여겼다고 하신다.

연지동에 살며 우리는 근처 서울대학교에 자주 놀러 가고 삼촌은 우리들을 데리고 가서 사진도 많이 찍어 주셨다. 삼촌의 조카 사랑은 지극했다. 첫 월급을 타서는 우리에게 하얀 가죽구두와 집 주소가 새겨진 예쁜 목걸이를 하나씩 목에 걸어 주셨다.

그 당시 내 밑에 남동생과 우리 삼 남매는 서울대학교 교정에서 주로 많이 놀았다. 남동생은 우는 일이 거의 없어 동네에서 어린아이가 있는 줄 몰랐다 할 정도로 순둥이였다.

하루는 덕수궁에 놀러 갔는데 우량아 대회가 있었다. 동생이 준비도 없이 나갔는데 우량아로 뽑혔다. 돌 사진을 보면 뿌옇고 당당하게 생긴 모습이 장군 같았다. 우리 집에 기쁨이 넘쳤다.

행복이 가득한 우리 집에 있어서는 안 될 불행이 닥쳤다. 남동생이 할아버지 생신에 음식을 먹고 체한 것이다. 가까운 서울대학병원에 가서 치료를 받고 입원을 하였는데 페니실린 쇼크로 사망한 것이다. 그때 나는 어려서 병원에 가지 않았지만 사촌 오빠들이 병원에 갔는데 어린애가 파랗게 질려 "오지 마!, 오지 마!" 하더란다. 형들을 그렇게 따랐던 애였는데 그때 3살 한창 귀여움을 독차지하던 아이였다.

의료사고였다. 할아버지는 너무 화가 나서서 병원 관계자의 멱살을 잡으셨다지만 어쩔 수 없었다. 그 후 우리는 서울대학병원을 지날 때면 고개를 돌리고 쳐다보지 않았다.

엄마, 아버지는 쇼크가 상당히 컸지만 얼마 후 몸을 추스르셨다. 그 후 의연한 모습으로 우리를 키우시며 우리 앞에서 아들을 생각하며 한숨을 쉰 적이 없으셨다. 속으로만 삭히신 거다. 지금 생각하면 존경스러운 마음이 든다. 그 후 딸을 두 명 더 낳고 막내로 아들을 보셨다. 장남이신 아버지는 얼마나 기쁘셨는지 아버지의 첫마디가 "이제 됐다."였다고 한다. 부모님은 슬픔을 극복하고 우리를 잘 키우시곤 "내가 돈은 없어도 너희를 남부럽지 않게 키워 기쁘다."라고 항상 말씀하셨다.

나의 부모님 이야기

부모님께 드린 편지

철의 여인 나의 어머니

어머니는 논산의 강경여고를 졸업하시고 만주에서 유학을 하시다가 중매로 아버지를 만나서 결혼을 하셨다. 하얀 피부에 이목구비가 뚜렷한 보기 드문 미인이셨다. 대가족의 맏며느리로 시집오셔서 여러 가지로 고생을 많이 하셨다. 한 달에 쌀 두 가마를 먹는 우리 집은 무조건 밥 먹고 가는 집이었다. 시도 때도 없이 오는 친척들에게 당연히 밥을 차려 주어야 했다. 그 당시는 손님이 오면 첫 질문이 "밥 먹었느냐?"였다.

우리 5남매를 교육시키기에 턱없이 부족한 아버지의 박봉에 굴하지 않으시고 그 당시 헌 집을 사서 재건축해 파시며 우리의 학비를 충당하셨다. 성북동에 살던 집은 유명하다는 설계사에 의뢰해서 그 당시 벽난로가 있고 굴뚝이 금색 돌로 되어 있는 서양식 이 층집이었다. 성북동에서도 눈에 띄는 집으로 영화 촬영 의뢰가 많이 들어왔다고 한다. 우리는 어머니 덕분에 좋은 집에 살았던 것 같다. 옛날에 어머니는 나에게 외국영화 볼 때 나오는 집을 예사로 보지 말고 관심 있게 보아 안목을 키우라고 하시곤 했다. 어머니는 시골에서 나고 자라셨지만 생각이 앞서가는 분이었다.

어머니 말씀에 항상 "응, 알았어."로 답하며 순종하는 딸을 특히 좋아하셨다. 어머니를 힘들게 하거나 속을 거의 상하게 하지 않는 착한 딸이라고 하셨다. 한마디로 말 잘 듣는 딸이었다. 어린 마음속에는 "나를 사랑하고 가장 잘 알고 계신 어머니의 말씀에 따르면 거의 틀림이 없다."라고 하는 어머니에 대한 믿음이 있었다. 어머니는 나보다 세상을 먼저 사신 분으로 나를 옳은 길로 인도하시는 분이라 생각했다.

잘못을 용서하지 않는 호랑이 같은 어머니지만 유머 감각과 재치가 있으신 분이었다. 나는 어머니와 장난을 치고 농담도 잘했다. 가끔 어머니 코를 비틀며 투정을 하면 귀엽게 받아 주셨다. 볼도 살짝 꼬집어 보는 딸이었다. 다른 딸들이 그러면 화를 내고 용서를 하지 않았지만 내가 그럴 땐 웃으시며

"어머, 애 좀 봐 엄마 코를 막 비트네, 애 좀 봐라 엄마 볼을 막 잡아당겨."

라며 귀엽게 봐주셨다. 훗날 그 버릇이 남편에게 갔지만 고지식한 남편도 싫어하지 않는 것 같았다.

우리는 밥상에서 어머니와 토론을 많이 하였다. 이야기하는 것을 좋아하시고 항상 미래지향적인 이야기가 주제였다. 어머니의 별명은 '대처여사'였다. 미래를 내다볼 줄 알고 사리 판단이 정확한 똑똑한 분이셨다. 시사 문제를 토론하기를 좋아하셨고 주위 친척 분들이 문제가 있을 때는 어머니에게 와서 상담하고 조언을 받곤 했다. 어머니는 자신의 일처럼 직접 가서 해결도 해 주곤 하셨다. 이 세상에 무서운 것이 없으신 분이었다. 우리 김 씨 집안의 해결사이셨다.

외할아버지는 이승만 대통령과 신익희 씨와 함께 독립운동을 하셨던 신세대셨다. 독립운동하시다 만주에서 이름도 없이 돌아가셨다. 일본 순사들이 우리나라 여자들을 끼고 술을 마시며 추태를 부리는 현장을 목격하시고 발로 상을 엎으셨다고 들었다. 일본 사람들이 외할아버지의 위엄에 호락호락하게 보지 못했다고 한다.

외할머니는 홀로 치매에 걸리신 시부모를 지극정성으로 모셔서 군에서 '효부상'을 받으셨다고 한다. 외할머니께서 밥이 모자라면 물을 넣고 죽을 쑤어 지나가는 사람들과 나눠 드셨다는 얘기를 들었다. 하지만 자식들에게는 엄한분이셨다.

외할머니의 일화가 있다. 외아들이 무슨 일인지 밤늦게 들어오는 일이 잦았다. 어느 날 술을 거나하게 드시고 들어오는 아들을 불러서

"아범아 미안하다. 내가 어렵게 너희 키우며 물려준 것이 없어서 네가 이렇게 늦게까지 일을 해야 하는구나."

다음부터 외삼촌은 술집에 발을 끊고 일찍 들어오셨다고 한다. 외삼촌도 알아주는 효자셨다. 조폐공사 이사로 계셨었다.

그러한 피를 이어받은 어머니는 대범한 분이셨지만 자녀들에 대해서는 겁이 많았던 분이었다. 조금만 늦으면 빨리 오라고 무슨 일이 생긴 것처럼 걱정을 하신다. 집에 오면 아무 일도 없는데….

지금 생각하면 어린 아들을 갑자기 잃은 충격으로 그러셨던 것 같다. 내가 감기에 걸려 아프기라도 하면 병원에 데리고 가시고 옆에서 병간호 하시며

"용희야, 엄마가 네가 나으면 사 달라는 거 다 사 줄게." 하시며 위로하며 걱정을 하셨다. 나는 여간 아프지 않는 다음에야 어머니에게 아프다는 소리를 하지 않고 참는 성격이었다. 그렇기 때문에 내가 아프다고 하면 걱정을 많이 하셨다.

고등학교 다닐 때까지 어머니 말씀이

"남자는 다 도둑놈이야 절대로 가까이하면 안 돼."

라고 하셨기에 쳐다보지도 않았다. 대학에 들어가 풀어 주셔서 미팅도 하였지만 어머니에게 그대로 보고를 하는 나는 결국

"더 이상 만나지 마라."라는 답을 듣곤 했다.

남편은 내가 대학 동아리에서 만난 사람으로 어머니 마음에 쏙 들어 아주 좋아하셨고 사위 사랑이 지극하셨다. 연락이 없으면 어머니가 먼저 궁금해하셨다. 어머니께선 결혼하는 딸에게

"시누이들이 많아도 시부모 모시고 사는 게 좋다. 월급 받으면 시어머니께 갖다 드려라. 기독교 집안이지만 조상의 예로 기일에 음식을 차리도록 해라."

이 모든 것은 나를 힘들게 했고 딸에게 도움이 안 되는 어머니라며 원망을 한 적도 있었다. 나는 직장을 다니며 월급과 보너스까지 시어머니께 갖다 드렸다.

순종함으로 힘들게 살았지만 돌이켜 보면 쉽지 않은 일을 했다고 생각한다. 어머니는 사람의 도리를 중히 여기셨다. 사랑하는 딸이지만 정도를 가야 한다고 생각하신 거다.

어머니의 희생으로 우리 5남매 가운데 4명이 음악을 전공하고 외국 유학을 할 수 있었다. 어머니는 내가 이화여대 성악과에 합격했을 때 동백나무 한 그루를 사 갖고 청파동 대저택에 사시는 교수님 댁에 같이 인사하러 갔다.

교수님 남편은 서울대학교 총장을 역임하고 문교부 장관을 하신 최규남 박사님이시다. 학술원 회원이시기도 했다. 교수님은 자기 집안 얘기를 들려주셨는데 그 당시 우리와 비교할 수 없는, 박사가 5명이나 되는 명문 학자 집안이라는 것을 알았다. 어머니의 마음속에는

"나도 우리 집안을 저렇게 만들어야겠다."라고 하는 각오가 있었다고 하셨다.

내가 유학을 가면서 어머니는 옷을 트렁크로 가득해 주셨다. 그러면서 본인의 얼마 하지 않는 바지 옷감을 만지다가 못 사시는 거다.

나는 그 일이 항상 마음에 걸려 내가 귀국하기 한 달 전 어머니를 초청해 드렸다. 그 당시는 돈이 많아도 외국에서 초청장을 보내지 않으면 해외에 나갈 수 없는 시대였다. 내가 운이 좋게 스위스 한국대사관에 준 외교관으로 현지채용이 되어 얼마 안 되는 돈이지만 나의 모든 것을 해결할 수 있었다. 그동안 조금씩 모아 둔 돈으로 비행기 표를 사서 보내드리고 어머니를 초청해 주변 여러 국가들을 함께 여행했다.

스위스는 유럽 가운데 있는 나라로 여행하기 편리한 곳이다. 가는 곳마다 개인 가이드의 안내를 받으며 편하게 여행을 했다. 어머니는 너무 좋아하시며 동그란 눈이 더 똥그래져서 하나도 놓치지 않고 기

록을 하며 여행을 하셨다. 여행하며 좋은 분들을 만나 나도 어머니 덕분에 즐거운 여행을 할 수 있었다. 어머니는 돌아가실 때까지 그때의 추억을 회상하며 행복해하셨다. 어머니는 친척과 남을 위해 좋은 일을 많이 하고 가셨다.

돌아가시기 전에 나에게 남편에게 잘하고 시어머니에게 잘하라는 당부를 하셨다. 놓고 가는 아버지보다도 딸의 행복을 위해 하신 말씀이라는 생각이 든다. 남편에게 잘해야 아이들이 잘되고 가정에서 아빠의 위치가 제대로 서지 않으면 안 되니 네가 남편을 잘 존중하라는 말씀이셨다. 또한 아이들 키우는 데 도움을 주신 시어머니께도 끝까지 도리를 다하라고 하셨다.

어머니의 소원대로 사위 3명이 서울대에서 박사학위를 받아 두 명이 국제법교수이고 우리 남편이 치과의사이다. 외손녀와 손녀사위는 스탠퍼드 대학에서 박사학위를 받은 박사 부부다. 막내 손녀사위도 스탠퍼드를 거쳐 노스웨스턴 대학원 공학박사이다. 손녀도 미국에서 치과의사가 되었다.

그 외 모두 우리나라 최고의 대기업에 다니고 있다.

어머니는 하늘나라에서 "내가 비록 돈은 남겨주지 못했어도 너희가 잘되 기쁘다."하시며 빙그레 웃고 계실 것 같다.

온화하신 아버지

아버지는 자식의 일이라면 항상 발 벗고 나서서 해 주시는 자상하면서도 온화하신 분이었다. 5명의 자식들에게 고르게 사랑을 주셨다. 내가 유학을 떠나 편지를 보내면 답장은 아버지 몫이었다. 워낙 자상하셔서 아버지 편지를 보면 모든 소식이 다 들어 있었다. 그 당시 3분에 12,000원인 비싼 국제 전화도 아까운지 모르고 해 주셨다. 내가 대사관에 다닐 때는 대사님 이하 상사 분들에게 감사의 편지와 전화도 해 주셔서 모두 놀라워했다.

지금이야 외국에 나가는 게 쉬운 일이지만 그 당시는 쉽지 않은 일이었고 가문의 영광이라 생각했던 시절이었다. 한사람이 외국에 나가면 몇십 명씩 나와서 축하를 해 주며 환송을 하던 시대였다.

아버지는 교통부 공무원으로 계시다가 한국자동차안전검사공사(현: 한국교통안전공단) 사장을 역임하시고 퇴임하셨다. 책임감이 강하신 분으로 부모에게도 효자셨고 우리들에게는 '계집애' 소리 한번 해 보신 적이 없으신 사랑이 지극하신 분이었다. 아내를 일찍 보내시고 혼자 아들 부부와 17년을 사시며 항상 아내를 그리워하셨다.

아내를 떠나보내시고 2년 뒤 롯데호텔에서 팔순 연을 하며 아버지의 슬픈 마음을 위로해 드리기 위해 딸로서 편지를 써서 읽어 드렸다.

"혼자되신 아버지의 팔순을 축하드리며"

"세월이 흘러 저희에게 청년같이 힘이 있으시던 아버지께서 어언 팔순이 되셨습니다. 할아버지가 되셨지만 저희에겐 언제까지나 당당하신 아버지로서 영원히 간직하고 있습니다."

제가 중학교 여름방학에 대천으로 가족이 놀러 갔을 때 어머니, 아버지는 젊고 힘이 있으신 30대 후반의 한창나이셨지요. 저희는 가끔 부모님의 그때를 떠올리며 젊으셨던 모습을 생각하곤 합니다. 그 당시로선 쉽지 않은 피서여행이었지요.

온화하시고 자상하신 아버지께선 어렸을 때 항상 저희 편이 되어 주시곤 하셨습니다. 어머니께서 워낙 엄하시고 조그만 잘못도 용서를 하지 않는 분이라 어머니께 혼나고 울면서 하는 말은 항상 "이따 아버지 오시면 엄마 이를 거야."였습니다. 저녁에 퇴근하고 들어오시는 아버지께 어머니께서 야단치셨다고 동정을 구하면 "우리 이쁜 딸 누가 그랬느냐."라고 편을 들어주셨습니다. 그럴 때마다 저희의 마음은 따뜻해지곤 했습니다. 두 분의 조화로 저희는 남들에게 손가락질 받지 않게 자란 것 같습니다.

아버지의 자식 사랑은 너무도 지극하셨습니다. 어렸을 때 아버지의 '딩동' 벨 소리는 기다려지는 반가움이었습니다. 아버지 손에는 항상 저희 먹을 것이 들려 있었거든요. 어느 날 친구 분들과 술을 드시고 헤어질 때 친구 분이 택시를 잡아 주며 택시 값을 기사 분에게 건네주셨다고 합니다. 아버지는 중간에 내리시고 남은 돈으로 저희 좋아하는 먹을 것을 사오셨다고 언젠가 어머니께 들은 적이 있습니다.

"너희 아버지 같은 분 없다."라고 하셨지요. 본인의 편안함보다는 자식 생각이 더 크셨던 거였지요. 저희에게 항상 최상의 것을 해 주고 싶어 하셨습니다.

1976년도 제가 유학 떠날 때 저에게 걱정이 되셔서 하신 말씀 "가서 힘들면 괜찮으니 아무 때고 돌아오너라." 하시며 제가 일주일에 한 번 꼴로 보내 드린 편지를 보실 때마다 우셨다고 들었습니다. 아버지의 답장은 항상 A4 용지 3~4장 앞뒤로 빼곡히 딸에 대한 당부와 한국 뉴스였습니다. 아버지의 자식 사랑은 스위스에서도 유명하였지요.

부모님께 효자셨고 아내에게도 지극 정성을 쏟으시는 분이셨습니다. 어머니 편찮으실 때 아내를 위해 팔다리를 일천 번을 주물러 주시고 잠드는 모습을 보시고 주무셨다고 합니다. 저희 사위들이 그때 아버지를 보고 모두 감탄을 하였습니다.

어머니가 아직도 아버지 마음에 깊이 자리하고 있는 것 알고 있어요. 한없는 지아비의 사랑이셨습니다. 어머니께서 항상 "너희 아버지는 부처님 반 토막이다." 하실 정도로 성품이 착하시고 절대 남을 나쁘게 말씀을 안 하시는 온화한 분이시지요.

저희 어렸을 때 시골 친척 분들이 저희 집에 문턱이 닳도록 드나드셨습니다. 오시면 2~3일씩 묵고 가시고 가실 때는 노잣돈까지 챙겨주시며 아버지와 어머니는 부탁하는 일을 힘닿는 데까지 도와주셨지요. 아버지는 남을 돕는 일이 자신의 일이라 생각하셨던 것 같습니다.

저희 자식들이 잘될 때는 좋으셔서 몇 번이고 "그래서, 그래서" 하시며 묻곤 하셨지요. 어머니는 옆에서 "그만 좀 물어보세요." 하시며 같이 기뻐하셨지요.

1남 4녀를 남부럽지 않게 키우시느라 공무원 박봉에 고생도 많이 하셨습니다. 기둥뿌리가 뽑아진다는 음악을 한 명도 아니고 4명씩 뒷바라지하시고, 지성이 감천하여 저희를 키우실 수 있으셨던 것 같습니다.

자식에게 쏟는 정성의 1/10만 부모님에게 하여도 효자 소리 듣는다는 말이 있지요.

이 자리를 빌려 자식 키운다는 핑계로 아버지께 무심했던 자식 용서를 빕니다. 지금 기운이 많이 쇠하셨지만 아버지는 저희의 든든한 울타리이십니다. 잡숫고 싶으신 것 다 잡수시고 친구 분들과 즐겁게 지내세요. 이제 자식 걱정 그만하시고 편히 지내시기 바랍니다.

이 자리에 오신 아버지 친구분들께 감사드리며 오래오래 건강들 하셔서 저희 아버지의 좋은 벗이 되어 주시기 바랍니다. 또한 아버지를 지극 정성으로 모시고 있는 남동생 내외에게 감사하며 아버지를 축하하러 오신 모든 분들께 앞으로 더욱 저희 아버지를 사랑해 주실 것을 부탁드립니다.

남은여생 저희와 오손도손 지내시다가 어머니와 저세상에서 재회하실 때 물으시면 궁금한 자식들 얘기 모두 해 드리세요.

아버지 당신이 건강하게 살아 계셔서 저희는 든든하고 행복합니다. 아버지의 팔순을 다시 축하드리며 건강하시기 바랍니다. 아버지 사랑합니다!!

둘째 딸 용희 드림 (아버지 팔순에 낭독한 편지)

아버지의 팔순에 아내를 먼저 보내시고 슬퍼하시는 아버지를 위해 편지를 써서 낭독해 아버지의 마음을 위로해 드렸다.

아버지는 내가 특별히 잘 해드리지도 못하는데 우리 집에 오시는 것을 그렇게 좋아하셨다. 오시면 아버지와 앉아 두런두런 옛날 얘기를 재미있게 했다. 공직에 계셨던 이야기 등 나에게 속내도 털어 놓으시며 많은 대화를 나눌 수 있어서 좋았다.

아버지께 해드린 마지막 효도는 돌아가시기 전에 산소 걱정을 많이 하셨는데 우연한 기회에 아버지가 파주 통일동산에 들어가실 조건이 된다는 것을 알고 우리가 통일동산 양지바른 곳에 두 분을 함께 모셔드렸다.

아버지가 돌아가셔서 슬프지만 엄마와 두 분이 만나셔서 기쁨의 재회를 하신 것 생각하며 마음의 위로를 얻는다.

타인에서 가장 가까운 부모가 되신 시어머니

27살에 이화여대에서 결혼식을 올리고 남편만 믿고 아무것도 모르고 대가족에 시집을 왔습니다. 대가족에서 자란 저였기에 어려움이 없으리라고 생각했지만 쉽지 않았지요. 하지만 며느리를 지극히 생각해 주시는 시부모님 덕분에 잘 극복하고 4남매를 낳아 사랑으로 키울 수 있었습니다. 아이들이 잘 될 때마다 같이 기뻐하시고 고락을 같이 하신 어머님이셨습니다. 딸 셋을 낳고 막내로 아들을 낳았을 때 가장 기뻐하시며 고마워하셨습니다. 아들을 낳았을 때 남편은 치과 보수 교육이 있어서 수안보에 내려가면서 걱정을 하였지만 예정일이 15일이나 남았기에 괜찮다고 했는데 그 사이 아들을 낳은 것입니다.

소식을 듣고 많은 선배들의 포옹 속에 축하 인사를 받고 단숨에 올라왔는데 시어머니께서 아들을 보시고 "어미에게 절해라." 하셔서 나도 깜짝 놀랐습니다. 물론 남편을 무릎 꿇게 할 수 없어 만류를 했지요. 무슨 때에 옷이라도 사다 드리면 "너는 어디서 이렇게 예쁜 것을 사 왔냐?" 하시며 즐겨 입고 다니셨지요. 항상 좋은 것은 며느리에게 주시는 타인에서 가장 가까운 부모가 되신 어머님께서 칠순을 맞이하시어 축하 메시지를 드리게 되었습니다. 아쉽게도 아버님은 손자를 못 보시고 손자가 태어나기 1년 전에 돌아가셨습니다.

"시어머니의 고희연을 축하드리며"

"어머님의 고희연을 축하드리며 어머니를 축하하러 오신 분들께 감사드립니다."

만물이 소생하고 꽃망울을 터트려 눈부시게 꽃을 피우는 아름다운 계절입니다. 어머님과 제가 한 지붕 밑에서 지내 온 지도 18년이 되었습니다. 이십 대의 새색시가 사십 대 중반이 되었습니다. 고생 모르고 곱게만 자란 제가 대가족의 며느리가 되어 어려움도 많았지만 서로의 노력으로 서로에게 감사하는 고부지간이 된 것 같습니다.

외국 생활에서 아름다운 결혼생활을 꿈꾸던 저와 다른 환경에서 자란 이방인 같이 느껴지는 며느리를 맞이하신 어머님과의 사이 어려움이 없지는 않았겠지요. 하지만 어머님의 끊임없는 사랑, 항상 좋은 것은 며느리 몫으로 챙겨 주시고 남다른 애정을 저에게 아낌없이 주셨습니다.

저도 어머님을 뵐 때마다 친정어머니에게는 시집살이 시키셨지만 저에게 인자하셨던 할머니의 모습을 떠올리곤 했습니다. 가슴 뭉클했던 할머니의 모습을 생각하며 부족하지만 잘해 드려야겠다 생각했습니다.

저는 또한 어머님에게서 한국 여인의 고유한 '삼종지의'를 실천하고 계신 것을 보았습니다. 남편에게 순종하고 자식을 따르는 어머님의 모습을 보며 그 참고 인내하심이 오늘의 어머님의 행복을 얻게 되셨다고 생각합니다.

제가 가끔 고집쟁이 아범과 언쟁을 하다 어머님께 푸념을 털어놓았지요. 어머님은 "미안하다 우리가 어렵게 살았어서 그런가 보다."라며 저를 다독여 주셨지만 속으로 얼마나 속상하셨겠어요. 금쪽같은 아들을 갖고 이러쿵저러쿵하니 말입니다.

시어머님께 애교도 부릴 줄 모르는 며느리가 섭섭하셨겠지만 항상 "우리 며느리는 앞과 뒤가 같아 여우같지 않아서 좋다."라고 하시며 저를 믿고 따라 주셨지요.

제가 결혼해 3년간 대사관 근무할 때도 대견해하시며 새벽밥을 따뜻하게 지어 먹여 보내셨지요. 해외여행 갔다 오실 때는 다른 선물 안 사 오시고 며느리 선물만 푸짐하게 챙겨 오시는 대범한 분이셨습니다. 셋째 손녀를 낳은 며느리에게 그 당시 구입하기 힘든 밍크코트를 선물하셨지요. 그때는 우리가 어려운 형편이었는데 좋은 것만 보시면 며느리 생각에 아범에게 싫은 소리 들으시며 사 주셨지요.

저는 어디를 가나 시어머니 자랑에 친구들의 부러움의 눈총을 받곤 합니다. 이상한 눈초리로 '너희는 특별하니까' 하며 저를 제껴 놓는답니다.

어머님 생각나세요. 제가 시집와서 그때 9식구에 화장실이 마당에 하나였죠. 화장실은 가야 하는데 어머님이 안 나오시는 거예요. 그때 갓 시집온 새색시가 "어머님 저 배 아파 죽겠어요. 빨리 나오세요." 저는 친정에서 하던 식으로 하였죠. 그것을 그렇게 귀엽게 봐 주시고 모두 웃으셨죠.

저도 물론 초년에는 어려움이 많았지만 이제 세월이 지나며 보람도 있었던 것 같습니다. 막내 아가씨가 시집가기 전날 밤 한복을 곱게 차려입고 저희 방에 들어와 오빠, 언니 수고 많았다고 큰절을 하는 모습은 저의 어려웠던 모든 것을 녹게 해 주었습니다.

또한 어머님이 계셨기에 제가 4남매를 낳을 수 있었습니다. 저의 부족한 사랑을 어머님께서 대신 아이들에게 채워 주시어 저희 아이들이 구김살 없이 자랐습니다. 가끔 너무 많은 사랑에 버릇이 없어 회초리라도 들려 하면 어머님은

"우리 아이들처럼 야단맞고 자란 애들이 있는 줄 아느냐." 나무라셨지요. 은정이가 어느덧 고3이 되었고 어머님 손자 장환이가 초등학교 5학년이 되었습니다. 장환이를 낳고 저는 무덤덤하였지만 어머님은 세상을 다 얻은 양 기뻐하셨지요. 지금 은영이, 은지 서울에서 뒷바라지해 주셔서 정말 감사드립니다. 은지가 그랬어요. "할머니는 나 때문에 서울 사람 되셨다."고요.

자식들에게 못다 한 정성 손자, 손녀 위한 일이라면 최선을 다해 도와주시는 어머님이 계시기에 저희 애들은 잘 자랐고 틀림없이 잘될 겁니다.

어머님 오래오래 건강하게 사서서 손자 손녀 잘되는 것 보시고 효
도도 받으시기 바랍니다. 어머님께 항상 감사드리며 며느리가 두서없
는 글 올렸습니다. 어머님 축하드립니다!!

1997년 4월 4일

어머님의 며느리가 (칠순잔치에서 낭독한 편지)

자녀의 성장

사교육 없이 스탠포드 대학원 Ph. D.
(믿음직한 큰딸)

"엄마, 미국 의회에서 우리 예산이 통과됐대요."

언젠가 연말에 네가 미국에서 기쁜 소식을 전해 주었지. 네가 미국 정부에서 장학금을 받기 위해 거쳐야 하는 오바마 행정부 예산이 의회에서 극적으로 통과되었다는 소식이었지. 우리 모두 너의 소식을 기다리며 마음 졸이고 있던 순간 환호가 터져 나왔다. 미국정부로부터 연구조교로 생활비와 학비 전액 장학금을 받을 수 있게 된 것이다.

장학금에 의해 스탠퍼드 대학원 박사과정에 들어갔다는 소식에 엄마는 격려 이외에 해 준 것이 없는데 네가 스스로 헤쳐 나갔다는 것이 고맙고 대견스러웠단다.

36년 전 엄마가 스위스 대사관에 다니면서 그날도 여느 때와 같이 근무를 하고 검진을 받기 위해 한 시간 일찍 퇴근해서 산부인과에 갔지. 의사선생님이 진찰을 하더니 아기를 곧 낳게 생겼다고 하더라. 예정일이 한 달 가까이 남았는데 깜짝 놀랐지만 하라는 대로 입원을 했단다. 사실 배가 아픈 것도 아닌데 말이다. 간호사 말이 내일까지 기다렸다가 안 낳으면 제왕절개를 해야 한다는 거야. 외할머니께서 "우리는 절대로 제왕절개는 안 할 겁니다." 하고 못을 박았지. 병원비는 대사관에서 다 나오지만 외할머니께서는 제왕절개보다는 자연분만이 좋다는 것을 아시니까 강력하게 얘기를 하신 거였어. 의사선생님은 간호원이 얘기했는지 제왕절개 소리를 하지 않고 촉진제를 놓아 주었어. 그리고 2시간 진통하고 너를 낳았단다. 엄마는 처음이라서 얼마나 아팠는지.

"나 안 낳을 거예요." 하며 소리 질렀단다. 네가 안 나오니까 흡입기로 빼서 머리가 길게 표주박처럼 부풀었단다. 산모에게 힘을 주라고 하면 될 것을….

눌러 주라고 해서 살살 눌러 주니 얼마 지나지 않아 정상으로 돌아왔단다. 우리 집에 예쁜 네가 태어난 거야. 엄마 직장에서는 모두 놀랐단다. 별 이상 없이 근무하다 검진 받으러 간 사람이 아기를 낳다니 '한국 여성은 슈퍼우먼인가?' 놀랍고도 아주 좋은 이미지를 심어 주었단다.

너는 하루가 다르게 무럭무럭 자랐지. 5개월에 8키로가 되었고 무엇이든지 잘 먹었어. 엄마를 힘들게 하지도 않고 집안의 꽃이었단다. 친가 쪽이나 외가 쪽에 처음 태어난 아기였기에 너의 인기는 하늘을 찌를 듯 했단다.

저녁 9시면 재워야 하는데 4명의 고모들이 서로 안아 보겠다고 네 옆에 붙어 앉아 있으니 네가 잘 수가 없었단다. 엄마는 대가족에 시집온 새댁이라 엄마방식 대로 키울 수도 없고 아무 말도 못하고 불쌍했지. 이모들은 스위스에서 하늘만 쳐다봐도 은정이 생각이 난다고 기회가 있을 때마다 유아용품을 사서 보냈지. 엄마가 네 밑으로 세 명씩 낳은 것은 어쩔 수 없는 선택이었는지도 몰라. 할머니와 고모들 덕분에 키우는 데는 별로 어려움이 없었단다.

너는 어려서 공부하는 데 끈기가 있었지. 한글은 학교 들어가기 6개월 전에 겨우 깨우쳤지만. 엄마는 주위에서 취학 전에 영재라는 애들이 나중에는 고등학교도 제대로 못 가는 경우를 종종 보았기 때문에 너에게 공부의 스트레스를 일찍 주고 싶지 않았단다. 네가 초등학교에 들어가서 스스로 공부해야겠다는 것을 깨닫고 열심히 하는 모습을 보고 공부할 애라는 것을 알게 됐지.

네가 초등학교 4학년 어느 날 학교에서 기쁨이 가득 찬 얼굴로 돌아와 무슨 일인가 했더니

"엄마 오늘 내가 어떤 문제집이 좋은 건지 알았어요. 사다 주세요."

하며 메모지를 건네주는 거였어.

다음 날 문구점에서 사다 주었는데 놀랍게도 밤새도록 한 권을 다 풀고 아침에 채점해 달라고 하며 학교를 가는 것이었어. 중학교 때는 전교 1등 하는 친구와 과외를 시켰는데 한두 번 하더니 안 하겠다고 해서 왜 그러냐고 물어보았더니

"나는 공부하러 과외에 갔는데 공부보다 선생님이 이상한 얘기만 하고 애들은 낄낄대고 그 친구에 대해서 실망했어요. 그리고 시간만

낭비하는 것 같아서 가고 싶지 않아요."라고 했지. 할 수 없이 네 친구 엄마에게 얘기하고 양해를 구했단다. 나중에 그 친구 아빠가

"그 애가 누군지 이다음에 크게 될 거라고" 덕담을 해 주셨다고 하더라.

또한 네가 첼로를 중학교 2학년까지 하면서 예고를 가느냐 고민할 때 네가

"엄마 저 첼로 그만하고 공부하겠어요. 공부를 지금 정하지 않으면 대학 가기 힘들 것 같아요." 아빠도 너 음악 시키는 것을 탐탁지 않게 여기던 터라 알았다 하고 공부로 정했지. 주말마다 서울로 레슨을 데리고 다니셨던 아빠가 나중에 아시고 그만둔 것을 서운해 하셨지. 그때 엄마가 너의 장래가 걸린 일이라 나중에 후회하지 않을까 고민을 많이 했지. 어느 날 고민하고 앉아 있는데 네 동생 7살밖에 안 된 장환이가 심각하게 다가와

"엄마 욕심을 버리세요. 그리고 큰누나 공부 시키세요." 진지하게 얘기를 해 주었단다. 그 애는 중요한 때에 엄마에게 어른 같은 얘기를 해 주곤 했지. 그 말이 어린아이가 하는 것 같지 않았단다. 엄마는 마음의 위로를 받았단다.

그동안 네가 서울에 첼로 레슨 받으러 다니고 연습하느라 공부를 제대로 할 수 없었지. 부랴부랴 엄마는 영어와 수학 선생님을 알아봐서 그룹에 넣으려는데 이미 진도들이 많이 나가서 넣어 주지 않고 들어와도 따라가기 힘들다는 거였어. 겨우 사정을 해서 쫓아가지 못하

면 그만두는 거로 약속하고 들어갔지. 네가 얼마나 열심히 했는지 선생님께서 이런 적은 없었다며 흔쾌히 받아 주셨단다. 수학은 네가 두 달 하더니 더 이상 안 해도 될 것 같다고 해서 선생님께 말씀드리니 "이런 학생은 흔치 않아요. 돈을 안 받을 테니 몇 달만 보내 주세요." 같이 하는 애에게 자극이 되기 때문에 함께 가르치고 싶다는 거였지. 그래서 네가 2~3달 정도 더 다녔지. 나중에 엄마가 사례는 하였지만,

네가 가장 재미있게 공부한 곳은 한샘학원 단과반이었지. 고등학교 들어가기 전 방학 3개월 동안 네가 꿀 같은 공부를 했던 시기였던 것 같았다. 선생님들이 맘에 든다면서 추운 겨울에 지하철 타고 아침, 저녁으로 기쁨에 차서 다녔던 모습이 지금도 생각이 난다. 수강료가 싸기도 했지. 매일 가면서 한 달 수강료가 3만 원이었으니. 그때 공부가 기초가 되어 그 후로는 과외를 거의 하지 않고 혼자서 문제집 사다가 스스로 하곤 하지 않니. 그것도 네가 문제집을 알아서 엄마에게 사다 달라고 하면 엄마는 심부름만 했지.

언젠가 영어 잘 가르치는 선생님이 있다기에 겨우 부탁해서 3개월 수강료를 내고 하는데 어느 날 네가 방에서 소리 내서 울기에 왜 그러냐고 물으니

"과외가 도움이 안 되고 혼자 공부할 시간도 부족한데 엄마가 3개월분을 냈으니 어떻게 하느냐? 나는 내 방식대로 하고 싶다."라며 안타깝고 속상해서 우는 거였지. 엄마가 선생님께 사실대로 좋게 말씀을 드리니 너를 이해하는 듯 나머지 돈을 아무 소리 안 하고 돌려주셨

단다.

너는 혼자서 공부할 때 기쁨을 갖고 공부를 했던 것 같아 너는 엄마에게 깨워 달라는 말도 없이 새벽에 혼자 스스로 일어나 공부를 했지. 집에서 하도 열심히 해서 엄마가 어느 날 너에게 물었지

"은정아 너 학교에서도 이렇게 열심히 하니?"

"하지만 애들 앞에서는 티를 내지 않아요."

네가 공부할 때 베란다 쪽으로 나가서 네 모습을 보면 귀에 이어폰 꽂고 즐거운 표정으로 공부하던 모습이 생각난다. 그때 너는 H.O.T 팬이었지 네 방에 포스터를 걸어 놓고, 너에게 그런 면도 있었지. 첼로 할 때도 소리 좋고 열정이 있다는 소리를 많이 들었지.

고2 때 너희 담임 선생님이 엄마를 보자마자

"어머니 이번 수학여행 가서 은정이가 춤을 어찌 잘 추던지 애들이 다 깜짝 놀랐어요." 평소에 그럴 것 같지 않은 애가 춤을 추니 놀라지 않았나 싶다. 그 말은 엄마도 학교 다닐 때 좀 들었거든 춤은 선천적인 것 같다.

네가 과외도 하지 않고 혼자 힘으로 이화여자대학교 환경공학과에 들어갔을 때 정말 기뻤단다. 너에게 외할머니가 말씀하셨지

"은정아 의사는 사람을 고치지만 너는 지구를 치료하니 훌륭한 공부를 하는 거다."

할머니는 보는 시각이 남다르셨단다.

네 동생 은영이가 서울에서 중 고등학교를 다니며

"언니도 서울에서 좋은 학원 다니며 공부했더라면 서울대학교 들어갔을 텐데." 동생이라고 언니를 생각하며 그랬지.

그 후 네가 열심히 공부하여 서울대학교 대학원에 합격하지 않았니. 너를 서울대학교 기숙사에 데려다주고 학교 식당에서 점심을 먹고 나오며 엄마는 흐뭇해했지. 아빠는 서울대학교에 다녔던 사람이라 감흥이 덜하셨겠지만…. 그때 네가

"제가 이다음 미국의 유명한 대학에서 박사 할게요. 그때 오세요." 하던 말이 현실이 되지 않았니. 서울대학교 연구실에서 밤늦게까지 연구에 몰두하던 너였지. 열심히 한 결과 샌프란시스코 학회에 연구한 내용을 잘 발표해 좋은 경험도 쌓았고 좋은 학술지에 논문도 싣게되었지.

유학을 앞두고 엄마가 물어봤지 미국에서 환경공학 1위가 어느 대학이냐고 네가 스탠퍼드 대학이 환경공학 1위라고 했지. 그곳은 세계적인 연구원들이 오는 곳이라 아무나 가는 곳이 아니라며 망설일 때 엄마가 적극 권하지 않았니. 한번 넣어 보자고. 다행히 합격 통지서가 와서 네가 걱정을 하면서 떠났지만 너의 능력으로 research와 teaching 조교가 되어 돈을 받으면서 공부를 하지 않았니.

어려운 박사과정에 들어갈 때 부모의 도움을 받기보다 미국에서 장학금을 받기를 원했지. 교수님의 적극적인 추천으로 미국정부의 예산안이 의회에 통과되어 전액 학비와 생활비를 받으며 박사과정을 마칠 수 있게 되었지.

네 논문들이 미국 유명 환경공학 학술지 Environmental Science and Technology 그리고 Water Research 등에 선정이 되어 실리고 세계인들과 어깨를 나란히 환경공학 발전에 이바지할 수 있는 것은 큰 축복이라 생각한다. 너는 신앙심이 남달랐고 항상 기도하는 생활을 했기 때문에 쓰임을 받게 해 주신 것 같다.

어떤 어르신이 "과외를 많이 했던 아이들보다 스스로 혼자 힘으로 공부한 사람이 끝까지 간다."라고 하셨던 말씀이 생각이 나는구나.

다행인 것은 결혼할 나이가 되어 걱정을 했는데 같은 캠퍼스에서 신랑감을 만나지 않았니. 네가 결정하기 전에 엄마에게 전화해서 상의를 하고 엄마가 좋다고 승낙을 하니까 사귐을 시작했지. 너를 보통 '엄친딸'이라고 하지. 김 서방은 엄마에게 정말 흡족한 사위다. 사위가 든든하니까 엄마가 마음이 놓이고 걱정을 하지 않는단다. 너는 가끔 섭섭하지 엄마는 너에게 관심이 없나 해서, 기도할 때 첫 번째가 큰딸이라는 것을 알고 있지.

너희가 미국 영주권 받고 산호세에 주택도 너희 힘으로 구입하고 난 후에 알려 줬지. 부모의 도움을 받으려 하지 않고 모든 것을 스스로 하는 모습 고맙다. 김 서방 인텔에 취직해서 첫 월급을 탄 기념으로 150만 원 보내 줘서 놀랐단다. 그게 월급의 몇 프로인지 모르지만 엄마가 잊지 못하는 너희의 마음이다. 너희는 많은 혜택을 받은 사람이니 인류와 사회를 위해서 배운 것을 맘껏 베풀기 바란다. 이번에 결혼한 지 7년 만에 임신을 하게 되어 정말 축하한다. 태명이 '튼총'이라고. 아빠는 할아버지가 되신다는 기쁨으로 입이 귀에 걸리셨단다. 건강하게 순산해서 큰 사람으로 키우기 바란다. 항상 건강하고 기쁨이 충만하기 바란다.

2017년,

사랑해 Dr. 김상균 & 은정!!

후에 딸을 한 명 더 낳아 남매의 엄마가 되었다.

플루티스트이며 의상디자이너
(예쁜이 둘째 딸)

"댁의 따님이세요. 성공하셨네요."

너는 엄마 아빠의 좋은 점만 갖고 태어나 가는 곳을 환히 밝혀 주는 매력이 있었지.

엄마의 작은 키가 아닌 아빠의 키, 아빠의 작은 눈이 아닌 엄마의 시원스런 눈,

외할머니의 멋에 대한 감각 등등….

태어날 때부터 눈이 반짝반짝하면서 얼마나 병원이 떠나가게 울었는지 모른다. 2.8킬로로 비교적 작게 태어났지만 목소리가 쩌렁쩌렁했지. 그래서 노래를 잘했던 것 같구나.

초등학교 때 교내 노래경연대회에 나가 1등을 하고 학교 입학식, 졸업식에 대표로 축가를 부르곤 했지. 엄마가 어려서부터 너희들 데리고 많은 동요를 같이 부르곤 했던 거 생각나니.

그리고 너는 어려서부터 형제들을 잘 챙기곤 했어. 할아버지께서 퇴근하고 오시면 너를 안고 동네 가게에 가서 과자를 사 주곤 하셨는데 너는 항상 '두 개'가 입에 붙었었단다. 언니 것을 먼저 챙기는 착한 동생이었지.

어려서 과자를 유난히 좋아하던 너였지만 유치원에서 간식을 주면 안 먹고 가방에 넣어 와 네 동생 은지를 주곤 했지. 맛있는 것 보면 동생 생각이 나서 못 먹고 가져온 거 안다. 집에서 먹고 싶은 것 못 사 주지 않는데 인정이 많아서였지.

형편이 넉넉지 못한 사촌 동생이 오면 너의 예쁜 옷 다 입혀 주고 챙기지 않니.

유치원에서 집 앞에 데려다주면 안 들어오고 아파트 밑에서 엄마를 불렀어. 너를 쳐다보라는 거였지. 엄마가 못 듣고 내다보지 않으면 집에 들어와 뽀로통했지. 엄마가 달래 주면 금방 풀리고, 너는 어려서부터 외동딸을 부러워했고 외동딸로 태어나 엄마의 사랑을 듬뿍 받기를 원했지.

어느 날 너를 데리고 은행에 가서 관계자와 룸에서 얘기 하는데 네가 계속 엄마의 얼굴을 얘기하는 사람 반대쪽으로 돌렸지. 나오면서 "엄마는 아빠만 사랑해야 해." 그랬던 것 생각나니.

언니는 저절로 컸다면 너는 언니의 두 배로 신경을 썼단다. 언니는 듬직하니 뭐든지 혼자 알아서 했고 너는 예술가형으로 언니와는 전혀 다른 성향이었단다. 외갓집을 많이 닮아 할머니께서 너를 색다른 애라고 하셨지. 특히 외할머니의 멋에 대한 감각을 네가 쏙 빼닮았단다.

세 살 때 백화점에 데리고 가면 말도 못 하는 아이가 없어져서 어디 갔나 찾으면 위아래 옷을 코디해서 아장 아장 들고 와서 사 달라고 했지. 엄마 쫓아 미장원에 가면 아줌마가 예쁘다고 매니큐어 발라 준다면 항상 특이한 색을 가리키며 발라 달라고 했고.

　너는 자라면서 많은 것을 배웠단다. 경험을 가장 많이 했지. 피아노, 바이올린, 발레, 플룻. 특히 발레를 좋아해서 홍대 앞 창무 무용 연구소에서 소련 키로프 발레단 선생님에게 거의 2년간 배웠지. 발레 뒷바라지가 제일 힘들었던 것 같았단다. 정말 외동딸 아니고는 인천에서 서울로 일주일에 몇 번씩 데리고 다니는 것은 힘든 일이었지. 발레를 제대로 배운 덕분에 너의 체격이 바르고 발레리나처럼 균형이 잡힌 몸매가 된 것 같다.

중학교에 들어와 절대음감을 갖고 있는 네가 이모의 영향으로 플루트를 본격적으로 배워 스위스 베른 국립음악원에 입학했지. 노래의 감성으로 플룻을 부는 덕분인지 소리가 좋다는 말을 많이 듣고 입학할 땐 실기 1등으로 들어갔지. 스위스 국립음악원이라 학비가 우리나라보다 저렴했다. 그곳에서 동양인에 배타적인 스위스 남학생들에게 인기가 많아 여학생들이 시기를 했다고. 네가 이사할 때면 스위스 남학생들이 아빠 차들을 갖고 와 서로 도와주려 했다지. 그래도 그 애들에게 눈길 안주고 한국인으로 자존심을 보여 주어 칭찬해 주고 싶구나.

네가 부평역에서 악기를 잃어버린 것은 정말 너와 엄마를 파랗게 질리게 한 순간이었지. 큰맘으로 사준 18K 악기였는데 전단도 붙이고 했는데 악기는 돌아오지 않았지. 경찰서에 가서 신고를 했지만 경찰은 현장에 와 보지도 않고 성의를 보여주지 않아 안타까웠단다. 귀찮아하는 모습이었지….

물론 우리의 잘못으로 잃어버렸지만 경찰로서 모르쇠보다는 도와주려는 임무를 해 주었으면 좋았을 텐데 그 이후로 경찰에 대한 불신이 생겼단다.

네가 어려서부터 안 쓰고 모아 두었던 돈과 엄마의 적금을 합해 마침 새것과 다름없는 똑같은 악기가 나온 게 있어서 다시 사게 되어 다행이었단다. 이 사건을 계기로 매사를 조심하게 되었고 기도를 많이 해야 하겠다 생각했지.

공부를 마치고 들어와 대학 강사로 활동을 했었지.

우연한 기회에 네가 어려서부터 관심이 많았던 패션 디자인을 접하게 돼서 지금은 신세계인터내셔널 패션 분야에서 일하고 있지. 세 살 때 옷을 고르던 잠재력을 개발해 너의 새로운 길을 찾은 것 같구나.

송도에서 청담동까지 다니기 힘들 텐데 방 얻어 달라고 하지 않고 2시간이 소요되는 거리를 집에서 잘 다니고 있지. 외국 생활을 오래 해서 집을 떠나기 싫어하는 게 아닌가 싶다.

이쁜 딸 은영아 너는 엄마가 다른 형제들보다 몇 배의 공을 들인 거 아니….

너는 외동딸에게나 해 줄 수 있는 모든 것을 받은 거야. 그래도 네가 옆에서 엄마 필요한 거 챙겨 주며 딸 노릇 잘하고 있어 고맙다.

언니와 동생이 미국에 있고 장환이도 울산 직장에서 주말에나 올라와 네가 외동딸처럼 엄마의 사랑을 듬뿍 받고 있지.

하지만 이제 나이도 됐으니 엄마 곁을 떠나 너의 둥지를 터야 하지 않겠니?

올해에는 꼭 좋은 소식이 있기를 바란다. 그동안 엄마 곁에서 너의 예쁜 모습 보여 주어서 고마웠어. 너의 예쁜 모습 항상 변치 말고 남들에게 따뜻한 너의 모습을 보여 주기 바란다.

사랑한다 은영아!!

2년 후에 은영이는 현대자동차 다니는 착한 신랑을 만났다. 딸아이를 하나 낳고는 직장을 그만두고 아이 예쁠 때 엄마가 키워야 한다고 지극 정성으로 키우고 있다.

피아노 석사학위 취득 후 미국치과의사로
(의지의 한국인)

"할머니 이제 손자가 나오는데 와서 받으셔야지요."

청진기를 배에다 대더니 "역시 사내라 뛰는 것도 힘이 있네."라며 의사선생님은 자신 있게 한마디를 툭 던진다. 이번에도 병원에 간지 두 시간 만에 순산을 하였다.

아기는 나왔는데 적막감이 흐르고 아무 소리가 없다. 아기가 드디어 울음을 터트렸다. 기다리다 못한 산모는 조용히

"뭐 낳았어요?" 간호사는

"공주님이에요…."

세 번째인데 또 딸이니 어떻게 하지. 서울에 초음파로 잘 본다는 산부인과가 있어 친구의 소개로 임신 4개월 말 되던 때에 검사를 받았었다. 잘 분별이 안 되는지 한참을 보더니 "아들입니다." 약간 석연치 않은 느낌이 들긴 했지만 그래도 의사가 한 말이었는데 믿고 싶었다. 남편을 통해 시어머니께서도 아셨지만 나에게 물어보지는 않고 속으로만 담아 두셨다. 식구들이 모두 아들이려니 기대를 했는데 세 번째 딸을 낳았으니 실망들이 컸다. 시아버지 시어머니께서는 섭섭하시지만 내가 마음 상할까 봐 다독여 주셨다.

친정에서는 아버지가 소식을 듣고 외출 나갔다 들어오는 엄마에게

"이 서방이 그렇게 김치를 잘 먹더니 또 딸을 낳았다고 하지 않소. 고기 좀 먹여요." 엄마에게 탓을 돌리신 거다.

엄마와 동생들이 병원으로 왔다.

"요즘은 딸이 좋은 세상이에요. 걱정하지 마세요. 저 애가 이다음 훌륭하게 될 테니." 딸 셋 낳고 혹시 내가 기가 죽을까 염려가 되어 오신 거였다.

의사선생님도 자기가 진단한 것은 아니지만 상당히 미안해했다. 산아제한 장려로 셋째 아이부터 분만 시 의료보험 적용이 안 되는 시기였는데 병원비도 제대로 안 받은 것 같다. 퇴원하기 전에 선생님이 입원실에 들어시오더니

"아기가 변은 잘 보나요." "네." 하니

"다행이네요. 요즘 항문이 없어서 변을 보지 못해 수술하는 애도 있는데." 우리에게 위로의 말이었지만 우리는 두고두고 웃었다. 셋째 손녀였지만 시어머니께서는 퇴원 후 산간을 잘해 주셨다. 다행히 아기가 할머니를 쏙 빼닮아 더욱 예뻐해 주신 것 같다.

은지야 네가 태어났을 때 이야기란다. 엄마는 네가 셋째 딸이지만 혹이라도 소홀하지 않을까 하여 더욱 신경을 썼단다. 더욱 보란 듯이 모든 용품과 옷도 새로 사 오고. 사실 외아들인 아빠는 섭섭하셨겠지만 엄마에게 한 번도 섭섭하다고 내색을 한 적이 없으셨단다. 엄마는 세 딸을 아들 못지않게 키우자는 각오로 당당했지.

너는 말도 잘 듣고 무럭무럭 자랐단다. 예쁜 짓에 귀여움을 독차지하고 눈치가 빨라 혼날 일이 거의 없었지. 언젠가 불만이 있었는지 식탁 밑에 누워서 "엄마 미안해! 엄마 미안해!" 하면서 떼가 나서 우는 거였어. 울고는 싶은데 혼날 것 같으니 자기방어를 하면서 우는 거였지. 울어도 밉지 않은 아이였단다.

어느 날 엄마 피아노에 맞춰 언니들이 노래하는데 말도 잘 못하는 네가 옆에서 예쁘게 고갯짓을 하면서 따라 하지 않았겠니. 혹시나 해서 "은지야 한번 해 볼래?" 하니 입을 동그랗게 벌리고 맑은 목소리로 어찌 예쁘게 노래를 하는지 우리 모두 깜짝 놀랐단다.

후에 너도 노래 잘하는 애로 뽑혀 등굣길에 네 목소리로 녹음한 노래가 운동장에 울려 퍼져 친구들은 네 목소리를 들으며 등교했지. 목소리도 좋고 음악성도 풍부해 성악을 시켜야겠다 생각하고 음악의 기본인 피아노부터 가르쳤는데 그것이 너의 전공이 되었구나.

선화예중고와 이화여대 피아노과에 들어가기까지 너도 고생하고 엄마도 레슨 데리고 다니느라 고생했지. 입시를 위해 하루에 7~8시간 연습하면서 손가락에 무리가 가서 수시로 정형외과에 다녔지. 피아노 건반 위에는 땀에서 나온 염분으로 소금기가 서걱거렸고. 정말 피나는 고행이었던 것 같다.

라흐마니노프의 피아노곡을 칠 때면 어찌 힘 있고 열정적으로 치는지 그랜드 피아노 줄이 뚝뚝 끊어지곤 했지.

네 주위에는 피아노를 잘 치는데도 불구하고 5수까지 하면서 원하는 대학에 못 가는 예고 출신 애들도 있었지. 그 당시 워낙 경쟁이 심하지 않았니.

피아노 옆에는 항상 연고와 반창고가 준비되어 있었고 너의 손톱은 자라지를 못했지. 발레리나의 발이 성치 않듯이 너의 손가락도 성할 날이 없었던 거야. 낫는 방법은 피아노 치지 않고 쉬는 것밖에 없었단다. 수시로 정형외과에 가서 손가락을 파라핀에 담그고….

네가 레슨 받을 때 선생님 허락으로 엄마도 같이 들어가지 않았니. 네가 긴장해서 놓칠 수 있는 부분 메모해 갖고 와서 집에서 연습할 때 너에게 리마인드시켜 주고 음악을 만들기 위해 엄마도 같이 도와주곤 했지. 타고난 음악성으로 너는 남과 다른 생동감 있는 음악을 만들어 내곤 했단다.

친구 엄마들이 "은지 소리는 우리 애들과 달라요. 살아 있는 소리 같아요." 너는 많은 능력을 가졌지만 음악을 하고 싶어 하지 않았지. 음악은 최고만이 살아남고 음악은 좋지만 공부가 더 하고 싶었던 거였지.

대학 졸업하기까지 몇 번 고민한 적이 있었는데 우리나라에서 전공을 바꾸기가 쉽지 않은 상황이라 계속하게 된 거지.

졸업을 앞두고 4학년 때 일 년을 휴학하며 미국에 가서 음악 이외 새로운 길을 모색하다 마지막에 들린 인디애나 음대에서 또 실력을 인정받고 왔지. 교수님보다 좋은 소리를 낸다고. 일 년 동안 피아노를 안쳤는데도 불구하고 이화여대 final 피아노 실기시험 50명 중 3등으로 졸업하며 미국 존홉킨스 대학 피바디 음대에 유학하게 되었지.

새로운 의사의 길

존홉킨스 피바디 음대에 가서 너는 새로운 희망을 갖게 되었던 것 같다. 미국에서는 나이가 들어서도 전공을 어렵지 않게 바꾸는 사람들이 있다는 것을 알게 되며 존홉킨스 대학의 물리, 유기화학 생물 수업을 청강하지 않았니. 예고에서 공부하지 않았던 이과 과목 수업이 가능한 가 스스로를 테스트한 거였지. 할 수 있다는 자신감을 얻고 한국에 엄마 아빠에게 전화를 하여 치과의사가 되고 싶은데 공부하면 안 되겠느냐고 물었지.

엄마는 그 힘든 공부를 왜 하느냐 했고 아빠는 본인의 뒤를 이을 딸이 생겼으니 하고 싶으면 하라고 승낙을 하셨지. 하지만 엄마의 조건은 우선 하던 공부 끝내라는 거였지. 석사 하는 동안 마음을 돌려 보려고 했는데 네 꿈에 못하게 해서 울었다는 소리를 듣고 너의 의지가 워낙 강하다는 것을 알고 두 손 들고 밀어주게 되었단다.

석사 과정을 끝낸 후 부모 부담을 덜어 주고자 너 스스로 학비가 비교적 싼 University of South Florida 대학 생물과에 입학하여 치과대학에서 요구하는 이수 과목을 3년에 마쳤지. 음악만 했던 네가 처음 접하는 이과 과목인데 한국어도 아니고 영어로 공부하며 4.0 만점에 3.85라는 높은 점수를 취득하지 않았니.

그 사이 한국에 한번 나왔는데 머리가 그렇게 아프다고 해서 병원을 데리고 갔지. 공부 스트레스가 많아 그런 것 같다며 자초지종을 얘기하지 않았겠니.

의사 선생님이 들어 보시더니 자기애를 중학생 때 미국에 유학을 보내서 아는데 미국에서 의·치대는 영주권 없이는 불가능하고 무모한 일이라고 하는 것이었지.

하지만 너는 의지를 굽히지 않고 하겠다고 하는 것이었어. 사실 학비도 만만치가 않았는데, 이다음 저에게 물려줄 돈 있으면 지금 저에게 투자해 달라는 것이었지.

하겠다는 의지가 강해서인지 DAT 치과대학 자격시험도 무사히 치러 두 곳 치과대학에서 합격 통지서를 받았지. 피아노를 석사까지 했다는 것도 플러스가 된 것 같았다.

노벨상을 17명을 배출한 명문 Case Western Reserve University 치과대학에 등록을 했지. 입학을 하면 되는 줄 알았는데 공부가 혹독했다. 두꺼운 원서를 일주일에 끝내고 일반대학의 공부하고는 비교가 되지 않았지. 숨을 돌릴 틈이 없어 보였고 엄마는 기도를 하며 계속 지치지 않게 힘을 넣어 주었지. 지칠 때마다 희망적인 말을 해 주니 너는 엄마에게 미국엄마 같다고 하지 않았니. '우리 엄마는 긍정의 대가'라고. 엄마는 네가 공부하는 동안 공부에 방해가 될 것 같아 미국에 가지 않았지. 너도 몇 년 동안 오지 않았고.

네가 졸업을 할 때까지 누구에게도 졸업한다고 말을 할 수가 없었단다. 거쳐야 하는 관문이 너무 많고 쉽지 않았기 때문이었지. 이번에 졸업을 앞두고 국가고시, 주정부 면허시험은 무사히 합격을 했는데 실기시험들이 만만치가 않았지. 멀리서 엄마는 기도밖에 해 줄 것이 없었고 너도 열심히 기도하고 엄마는 밤낮 회개의 기도를 하였단다.

하나님의 은혜로 무사히 통과를 하면서 졸업이 확정이 되었지. 우리는 그제야 비행기 표를 구입하고 졸업식에 참석할 준비를 했지. 부모가 치의학 박사학위가 있는 학생은 부모가 직접 학위증을 수여할 수 있게 해 준다고 해 엄마는 부랴부랴 서울대학교에 전화해서 가운을 대여했단다. 의상하면 우리나라가 최고 아니니 번듯한 가운을 들고 미국에 가게 되었지. 졸업과 동시에 NYU 치과대학병원 레지던트로 일할 수 있는 행운도 얻게 되었지. 정말 '후유' 하는 마음으로 딸과 사위와 재회를 하고 미동부를 편한 마음으로 즐겁게 관광을 하고 졸업식에 참석했다.

대학 아트센터 공연장에서 졸업식이 거행이 되며 아빠는 서울대 박사 가운을 입고 단상에 교수들과 같이 입장을 하였다. '은지 리'를 호명하는데 은지가 힘차게 입장해 걸어가 아빠와 포옹을 하고 학위증을 수여받고 같이 사진을 찍었지.

정말 가슴 벅찬 순간이었다!! 수고했다. 은지야!

졸업식 다음 날 새벽 우리는 은지와 아듀를 하고 큰딸이 살고 있는 서부 샌프란시스코 산호세로 향했다. 손자 손녀와 만나 그동안 못 해

준 할머니 할아버지의 사랑을 듬뿍 주며 3일간 즐거운 시간을 보내고
한국의 친손자 백일에 맞추어 귀국을 하였다.

돌아오는 비행기에서 남편은 나의 손을 꼭 잡아 주었다.

듬직하고 멋진 사나이 이장환

"아빠, 아빠가 남자니까 엄마에게 사과하세요. 아빠가 그러셨잖아요. 남자가 참는 거라고요." 6살 아들의 또박또박한 차분하면서도 진지함이 담긴 말투였다.

아들이 6살 때 남편이 나와 사소한 일로 말다툼하다 화가 나서 밖으로 나가려 하는데 아들이 자기 방에 있다가 용감하게 나와 아빠에게 이야기를 하는 것이었다.

방에서 그 소리를 듣고 나도 깜짝 놀랐다. 누나들은 모두 조용히 눈치 보고 있는데 아들이 그런 말을 하다니 평소에 누나들과 싸우면 아빠가 항상

"남자가 참는 거야."라고 이야기했었다.

그리고 아들이 우리 방에 들어오더니 내 어깨를 감싸며

"엄마, 엄마가 참으세요. 우리 저렇게 행복하게 살아야 하지 않아요." 하며 가족들이 모두 웃고 있는 자기 돌 사진을 가리키는 것이었다.

우리는 아들의 행동에 놀라면서도 뿌듯함을 느끼며 더 이상 아이 앞에서 안 좋은 모습을 보이면 안 되겠구나 생각했다. 평상시 개구쟁이로만 알았는데….

딸 셋을 낳고 낳은 아들이었다. 아들을 낳았다고 아파트에서 모르는 분까지 와서 축하 인사를 해 주었다. 사람들은 세상이 다 자기 것 같지 않았냐고 하는데 나는 낳고 나서 섭섭함이 없었지 그 외는 똑같았다. 다만 나도 아들이 있다는 뿌듯함이 있었다고 할까….

아들이 태어남으로 드는 에너지가 3+1이 아니라 3×3이었다. 얼마나 개구쟁이인지 딸 셋을 키우는 것보다 더 힘들어 남자는 여자와 근본적으로 다른 튀는 피를 갖고 태어났나 보다고 생각했다. 아이들을 무척 좋아하는 시어머니가 계셨으니 다행이지 혼자서 아이들을 보는 날은 저녁 5시 정도 되면 쓰러질 것 같았다.

아들은 비록 행동은 개구쟁이였지만 속은 어른이었다. 밤에 잘 때도 꼭 할머니와 같이 잤다. 어쩌다 우리 방에서 잠이 들어 재우려면 중간에 벌떡 일어나 베개를 들고 할머니 방으로 간다. 엄마와 같이 자자고 붙들면 3살짜리 꼬마가

"엄마는 아빠가 있잖아. 할머니는 혼자라 내가 같이 자야 한다."라는 것이다. 할머니 정을 많이 느낀 것 같았다.

놀러 갈 때는 할머니를 먼저 챙기고 언제든지 할머니와 같이 가야 했다. 시어머니 시집살이보다 아들 시집살이가 만만치 않았다. 나는 행동을 조심해야 했다.

어느 해 연말에 엄마 아빠 온천 간다고 할 때 할머니가

"너 심심하면 엄마 쫓아가라." 하니

"둘이 오붓하게 가는데 제가 왜 가요." 하며 뒤로 빼는 것이었다.

우리는 파안대소를 했다. 어린애 소견이…

아들은 어려서부터 운동을 좋아하고 외출 후 들어와 차를 주차하려면 "엄마 기다려 나 조깅하고 올게요." 아파트를 한 바퀴 뛰고 온다. 축구를 해도 혼자서 상대방 3명을 상대한다. 에너지가 넘친다. 바지는 하루가 멀다 하고 무릎이 해져 당해 내지를 못했다. 어느 날 한꺼번에 모아 무릎에 동물 모양을 달아 주었다.

운동화도 나이키가 나오기 전 월드컵 운동화로는 두 달을 넘기기 힘들었다. 조용하던 집안이 아들 하나로 완전 변화가 왔다. 잘 쓰던 가전제품은 하나둘씩 서비스를 받아야 했다.

마침 초등학교 3학년 어느 날 학교에서 수영반을 모집한다고 안내문을 갖고 왔다. 나는 특별 활동반으로 생각하며 잘됐다 해서 보냈는데 수영 선수반인 것이다. 우리 애는 발차기도 제대로 못하는데, 걱정은 되었지만 운동신경이 있는 것을 믿고 보냈다. 다른 애들은 엄마들이 쫓아다녔지만 나는 혼자 보냈다. 매일 아침 6시 봉고차가 와서 데려간다. 동인천중학교 50m 선수용 수영장에서 초등부부터 고등부까지 연습을 하는 것이다. 겨울에는 얼음이 둥둥 떠 있는 곳에서 연습을 했다고 한다.

강습비도 없고 모든 것을 학교에서 제공해 준다. 대정초등학교가 수영 육성학교로 선정되어 교육청에서 코치가 파견되고 예산이 나온다고 한다. 수영에 필요한 수영복과 모자, 물안경 기본적인 것만 준비하면 되는 것이었다.

어느 날 시간을 내서 아들이 연습하고 있는 수영장을 가 보았다. 엄마들이

"장환이 엄마 한턱 내세요. 우리는 수영선수가 새로 들어온 줄 알았는데 장환이였다."라고 하는 것이었다. 내가 보기에도 제법 틀이 잡혀 있었다. 돌아오며 아들에게

"어떻게 그렇게 잘하게 됐느냐?"라고 물어보았다.

"벤치에서 쉴 때 고등학교 형들이 하는 것을 보고 어떻게 하면 스피드가 나는 가 스스로 연구를 해 보았다."라고 하는 것이었다. 처음에 기초도 없이 들어가 탈락할 위기가 있었다고 했다. 포기할 수 없어 열심히 연구하며 했다는 것이다.

아들은 승부욕이 강했다. 배운 지 1년 만에 인천 대표로 소년체전에 나가 본선에 통과했다. 메달 유망주였는데 처음 나간 시합이라 경험이 부족해 메달은 따지 못하고 4등을 했다. 그때 얼마나 속상해하는지 밤에 열이 오르고 잠꼬대까지 할 정도였다.

몇 달 후 잠실경기장에서 치러진 '해군참모총장배'에서 은메달을 땄고 그다음 시작한 지 일 년 반 만에 동아일보사 주최 '동아대회'에서 당당히 금메달을 딴 것이다.

장환이는 한 바퀴 턴하면서 고개가 꼭 한번 올라온다. 저보다 빠른 선수가 있는가 보고 전속력을 다해 추월하여 판세를 뒤엎는 것이다. 승부욕이 강했고 금메달을 따기 위해서 100m에 속력을 어떻게 분배

할 것인가 4학년짜리가 나름 계획을 세우고 있었다.

동아대회를 전주에서 했는데 엄마들이 같이 동행을 했다. 대회 날 아침밥을 먹이고 수영장에 선수 아이들을 보냈는데 몇 아이들이 이내 들어와서 하는 말이 물에서 락스 냄새가 독하게 난다고 한다.

"장환이도 기침하느라 제대로 못하고 있어요." 하는 것이다. 바로 나가서 확인해 보니 물이 뿌옇고 락스 냄새가 입구부터 진동을 하는 것이다. 이것을 누구에게 얘기를 해야 하나 보통 문제가 아니었다. 잠실에서 할 때는 그렇지 않았는데, 그때 마침 세단차가 한 대 들어오는데 관계자분들이 달려가 인사를 하고 영접을 하는 것이다. 주최 측의 높은 사람이라 생각이 들었다. 나는 그분에게 다가가

"오늘 수영대회에 출전하는 선수 엄마인데 수영장 물을 보니 뿌옇고 락스를 많이 넣어 아이들이 수영을 할 상태가 아닌 것 같다. 우리나라에서 제일 권위 있는 동아대회인데 가서 한번 보셨으면 한다."라고 했다.

수영대회는 잠시 미루어졌고 물은 새 물로 교체가 되었다.

장환이는 최선을 다해 평형 100m에서 목표인 금메달을 땄다. 하지만 저는 그길로 나갈 것이 아니므로 수영을 그만둔다는 것이다. 수영은 기록 게임으로 고독해서 싫다는 것이다. 아들은 나에게 수영부 학부모 모임에 나가지 말고 조용히 있으라고 했다. 그래야 자기가 그만둘 수 있다는 것이었다.

잘하는 선수 하나가 학교 수영부를 먹여 살린다는 말이 있다. 잘하

는 선수로 인해 실적이 인정되어 교육청에서 예산을 많이 따올 수 있다. 나는 아들 말대로 조용히 있었고 교장선생님을 비롯한 코치와 선수들 모두 아쉬워했지만 그 길로 갈 애가 아니라는 것을 알고 놓아주었다. 사실 선수 생활을 하면 공부를 할 수가 없다. 새벽부터 시작되는 연습과 시합으로 수업도 빠지고 공부와 점점 멀어지는 것이다.

누나들과 달리 장환이는 대범하게 키웠다. 나는 일찌감치 남자애는 여자애와 다르다는 것을 알고 어려서부터 방향을 제시를 해 주고 결정은 본인 스스로 하게 했다.

5학년 때는 방학을 이용해 세계인들이 모이는 영국 kingschool Bell 어학코스에 갈 때 대한항공에 부탁해 혼자 비행기를 태워 보냈다. 한국인이 없는 외국인 속에서 처음에는 겁을 내던 애가 수료식 때 베스트 보이로 호명이 되어 저도 놀랐다고 한다. 공부하는 동안 가장 많이 발전한 학생에게 주는 상이었다.

중학생이 되었는데 아빠는 아들을 학원에 보내지 말며 공부 스트레스 주지 말고 그냥 두라고 한다. 때가 되면 저절로 한다고 하는 것이다. 본인이 그렇게 공부를 했고 큰딸도 혼자 알아서 했기에 그렇게 생각하는 것 같았다.

하지만 엄마 생각에 공부를 열심히 시켜 과학고등학교를 보내고 싶었다. 주위 분들에게 수소문해 좋다는 학원을 데리고 갔는데 돌아

오며 아들은 그 학원에 안 가겠다고 한다. 왜 그러냐 하니

"까마귀 노는 곳에 백로가 가면 안 된다."라는 것이다. 그 동네 이상한 술집들이 많아서 그런 곳에 가고 싶지 않다는 것이다. 알고 보니 학원이 네온사인이 번쩍거리는 유흥가 가운데 있었던 것이다. "참, 아는 것도 많다."

그러던 어느 날 신문에 공고가 났다. 미국 중, 고등학교에서 1년 코스로 교환학생을 선발한다는 것이다. 과학고등학교도 안갈 거고 컴퓨터만 좋아하는데 영어도 공부하고 넓은 세계 속에서 청소년 시기를 보낸다는 것은 좋은 기회라 생각했다. 집에서 귀하게 자랐는데 남의 집에서 눈칫밥도 경험하며 쉽지는 않겠지만 아들에겐 약이 될 것 같았다. 본인도 많은 생각을 하더니 가겠다고 한다. 그때 중학교 3학년이었다.

여름방학에 미국으로 떠나며 친구들이 "장환이가 우리 반에 없으면 안 돼요."라며 아쉬워했다고 한다. 나는 평상시 아들에게 학교에서 왕따 당하는 친구가 있으면 네가 도와주라고 일렀다. 불쌍한 친구를 도와줄 수 있는 아들이라 생각했다. 정의감에 친구들이 좋아했는지 인기투표에서 일등이 나왔다고 담임선생님이 알려 주셨다. 친구들과 아쉬움을 뒤로 하고 좀 더 넓은 세상을 보기 위해 택한 것이다.

청소년 교환학생 프로그램으로 학교 성적 B학점 이상이면 선발이 된다. 모든 경비는 일 년에 일만 달러, 우리나라 돈으로 천만 원 정도였다. 생활은 자원봉사하는 집에서 무료로 제공을 받는다. 미국 사람

들은 자원봉사를 생활화하는 것 같았다.

아들은 켄터키 시골 마을에 있는 사립학교에 배정이 되었다. 혼자 비행기 타고 가며 직항이 없어 3번을 갈아탔는데 피곤해서 자느라 밥도 못 받아먹었다고 했다. 누구의 도움 없이 혼자서 가는 거였다. 가방도 하나가 없어져 다음 날 집으로 배송됐다고 한다.

그 마을은 한국인들이 거의 살고 있지 않은 곳이었다. 학교는 기독교 단체에서 운영하는데 나이에 상관없이 모든 학년의 학생들이 한 교실에서 공부를 했다고 한다. 공부는 각자 문제집 푸는 게 전부였다. 영국 'kingschool'에서 베스트보이 상을 받으며 좋은 경험을 했던 아들에게는 실망 자체였다고 한다. 좋아하는 운동도 할 수 없고 과외 활동도 없으니 답답하고 이게 아니다 싶어 교장선생님을 찾아가서

"내가 미국에 온 것은 많은 경험을 하러 온 거지 문제집만 풀려고 여기까지 온 것이 아니다. 문제는 한국에서도 풀 수 있다. 나를 공립학교로 전학을 시켜 줄 수 없겠냐."라고 하니

"너는 우리 학교에 배정이 됐고 마음대로 바꿀 수 없다."라고 단호하게 안 된다고 했다고 한다.

장환이는 포기하지 않고 교장선생님께 한 달을 쫓아가 설득을 해 드디어 공립학교로 전학을 할 수 있었다고 했다. 너무 기뻤지만 두려움이 컸다고 한다.

"내가 힘들게 바꾸었는데 잘 적응할 수 있을까?" 첫날 부모도 없이

가는데 걱정이 되고 떨렸다고 한다. 넓은 운동장을 보며 가슴이 탁 트였지만 학기 중간에 들어가니 다가오는 친구도 없고 며칠을 혼자서 점심을 먹으며,

"아, 이러면 안 되겠구나. 친구들이 다가오기 전에 내가 먼저 다가가야겠다."라고 생각을 바꾸니 주위에 친구들이 하나 둘씩 생겼다고 했다. 친구들 앞에서 한국의 여러 가지 얘기를 하면 아이들은 깔깔대며 자기네와 다른 문화의 한국에서 재미있는 친구가 왔다고 좋아했다고 한다. 우리나라에 대해서 많은 얘기를 해 주며 흥미를 주었던 것 같다.

아들이 한국에서도 교회를 열심히 나갔는데 그곳에서 미국교회를 다니면서 친구들도 사귀고 보람을 찾았다고 한다. 교회에서 수련회를 가는데 갈까 말까 고민을 하며 전화를 했다. 아들에게

"미국교회는 한국과 다를 수 있고 새로운 분위기도 경험할 겸 해서 가 보라."라고 권했다. 갔다 오더니

"너무 좋았고 우리나라와 달리 학생밴드도 있었고 흥겨운 캠프였다."라고 했다. 학생들에게 흥미롭게 프로그램을 잘 짰던 것 같았다. 교회를 통해 많은 친구도 사귈 수 있었고 아들은 학교에서는 인기 있는 학생으로 점점 부각이 되었다.

하지만 자원 봉사하는 집에서의 생활은 녹록하지 않았다. 갓난아기부터 고만고만한 애들 세 명이 있는 집에서 자기애 키우기도 힘든데 홈스테이 자원봉사를 하다니. 우리나라에서는 상상을 할 수 없는 일이다.

집에서는 맛있는 것 있으면 큰 것이 자기 몫이었는데 그곳에서는

주면 먹고 알아서 챙겨 먹고 다녔다고 한다.

어느 날은 아저씨와 약속 사인이 맞지 않아 어두운 저녁에 4시간을 걸어서 집에 왔다고 한다. 그곳은 시골이라 가로등도 없고 밤길에 걸어 다니는 사람도 없는데 혼자서 걸어왔다는 거였다. 정말 위험한 순간이었다. 아들은 어려서부터 길눈이 밝아 무사히 찾아왔으니 다행이지 큰일 날 뻔했다.

나중에는 또래 친구 집으로 옮겨 그 부모님과 많은 대화를 하며 즐겁게 지냈다고 한다. 학교생활을 즐겁게 하며 성적도 두 학기 모두 A학점을 받았다.

일 년의 미국 생활을 마치고 돌아오는데 공항에 20명쯤 남자, 여자 친구들이 부모님과 함께 나와 배웅을 해 주었다고 했다. 비행기가 새벽 4시 출발이었는데 친구들이 2시에 공항에 집합해 사진 찍고 아쉬워했다고 한다.

혼자서 미국에 가서 낯선 집에서 적응하며 사느라 어려움이 많았을 거다. 학교생활은 즐겁고 좋았지만 부모 없이 산다는 게 얼마나 힘든지를 알았다고 한다. 밤에 시골길을 걸어서 오며 얼마나 서럽고 무서웠을까 싶다. 그래도 하나님이 함께 하셔서 잘 마치고 돌아왔다.

옛날에 남편과 인상 깊게 본 외국영화가 있었다. 한 아이가 트렁크 하나 갖고 외딴곳에 떨어져 스스로 잘 극복하고 견뎌 낸 영화였다. 우리는 그 영화를 보면서 "우리 애도 이 다음에 저렇게 강하게 키우자."

극복하며 찾아가는 아이를 보며 저런 것을 견뎌 낸 아이는 어디에 갖다 놓아도 살아갈 원동력이 있을 거라 생각했다. 우리는 비록 아이를 멀리 떨어뜨려 놓았지만 지켜보며 견딜 수 있도록 계속 힘을 넣어 주었다. 스스로 할 수 있도록 어려운 일이 생겨도 두려워하지 않고 자신감을 갖고 해결해 나갈 수 있도록 힘을 불어넣어 주었다. 아들이 돌아와서 하는 말이

"이제 세계 어디를 가도 적응해서 잘할 수 있을 것 같아요."라고 했다.

우리는 아들을 미국에서 공부를 더 시킬까 생각했는데 아들은 미국에서 계속 공부하기를 원치 않고 한국에서 부모님과 같이 있기를 원했다. 우리도 그때 보내면 미국 사람 만드는 거라 생각했다. 미국에서 있었던 모든 것은 추억과 경험으로 남기고 싶어 했다.

아들은 한국에 들어와 중3이 아닌 1년을 건너뛰고 친구들과 같은 고등학교 1학년 2학기에 들어가 공부하느라 고생을 했다. 무사히 대학교에 들어가 인천에서 서울로 통학을 하였다. 과 수석을 하며 장학금 받으며 다녔지만 미국에서 공부를 했더라면 운동도 잘하고 활달한 성격에 미국의 명문대학교에 들어갔을 텐데 아쉬운 마음이 있었다. 그래도 부모 옆에 있어주어 고마웠다.

나는 아들로 인해 교회에 정착할 수 있었다. 결혼 초에 나는 신앙에 방황을 하던 때가 있었다. 아들이 초등학생 때였다. 어느 날 강력하게 "엄마는 기독교 믿는 집안에 시집을 오셨으면 기독교를 믿으셔야

지요." 남편의 권유에서도 느끼지 못했던 강한 메시지로 나에게 다가왔다. 그것은 어린애의 소리 같지 않고 아들을 통해 나의 나갈 길을 정해 주신 것 같았다.

대학에 들어가 처음 술을 먹었는데 저는 취하지 않았는데 다른 친구들이 취해 집까지 바래다주고 오며 본인이 주량이 세다는 것을 알았다고 한다. 하지만 술과 담배는 유익한 게 아니라 가까이하지 않는다고 한다. 술은 먹다 보면 흐트러질 수 있고 담배는 아빠도 안 피우시고 건강에도 안 좋은 것이라 입에 대지도 않는다. 본인의 의지가 강하다.

사나이로 태어나서

남자하면 군대 얘기를 빼놓을 수가 없다. 아들이 대학교 2학년 때 입대를 하게 되었다. 아들은 입대 날이 다가올수록 마음이 초조한 듯 착잡해했다.

"엄마 아들이 군대 가는데 섭섭하지 않아요?"

"아니, 우리 아들이 건강해서 나라를 위해 군대를 가는데 자랑스럽지. 건강치 못해 군대를 못 간다면 슬픈 거지."

나는 솔직히 아들이 의정부 306보충대에 집합해 입대하는데 슬프다기보다는 아들이 성장해서 돌아올 것을 생각하며 절을 하고 싶었다. 다른 부모들이 우는 것을 이해하지 못했다. 장환이가 건강하게 마치고 돌아오게 해 달라고 기도를 했다. 남편은 나에게 "당신 진짜 엄마 맞느냐?"고 했다.

나는 우리나라가 짧은 시간에 발전할 수 있었던 것은 다른 나라에 없는 2년간의 혹독한 군대 훈련을 통해 생긴 강인한 정신력이라 생각한다. 가끔 여자들도 보내야 하지 않나 생각할 때도 있다.

추운 겨울 어느 날 연천이 영하 26도인데 아침에 웃통을 벗고 훈련을 받았다고 전화가 왔다. 놀랐지만

"우리 아들 멋지구나! 그런 훈련도 이겨 내고 군대가 아니면 그런 경험을 하겠니."

하루가 백일 같은 22개월 군대 생활을 마치고 아들은 드디어 제대했다. 현관에 축하 플랭카드를 만들어 걸어 놓고 환영했다. 그동안 연평도 사건 등 무슨 일이 터질 때마다 보내 놓고 얼마나 마음을 졸였는데 무사히 제대해 감사했다.

고생한 대가로 송도로 이사를 가며 이층에 화장실과 옷 방이 딸린 큰 방을 아들에게 배정해 주었다. 누나들의 원성을 들어가며 군대에서 수고한 특혜와 보상을 해 준 것이다. 확실한 인센티브를 준 것이다.

우리는 군 제대기념으로 가까운 해외로 가족 여행을 떠났고 돌아온 다음 날부터 아들은 아라뱃길 공사장에서 아르바이트를 했다. 군대에서 한 달에 8만 원씩 받으며 모은 일백만 원과 알바해서 모은 돈을 합해 아들은 친구와 한 달간 미국 여행을 떠났다.

아들은 복학을 해서 열심히 공부를 마치고 대기업에 들어갔다. 입

사하자마자 미래 인재상을 받았고 서울 발령 후 다시 미래인재상을 받았다. 매사에 똑 부러지는 아들에게 상사는 법학대학원에 가서 법을 공부하라고 권했다고 한다.

스탠퍼드 대학 교정에서(여행 중)

이듬해 고려대와 연세대 법학대학원에 합격했는데 본인이 고려대를 선택해 다니면서 새롭게 법을 공부하며 재미있다고 한다.

나는 아들에게 커다란 나무가 되어 많은 사람들이 쉬어 갈 수 있는 그늘을 만들어 주는 장환이가 되라고 했다.

"장환아 멋지게 될 테니 두고 봐, 하나님이 너를 크게 쓰실 거라고 믿어. 엄마 아빠가 괜히 너를 고생시킨 게 아니란다!"

아들은 8년 후 삼성전자 과장으로 이직을 했다.

장환이가 회사생활을 할 때

외숙모가 네가 직장에 다닌 지 4년이 넘어 차가 있을 법도 한데 없는 것을 보고 "장환아 너는 왜 차를 사지 않니 부모님께 말하면 사 주실 텐데." 물으니 "저는 차가 필요 없어요. 차를 사면 여러 가지 경비도 많이 들고 필요치 않아요."라고 했다고 외숙모가 기특했는지 전해 주시더라.

그리곤 너는 서울에 살며 회사에 출퇴근할 때 공용 자전거를 이용하면서 "운동도 되고 좋았다."라고 했지. (여담)

나의 남편

나의 인생의 동반자 이인학 박사

남편과 나는 대학 음악 동아리에서 처음 만났다.

서울대학교 치과대학생과 이화여대 음대생으로 형성된 Disk 동아리였다.

그 당시 나름 철학적 사상에 심취해 있던 나는 그 동아리 이름이 disk라 어감도 안 좋고 별 관심이 없었지만 음악회를 하는데 좀 도와 달라는 친구의 부탁으로 참석하게 되었다. 남성 사중창을 가르치는데 남학생들이 어찌 말도 안 듣고 힘들게 하는지 온 것을 후회했다. 그런데 그 가운데 한 사람이 안타까워하며 친구들을 독려하는 것이었다.

나는 친구와 모차르트의 오페라 〈피가로의 결혼〉에 나오는 〈편지의 이중창〉을 부르고 남성 사중창도 무난히 하며 음악회는 잘 끝났다. 인연이 되려는지 대학 졸업 후 종로 5가 CBS 방송국 앞에서 그 안타까워했던 치대생을 우연히 만났다. 한 번밖에 안면이 없었는데 나에게 아주 친절하게 대해 주어 옆에 있던 언니가 저 사람 인상이 참 좋다고 칭찬을 했다. 나중에 안 사실이지만 남편은 천성이 누구에게나 친절한 사람이었다. 훗날 치과개업하며 그 성격이 도움이 많이 됐던 것 같다. "의사가 이렇게 친절한 사람도 있느냐."고 했다.

그 후 몇 번 만난 후 나는 스위스로 떠났다. 편지만 오가며 남편은 기약도 없는 나를 3년 동안 선도 안 보고 기다려 주었다. 내가 없는 동안 여기저기서 선이 많이 들어왔지만 모두 사양했다고 한다. 심지가 굳은 진실된 사람이라는 것을 알았지만 이 사람과 결혼을 해야 하나 고민을 많이 했다. 나와 모든 것이 너무 달랐다.

남편은 1남 4녀의 장남으로 인천에 살고 있었다. 시아버지는 이북에서 홀로 월남하셨고 교육자로서 어렵게 근근이 사는 집이었다. 남편은 자기의 어려운 환경 때문에 나에게 선뜻 결혼하자는 말을 하지 못했다. 사람 자체를 보면 놓치고 싶지 않은 사람이었다. 스위스는 오지 않겠다고 하니 한국에 가서 모든 것을 내려놓고 결혼을 해야 하나 고민을 했다.

스위스에서 어느 날 꿈을 꾸었다. 수염이 긴 하얀 할아버지가 나에게 수건에 싼 무언가를 주고 가셨다. 대수롭지 않게 가방에 넣고 있다가 대사관 분들 앞에서 꺼내서 보여주었는데 다들 놀란다. 파란빛이 나는 다이아몬드가 들어 있었다. 주위 분들이 이것은 귀한 것이라고 부러워하는 꿈이었다.

나는 많은 고민을 하다가 저런 사람을 또 만날 수 있을까 꿈도 좋았고 남편 하나만 보고 멋모르고 결혼을 하였다.

그 후 10년 동안 내 평생 가장 힘든 시간이었다. 남편은 개천에서 용이 난 사람이었다. 바깥세상을 안 보고 가족끼리만 살았던 집안으로 나의 환경과 너무 달랐다.

나는 나의 날개를 접고 살며 숨이 막히는 것 같았다. 시부모님과 4명의 시누이와 8명이 같이 사는데 신혼이라는 단어는 사치였다. 그 당시 내가 가장 부러운 사람은 문간방에 세들어 사는 신혼 부부였다.

"저 사람들은 얼마나 좋을까?" 나에겐 자유가 없었다. 몸은 점점 여위어 가고 웃음이 없어졌다. 10년이 지나서야 봄이 오는 것 같았다. 세월이 지나 시어머니께서는 혼자되시고 시누이들도 다 시집가고 나만 바라보고 사셨다. 며느리 말이면 다 믿고 따라 주셨다. 좋은 것을 보면 며느리부터 주시는 분이었다. 며느리가 해 드리는 것은 다 좋다 하셨다.

물론 힘든 시절이 있었지만 시어머니와 좋은 관계 속에서 이별을 하게 되었다. 30년을 같이 살며 큰소리 한번 없이 고락을 같이 했는데 놀러 가셔서 사고로 4개월간 투병하시다 돌아가셨다. 수술에서 깨어나셔서 나를 보고 첫마디가

"애미야 어떻게 살았니 고맙다." 손을 잡고 생전 안 하시던 말씀을 하시는 거였다. 내가 병원에 가면 시누이들 앞에서 "네가 와서 너무 좋다."라며 민망할 정도로 좋아 어쩔 줄 몰라 하셨다.

돌아가신 후 가끔 꿈에 나타나셔서 좋은 모습을 보여 주신다. 친정 어머니의 엄하고 대범하심과 시어머니의 인자하심은 나에게 아이들을 양육하는 데 많은 영향을 주신 것 같다.

내가 결혼해서 스위스 대사관에 근무할 때 아침 일찍 시어머니께

서 차려 주시는 아침밥을 먹노라면 남편은 옆에 앉아 먹는 것을 지켜보아 주었다. 반찬도 챙겨 주며 많이 먹고 가라고, 그리고 문 앞에 서서 내가 모퉁이를 돌아서 안 보일 때까지 지켜보고 들어갔다. 그리곤 들어가서 한숨 자고 출근했다고 한다. 그 당시 상갓집에서 밤을 새우고 새벽에 들어왔을 때 괜찮으니 자라고 해도 그 일은 빠지지 않았다. 애기 낳고 몸조리 할 때도 남편이 옆에서 많이 챙겨 주었다.

지금도 같이 식사할 때 남편은 먼저 식사를 마친 후에도 천천히 먹는 내가 수저를 놓을 때까지 자리를 뜨지 않고 말동무를 해 준다. 남편은 늦게 먹는다고 나에게 한 번도 타박을 한 적이 없었다.

"저 사람은 먹을 때 처음과 끝을 장식하는 사람입니다."라고 남들에게 늦게까지 먹는 나를 변호해 주었다. 시집살이가 힘들었지만 남편의 한결같은 마음에 위로를 받고 견뎌 낸 것이다.

남편은 자기 마누라가 소녀 같은 줄 알고 있었다. 어느 날 남편 고등학교 동창 등산 모임에 오랜만에 참석해 자기소개를 해야 했다. 앞에 친구가 자기는 미인하고 산다고 하니 '우' 소리가 나왔다. 남편은 마이크를 받더니

"친구는 미인과 산다고 했는데 저는 소녀와 삽니다."

라고 해서 여자들의 큰 환호성을 받았다. 그때 내 나이 오십 대 중반이었다.

언젠가 TV 사임당 드라마에 내가 좋아하는 주인공이 너무 아름다워

"정말 예쁘다. 어쩜 저렇게 예쁘지! 조각 같다."

라고 하니 옆에 있던 남편이

"예쁘긴 뭐가 예뻐. 당신이 더 예쁘다."

나는 그 말에 귀를 의심했다. 평상시 농담도 할 줄 모르는 사람인데 생각지도 못한 말을 하다니 무슨 말로 답을 해야 할지를 몰랐다. 나는 남편에게 말을 상냥하게 한 것밖에 없는데 그래도 아내를 최고로 알다니 감사했다.

내게 물론 좋은 일만 있었던 것은 아니다. 자라 온 환경이 다른 남편과 처음에는 불협화음도 많았지만 세월이 지나며 갈고 닦여서 둥근 모습이 된 것이다. 처음에는 대가족에서 고지식하고 효자인 남편과 살며 싸우기도 많이 했다. 친정어머니께서

"효자 남편과 살며 지금은 네가 힘이 들지만 이다음에는 그게 다 너에게 돌아와 잘할 것이다. 효는 사람의 기본이다"라고 하셨다. 세월이 지나고 생각하니 맞는 말씀이셨다.

남편과 둘이 있을 때 가장 편하고 내가 당당해지는 것을 느낄 수 있다. 남편은 어디든지 나와 같이 하는 것을 원한다. 신혼 초에 친구들 모임에 나가면 술 먹고 재미없다고 모든 모임을 부부 동반으로 바꾸어 놓았다.

친정어머니 말씀이

"여자는 예쁜 것보다 남편 복이 많은 게 최고지!"

우리가 부부 싸움을 안 한 지도 십 년이 넘었다. 신혼 초에 이미 다 해 버렸기에 모난 돌이 닦이어 둥근 돌이 되었다. 부딪칠 일이 없어진

것이다. 우리는 가장 친한 친구가 된 것이다.

지금 마누라 바라기가 된 남편에게 조금이라도 기분 상하게 해 주고 싶지 않다. 서로에게 소중한 사람인데 내가 자식을 사랑하듯이 따뜻하게 대해 주고 싶다.

아이들도 아빠의 진실함을 보고 자라서인지 착실하게 자라 주었다. 신앙심이 나보다 더욱 진실하다. 남편이 어려운 환경에서도 빗나가지 않고 공부할 수 있었던 것은 신앙심이었다고 한다.

결혼 후 남편은 하고 싶은 공부를 더 해서 모교에서 석사, 박사 학위를 받고 서울대와 경희대학교에서 몇 년간 외래교수로 강단에 섰었다. 지금은 개업의로서 봉사하는 마음으로 환자를 진료하고 있다.

나이가 들어 목사님이 그렇게 장로로 세우고 싶어 하는데 본인이

"장로는 아무나 하는 게 아니다."라며 극구 사양을 했다. 그 고집은 꺾을 수가 없었다.

교회에서 남편은 테너 주자이자 성가대 대장이고 나는 지휘자로 남편은 나에게 좋은 조언자이다. 남편은 고음에 역량 있는 테너로 곡 중 솔로도 가끔 해 주고 있다. 친구들 다 하는 골프도 치지 않고 아코디언을 유일한 취미로 10년 넘게 배우며 매일 즐겁게 연습을 하고 있다.

우리는 결혼 10주년 때 남자 동생이 공부하고 있는 독일에 가서 유럽여행을 같이 했다. 내가 살았던 스위스에도 가서 나의 추억이 있는 장소를 같이 가보았다. 그 후 그동안 나의 마음 한구석에 자리 잡고

있던 스위스에 대한 향수가 사라지게 되었다.

남편은 여행을 아주 좋아해 시간만 있으면 어디곤 가자고 한다. 덕분에 안 가본 곳 없이 다녔다. 그런데 나는 밖에서 자는 것보다 집에서 자는 것을 선호한다. 남편과 나는 성격이 반대지만 저녁에 만나서 대화를 하다 보면 하루의 피곤이 풀리고 편안해진다. 나의 하루의 걱정이 남편으로 인해 눈 녹듯이 사라진다. 서로에게 좋은 조언자가 된 것이다.

나는 사실 신혼 초보다 지금이 더 좋다. 힘든 터널을 지나고 나와 최고의 황금기를 맞고 있다. 지금에야 꾸었던 꿈의 효력이 나타나는 게 아닌가 싶다.

앞으로 건강하게 자식들과 이웃과 더불어 기쁨을 나누며 살아갑시다. 감사하고 사랑합니다. 당신!!

스위스에서 있었던 이야기

스위스 융후라우

스위스에서의 김치 사건

내가 대학을 졸업하고 1976년도에 유학을 위해 스위스 베른에 처음 갔을 때 화가인 스위스 할머니 혼자 사는 집에 방을 하나 얻어서 살았다. 혼자 사는 것보다는 그렇게 하는 것이 독일어를 습득하는 데 도움이 될 수 있을 것 같았다. 나는 할머니를 후라우 모종(Frau Mojon)이라고 불렀다. Frau는 Mrs.와 같은 의미이다. 외국에서는 이름을 부르기 때문에 나도 할머니에게 모종이라고 불렀다.

모종은 화가로 음악에 대해 아주 박식했다. 그랜드 피아노도 갖고 있었다. 내가 음악 공부한다고 피아노를 마음대로 쓰게 해 주고 내가 노래 연습하면 목소리에 감탄하며 듣기를 좋아했다. 우리나라 사람들 목소리가 유럽 사람들에 비해 윤기가 있고 아름답다고 했다. 할머니의 어머니가 성악가였다고 했다.

모종은 매일 책을 보는 것으로 소일을 했다. 두께가 5센티는 족히 돼 보이는 음악가 전집을 통독을 했다. 나와 저녁마다 마주 앉아 음악과 미술에 관해 토론도 하며 이야기하기를 좋아했다. 나는 한국에 대해서 많은 이야기를 해 주었다. 모종은 나를 알기 전에는 한국이라는 나라를 몰랐고 중국에 붙은 나라라는 정도로 알고 있었다고 했다. 너를 만나서 한국이라는 나라를 알게 되었다고 좋아했다.

나는 한국에 대해 여러 가지 자랑할 만한 것을 이야기해 주었다. 한국의 대가족 제도와 노인 공경에 대해 이야기를 해 주었다. 나도 할머니 할아버지와 같이 살았다고 하니 우리나라가 좋은 나라라고 부러워했다. 한국에는 차도 별로 없는 줄 알기에 우리나라에는 여기보다 큰 차들이 도로에 꽉 차 어디를 가려면 교통체증에 짜증이 날 지경이라고 했다. 내가 1976년도 스위스에 가서 놀란 것은 생각했던 것보다 작은 차들이 많다는 거였다. 딱정벌레 같은 차가 고속도로에 다니는 것이 흥미로웠다. 그래도 엔진은 튼튼하다고 했다.

모종은 나와 대화를 나누며 웃음이 생기고 생기가 돌았다. 친구들과 전화 통화할 때면 내 이야기부터 한다고 한다. 나와 대화하기를 좋아하며 언제든지 내가 방문하는 것을 환영했다. 내 말을 잘 들어 주었고 약학을 공부하는 친구가 놀러 오면 "나는 용희를 만나 행복하다." 라고 전해 달라고 했다고 한다. 동생뻘 친구는 이 집 주인은 저 할머니가 아니고 언니 같다고 한다. 할머니와 대화를 통해 나의 독일어 실력도 날로 좋아졌다.

모종과 부엌을 같이 쓰는데 처음 가서 보니 가스레인지와 싱크대에 기름때가 덕지덕지 끼었다. 나는 할머니가 없는 사이 수세미로 기름때를 빡빡 닦아 놓았다. 모종이 들어와서 보고 깜짝 놀라며 자기는 눈이 어두워 못 닦았노라고 고맙고도 미안해했다. 하기야 모종은 나이가 80세가 넘었으니….

그 나라 할머니들은 걸을 때 뒤뚱거린다. 석회질이 많은 물을 먹으며 생기는 증상이라 한다. 멋쟁이 할머니들이 많이들 지팡이를 짚고 다닌다. 하얀 모자에 부티나게 깨끗이 차려입고 멋스럽게 머리를 틀어 올린다. 스위스 할머니들은 돈이 많고 연금을 타서 풍족한 삶을 산다고 한다.

모종 아들은 베른대학 교수였다. 그 아들은 나에게 무척 고마워했다. 자기 어머니의 좋은 벗이 되어 주었으니 그런 것 같았다. 우리는 아주 잘 지냈는데 어느 날 사건이 터진 것이었다. '김치 사건'이었다.

나는 그곳에서 김치, 깍두기를 주위 분들이 주시는 것을 얻어먹다 보니 한 번쯤 직접 담가보고 싶었다. 김치보다 깍두기를 담갔다. 토요일 모종도 외출 중이고 잘됐다 싶어서 생전 처음 파, 마늘을 사다가 빻아 가며 신나게 만들었다. 흡족한 마음으로 방에 들어와 쉬는데 갑자기 "후로라인킴! 후로라인킴!" 외마디 소리로 나를 부르는 것이다. 할머니가 돌아온 것이다.

"지금 부엌에서 싸구려 레스토랑 같은 냄새가 났는데 너 뭐 했냐?"라는 것이다.

마늘 조각 튄 것을 가리키며 이것이 무엇이냐며 토하는 시늉을 낸다. 나는 싸구려 레스토랑이라는 말에 자존심이 너무 상했다. 원인은 마늘 냄새 때문이었다.

"너희는 어떻게 이런 것을 먹느냐?" 무시하는 말투였다. 나는 다 듣고 마음을 가라앉히고 이야기를 했다.

"이 마늘은 우리나라에서 갖고 온 것도 아니고 이곳 마을 장에서 산 것이다. 우리 대사관 스위스 비서는 퐁듀 할 때 마늘을 통째로 넣어서 먹는다. 이것은 건강식품이다. 그리고 당신은 80이 넘은 분으로 어떻게 먹는 것을 갖고 싸구려 레스토랑이라는 말을 쓸 수가 있느냐. 우리나라 할머니들은 당신처럼 먹는 것 갖고 경솔하게 이야기하지 않는다."라고 했다.

할머니는 얼굴이 새빨개지더니 미안하다고 하는 것이었다. 그리곤 나는 내 방으로 들어왔다. 조금 후 친구가 놀러 오니 모종은 친구를 붙들고

"아까 내가 용희에게 잘못을 했는데 네가 대신 잘못했다고 전해 달라." 하더란다.

한동안 모종은 나를 보면 눈치를 살피고 미안해 어쩔 줄을 몰라 했다. 서양에서 살려면 당당해야 한다. 말도 못 하고 무조건 잘못했다고 하면 얕잡아 보일 수 있다. 자기의 의사 표시를 확실하게 할 줄 알아야 한다. 우리는 자연스럽게 화해를 하고 그 후 더욱 친하게 지냈다. 모종은 내가 말만 하면 필요한 모든 것을 갖다 주었다.

무심코 어느 날 "우리 방 테이블보다 할머니 테이블이 좋아 보인다."라고 하니 바꾸자며 그 위에 쌓인 책과 잡동사니를 모두 내려놓는 것이다. 괜찮다고 만류하는데도 기꺼이 바꿔주었다. 모든 것을 나에게 맞춰주었다. 나는 모종을 우리 할머니처럼 진심으로 대하니 좋아했던 거 같다.

도배는 놀라운 사건이었다

　동생이 유학차 스위스에 오게 돼서 모종이 쓰지 않고 창고로 쓰는 방을 하나 더 빌리기로 했다. 집이 오래돼서 동생이 실망할 것 같아 방 두 개를 도배해야겠다고 생각했다. 시내에 나가 최고급 벽지로 골라 사왔다. 사실 벽지는 그리 비싸지 않았다. 모종에게 내가 도배를 하겠다 하니 그것은 기술자가 하는 거라고 펄쩍 뛰며 말렸다. 그 당시 스위스에서 도배는 디플롬 받은 사람이 하는 전문 직업이었다. 비싼 인건비보다도 재미도 있을 것 같아 스스로 하고 싶었다.

　나는 옛날 한국에서 부모님이 하셨던 생각이 나서 풀을 쑤어서 발판을 놓고 밤에 조용히 두 개 방을 도배했다. 아침에 모종에게 보여 주니 눈이 휘둥그레져서 놀라는 것이다. 내가 대사관에 출근하고 없을 때 친구들이 집에 오면 오는 손님마다 나 몰래 우리 방을 보여 주며 자랑을 했다고 한다. 자랑하려고 일부러 부른 것 같았다. 이것은 그 사람들에게 놀라운 사건이었던 것 같다. 지금 우리나라에서도 젊은 여성이 도배를 한다는 것은 놀라운 사건일 수 있다.

　그 당시 우리나라에서는 도배를 직접들 했다. 나는 부모님이 하시는 것을 보았기에 할 수 있었던 거다. 내가 사온 벽지가 사방연속 무느라 더욱이 무늬 맞추기가 쉽지 않았다. 라지에타 뒤에까지 세심한 곳을 완벽하게 한 것을 보고 '예술'이라며 감탄을 했다.

그 집이 지은 지 오래되어 이듬해 리모델링에 들어가며 집을 비워 주어야 했다. 모종은 벽지 한 것을 너무 아까워했다. 두고두고 안타까워하며 우리와 헤어지는 섭섭함 때문에 며칠 잠을 못 잤다고 했다.

헤어지며 본인이 소장하고 있는 그림을 보여 주며 "네 맘에 드는 것 맘대로 갖고 가라."고 했다. 자손들에게 주어야 할 그림을 나에게 기꺼이 주고 싶어 했던 것 같다. 지금 집에 몇 점 소장하고 있다.

할머니와 살며 많은 대화를 통해 스위스에 대해서도 많은 것을 알게 되었고 도움이 많이 된 참 좋은 분이었다. 하늘나라에서 나를 내려다보며 열심히 사는 것을 보고 흡족해하실 것 같다.

할머니는 김치 사건 이후로 나에게 더욱 잘해 주었고 우리는 슬픈 이별을 해야 했다.

그 후 나는 대사관 어른들의 배려로 대사님이 살고 계시는 관저 옆 알프스산이 보이는 그림 같은 집에서 살게 되었다. 그 집은 백작이 살고 있는 성안에 있는 집이었다.

새로운 안식처 GÜMLIGEN 백작 집

모종의 집에서 나와 새로운 안식처를 찾은 곳은 베른에서 간이 기차로 30분 정도 되는 굼리겐에 있는 백작이 사는 아름다운 성(Castle)이었다. 알프스산이 한눈에 보이고 성안에 들어가면 마치 사운드 오브 뮤직에 나오는 배경처럼 아름다운 정원에 저택이 몇 채 있었다. 여러 저택 중엔 주인 백작이 사는 집과 우리 대사님 관저로 쓰는 집 그 옆에 조그만 원룸이 있었다. 혼자 쓰기에 알맞은 현대식으로 지어진 예쁘고 단아한 집이었다.

음악을 하는 사람이 집구하기 쉽지 않다는 것을 대사관에서 아시고 그 집을 우리에게 쓰도록 임직원 회의에서 결정해 주신 거다. 대사님 기사분이 혼자서 쓰던 원룸이었다. 기사분은 대사관 꼭대기 살림집으로 옮기게 하고 우리를 안전한 곳에서 살 수 있게 해 주었다. 그 당시 우리나라가 잘살지 못하던 때라 대사관은 오래된 집으로 삐걱 소리가 나고 약간 으시시했다. 대사관과 관저는 꽤 떨어진 곳이었다. 지금 생각해 보면 대사관에서 커다란 배려를 해 주신 거였다. 우리를 본인들의 딸처럼 생각해 주신 거였다.

나는 렌트비로 한 달에 250 스위스 프랑을 지불했다. 나와 동생은 침대와 식탁 등 몇 가지 가구를 사고 카페트집에서 빨간 자투리 카펫을 저렴하게 사서 집을 멋지게 단장했다. 피아노도 한 달에 70프랑씩 주고 빌렸다. (그때 스위스 1프랑은 200원 정도였다. 지금은 천 원이 넘어 달러와 같은 수준이 되었지만).

다 정리를 하고 감사한 마음에 대사관 식구들을 부부 동반으로 초대했다. 대사님을 비롯해 참사님, 무관님, 영사님 모두 부부동반으로 오셨다. 오셔서 깜짝 놀라신다. 남자 혼자 돼지우리처럼 쓰던 집을 이렇게 훌륭하게 꾸몄으니 집이 달라 보인다고 하셨다. 간단히 뷔페로 차린 음식과 후식에도 감탄들을 했다.

내가 살던 곳은 교외에 자리 잡은 성으로 거실 식탁에 앉아 커다란 통창 밖을 내다보면 알프스산이 그림처럼 보이는 곳이다. 아름다운 성안에는 실외 수영장이 있었다. 백작 부부가 전용으로 쓰는 수영장으로 보일러 시설이 되어 있어 겨울에는 따뜻하게 물을 데워 사용하는 수영장이었다.

나와 동생은 백작 부부와 함께 수영장을 사용할 수 있게 특별 배려를 받았다. 이유인즉 한국을 우습게 생각하고 대사님 관저로 빌려주는 것도 탐탁지 않게 여겼는데 우리의 음악소리를 듣고 우리를 다시 본 거다. 어느 날 콧대 높은 백작부인이 우리 집을 방문하여 아름다운 연주를 들을 수 있어 고맙다며 자기네가 사회사업을 하는데 특별 연주자로 초대하면 안 되겠냐고 부탁을 했다.

백작 부부가 수영할 때 누구도 같이 할 수 없지만 우리는 예외로 아침 운동을 같이 할 수 있었다. 자매는 성안의 공주였다. 예술을 사랑할 줄 아는 분이었기에 우리를 새로운 눈으로 보며 높이 평가해 주었다. 이것도 문화외교라 본다.

우리 공관 관저에서는 8.15 광복절에 모든 교민을 초대해 가든파티를 한다. 주 메뉴는 불고기였다. 제일 맛있는 앙트레고트 부위를 그릴에 구운 맛이 일품이었고 모든 교민들이 초대받는 것을 기쁨으로 생각했다. 이날은 모든 교민들이 모여 먹고 즐기는 날이다. 그 당시 스위스 전체에 교민들이 300명 정도로 가족 같은 분위였다.

나는 타국에서 고향을 그리는 교민들에게 상냥하게 대하며 그들의 얼어붙었던 마음을 풀어 주는 데 한 부분을 하고 싶었다. 나라의 작은 녹(祿)을 받고 있는 사람으로 교민들을 도와주고 국익에 도움을 주는 게 나의 본분이라 생각했다. 나는 교민들을 거진 파악을 했다. 한국에서 파우치행랑에 신문이 오면 우리가 보고 교민들에게 돌아가며 나누어 준다. 그 당시는 인터넷이 없던 시절이라 신문만이 유일한 고국 소식을 접하는 길이라 그렇게 고마워들 했다.

파독 간호원들이 독일에서 일하다가 스위스가 대우가 좋다 하여 많이들 넘어왔다. 한국 간호원들은 친절하고 부지런해 그곳에서도 인기가 많았다.

하지만 그들의 마음 한구석에는 고향에 대한 그리움으로 가득 차 있었다. 그 당시 유학생이나 간호원, 교민들이 한국에 한번 나오는 게 쉽지 않았다. 비행기 삯이 워낙 비싸서 유학생들이 유학 갈 때 비행기 삯을 절약하기 위해 해외에 입양되어 나가는 아이들을 돌보는 조건으로 반값만 내고 가는 경우도 종종 있었다. 내가 갈 때 전세비행기 편도 가격이 35만 원이었으니 한번 다녀간다는 게 쉬운 일이 아니었다. 50년전 이면 상당히 큰돈이었다. 10년 동안 한 번도 못 나온 사람들이 많았다. 나는 대사관에 여권 연장을 위해 오는 교민들을 따뜻하고 친절하게 맞아 주었다. 잠시나마 위안을 주고 싶었다.

내가 취리히에 갔을 때 유학생들이 모두 모여 환영파티를 해 주었다. 나는 그들이 만든 저녁을 먹고 저녁 내내 지금의 7080 노래도 하며 많은 이야기를 나누었다. 오랜만에 향수에 젖어 모두 즐거워했던 기억이 난다.

사시사철 변하는 스위스 호수의 풍경은 너무 아름다웠다. 내가 사는 성안의 풍경은 영화 속 장면 같았다.

나는 대사관에 근무하며 점심시간 2시간을 이용해 베른 국립음악학교인 콘서바토리움에 다녔다. 교수님들은 내 목소리가 '신이 주신 목소리'라며 오페라를 하면 좋겠다고 칭찬을 많이 해주셨다. 음악은 경쟁을 해야 하고 험난한 길이라 생각했다. 음악은 삶을 풍요롭게 하는 예술이다.

스위스에서 생활하며 그곳 사람들의 매너와 생활태도에서 많은 것을 느낄 수 있었다. 그들은 자기의 이득보다 나라를 먼저 생각할 줄 아는 국민이었다. 스위스는 유럽의 중앙에 위치해서 전쟁의 피해를 많이 보며 중립국으로 전환해 자기 나라를 보호했다.

또한 나라 사랑이 지극해서 국민들이 나라를 어깨에 짊어지고 가는 것 같았다. 국가에서 모든 성인에게 기본소득으로 월 300만 원씩 나누어 준다고 했는데 국민 투표에서 77%가 반대해서 부결이 되었다. 일 년에 250조 원의 퍼주기식 포플리즘으로 낭비된 세금을 누가 감당해야 하는지를 알았고, 국민들이 공돈 받고 일을 안 하고 게을러진다고 반대를 했다.

대통령도 7개 연방에서 선출된 각료(장관)들이 일 년씩 돌아가면서 한다. 대통령실도 청와대나 백악관처럼 특별한 곳에 있지 않았다. 대통령 이름 모르는 사람이 많고 참정권이 있는 나라로 모든 중요한 일은 국민투표로 결정한다.

스위스가 외국인에게 배타적이라지만 정직한 사람에게는 살기가 편한 곳이다. 그 사람들은 모든 공사를 백년 앞을 바라보며 원칙에 의해 빈틈없이 철저히 한다.

선진국은 국민소득보다도 국민 의식 수준이 중요하다고 생각한다. 자기의 이득보다 국가를 먼저 생각할 줄 아는 사람이다.

나는 모든 아름다움을 뒤로하고 나의 새로운 인생을 위해 귀국을 하게 되었다.

동생의 유학

우리 형제가 1남 4녀로 어려서부터 음악을 좋아하고 소질들이 있었다.

나와 5살 아래 동생이 피아노 전공을 하는데 고등학교를 졸업하고 스위스에서 공부하기를 원했다. 그 당시는 외국에 나가기도 힘들고 비행기 삯이 많이 비싸 학교에 가서 동생 얘기를 하며 녹음한 테이프로 입시를 대신할 수 있겠냐고 물었더니 본인이 와야 한다고 한다.

동생이 어렵게 수속을 밟고 스위스에 와서 학교에 연락을 하니 얼마 전에 입시가 끝났다는 것이다. 수속하느라 시간이 많이 걸렸던 것이다. 동생은 관광비자로 왔기 때문에 3개월 후에는 돌아가야 한다. 교민회장님을 비롯해 주위의 많은 분들이 학교와 친분이 있어 얘기를 해 달라 부탁했는데 힘들다는 것이다. 파워가 강한 학장 비서는 안 된다고 강하게 선을 긋는다.

나는 학장 부인에게 성악을 지도 받은 적이 있어서 그 교수님께 전화를 해서 사정 얘기를 하니 직접 학장에게 와서 얘기를 해 보라는 것이었다. 약속을 하고 학장실에 들어갔다. 아주 스마트하고 친절하신 분이었다. 나의 난감한 사정을 들으시더니 내가 있는 앞에서 여러 곳에 전화를 한다. 그러고는 네 동생을 위해서 몇몇 교수들에게 심사를 부탁했다는 것이다. 그리고 시험 날짜를 알려 주었다.

나는 그동안 권위 있는 Frau Stuki 교수에게 동생을 데리고 다니며 레슨을 받게 했다. 그곳의 성향도 알아야 하니까, 마지막 레슨 날 레슨비를 준비해서 동생과 같이 가서 드리니 안 받겠다는 것이다. 자기는 너의 동생이 자기 제자가 되는 것에 만족한다며 이 돈으로 동생 책을 사 주라는 것이다. 정말 감동이었다.

동생은 무사히 시험에 합격해서 학교를 즐겁게 열심히 다녔다. 일 년 반이 지난 후 나는 결혼을 위해 귀국을 해야 했다. 동생이 걱정되었다. 그동안은 나와 같이 있으며 생활이 해결이 되었는데…. 나는 학장님을 다시 찾아갔다. 내가 귀국하게 된 것과 동생이 한국에서 돈이 와야 공부할 수 있는데 장학금을 받을 수 있게 해 줄 수 있겠냐고 했다.

친절하신 학장님은 교육청이며 여러 곳에 전화를 하시더니

"미안하다. 음악은 장학금이 없다."라고 하는 것이다. 잠시 생각을 하더니

"그 대신 네 동생을 졸업 때까지 장학생으로 학비를 면제해 주겠다."라고 하는 것이다.

학장님은 생활비까지 받으며 공부할 수 있게 해 주고 싶었던 거였다. 학비 면제도 큰 거라 생각해 감사하다고 인사를 하고 나왔다. 다음 날 학장비서가 동생을 부르더니 "네가 우리 학교 장학생으로 학비 면제를 받았는데 저번에 학비를 낸 것을 돌려주겠다."라며 돌려주더

라는 것이다. 정말 감탄에 감탄이었다. 나는 동생이 잘 공부할 수 있도록 집도 정해 주고 주위 분들에게 부탁을 하고 떠나왔다.

동생을 떼 놓고 오며 공항에서 '언니 잘 가!' 하는데 마음이 아프고 측은해 오는 내내 비행기 안에서 울었다. 옆에 있는 엄마는 안 우시는데….

엄마는 1979년 내가 귀국하기 한 달 전에 초청해서 유럽 관광을 시켜 드리고 함께 귀국하신 거였다. 엄마는 그때의 기쁨을 평생 간직하고 사시다 가셨다.

그 후 동생은 귀국해 서울대를 비롯 여러 곳에서 후학을 가르쳤다. 배우자도 우리 남편의 소개로 국제법을 전공했고 유엔과 헤이그에 한국 대표로 나가는 법대교수가 된 좋은 사람을 만났다.

주 스위스 한국 대사관, 주한 스위스 대사관

나는 결혼을 위해 스위스에서 귀국을 하여 나의 경험을 활용할 수 있는 일을 하고 싶었다. 나는 스위스에서 살았을 때 적극적으로 살며 그곳이 적성에 맞고 살기에 편한 곳이라 생각했다. 여러 가지 협상에 있어서도 스위스인들과 잘 소통이 되고 막힘이 없었다. 또한 두려움이 없는 성격이라 한국 정부에서 원하는 스위스에 대한 여러 가지 정보도 즐겁게 발로 뛰어다니며 알아보는 정보통이었다.

낯선 곳에서 새로운 정보를 알아가는 것을 좋아하고 진취적으로 일하는 것을 좋아하는 나는 보수에 상관없이 열심히 일했다. 새로운 일을 시키면 귀찮아하기보다 호기심과 기쁜 마음이 들었다. 일처리를 깨끗하게 해서인지 나의 책상에는 맡겨진 일들이 점점 늘어났다. 보람 있게 일을 했다.

또한 상사 분들과 교민들의 사랑을 듬뿍 받았다. 크리스마스 때면 대사, 참사, 영사 부인들이 보내 주신 선물을 가득 안고 왔다. 나는 조그만 답례품 정도로 보답을 했다. 상사 분들도 좋아하셨지만 부인들이 더 사랑해 주셨다. 혼자 지낸다고 큰일 치른 다음 날은 꼭 나를 초청해 맛난 음식을 한상 차려주셨다. 반찬도 해서 보내주시고 지금 생각해도 너무 감사하다. 그분들이 돌아가면서 나를 초청해 준 거다.

대사관 직원들이 처음 스위스에 부임해 오면 내가 아는 많은 정보로 도움을 드렸다.

나는 귀국해서 음악보다는 의전이나 유럽 문화에 대해서 잘 알고 있는 터였기에 대통령 부인 보좌를 하고 싶었다. 대통령부인들이 외국인들을 많이 접견하는데 준비 없이 영부인이 되어 제대로 알려 주는 사람도 없었던 시절이었기에 도와주고 싶었다. 비서로 친인척을 쓰던 때였다. 모 여사도 제대로 도와주었더라면 그렇게 여론의 혹독한 비판을 받지 않았을 텐데라는 아쉬움을 가졌다.

나는 돌아와 처음에 독일어를 쓰는 오스트리아 대사관에 응시를 했는데 그 자리에서 합격이 되어 잠시 일을 할 수 있었다. 오스트리아는 대사급이 아니라 규모가 작은 상무관급이었다. 세일즈무역을 하는 게 주된 일이었다.

규모가 큰 스위스 대사관에 6개월째 대사 비서자리가 공석으로 임시직을 쓰고 있다는 정보를 알게 되었다. 많은 사람이 응시를 했지만 정규직원을 채용하지 못하고 있었다. 대사님은 스위스에 있을 때 우리 대사관에서 얼굴을 잠깐 뵌 적이 있는 분이어서 대사님과 직접 통화를 했다. 환영을 하시며 면접 날짜를 정해 주었다.

하루 종일 독일어로 시험을 보고 면접을 하고 왔다. 내 시험지와 면접한 자료를 본국에 보내 외무성에서 승인을 받아야 한다고 한다.

일주일 후에 연락이 왔는데 본국에서 승인이 났다고 한다. 나는 필요한 여러 가지 수속을 마치고 근무를 하게 되었다. 그 당시 대사님은 Dudlli 씨로 언젠가 조앤리 씨가 가장 존경하는 외국분이라고 자서전에 소개했다. 그때 우리 아버지보다 나이가 많았는데 인자하고 항상 웃는 모습에 매너도 상당히 좋으신 분이었다.

출근할 땐 항상 내 앞을 지나며 전날 있었던 에피소드를 즐겁게 들려주곤 이 층으로 올라가시곤 했다. 문을 같이 드나들 때면 언제나 문을 열어 지켜 서서 나를 먼저 보내고 나오시는 분이었다. 레이디 퍼스트가 몸에 밴 분이었다. 이런 매너는 직장 상하 관계에서 쉽지 않은 일이지만 항상 변함이 없었다.

내가 결혼할 때 오셔서 사진도 찍어 주고 우리 폐백까지 받으며 축하해 주셨다. 이화여대 중강당에서 예식을 하고 교수회관에서 피로연을 할 때 대사관 전담 요리사분이 직접 칵테일 파티식으로 요리를 정성껏 맡아 주었다. 그분은 대사관에 오기 전에 미 8군에서 요리사로 일했던 베테랑급이었다. 그릇도 대사관 전용 그릇을 빌려주었다. 획기적인 피로연 파티였다. 결혼 때 여러 가지 편의를 봐주셔서 가전제품도 직접 해외에서 면세로 주문해 주셨다. 처음 있는 특별 배려라 했다.

두들리 스위스 대사님과 영사님(폐백)

스위스 대사관은 유럽식으로 지은 건물이었다. 1층 커다란 홀은 내가 혼자서 쓰고 둥그런 계단을 올라가면 대사님을 비롯 모든 직원들 방이 있었다. 아름다운 근무처였다. 후에 대사관저가 좁다는 이유로 대사관을 관저로 쓰고 대사관은 옆에 다시 신축을 했다. 현대식으로 지었는데 먼저 건물의 유럽식 아름다움은 없었고 보안에 신경을 많이 쓴 사무실 분위기였다. 스위스에서 방탄유리가 공수되고 보안을 철저히 했다. 그 유리를 지나야 안으로 들어올 수 있었다. 물론 우리나라에서 파견된 경비원들이 입구 경비실에서 근무를 했다. 의전 경비원들이었다.

대사관에서 파티를 할 때면 나와 남편을 특별히 초청을 해 주었다. 남편이 치과의사라는 게 나를 더욱 플러스시킨 것 같았다. 그 당시 외국 대사관은 여성으로서는 선망의 직장이었다. 두 나라 공휴일 모두 쉬고 토요일 근무도 없었다. 병원에 갔을 때 의료비의 90프로를 대사관에서 지원해 주었고 복지가 잘돼 있었다. 물론 보수도 그 당시 우리나라 대기업 부장급 정도로 좋았다.

Dudlli 대사님은 이듬해에 본국 발령으로 들어가셨다. 인내심도 많으시고 남자들에게는 다소 엄한 분이셨지만 나에게는 항상 친절하게 대해 주신 분이었다. 한 번도 얼굴을 붉힌 적이 없는 내가 살아오며 감사할 분 중의 한분이었다.

새로운 대사님이 부임해 왔다고 대사관 옆에 유명한 요정에서 우리와 협상이 되어 전 직원을 초대해 환영파티를 해주었다. 새로 부임해 오신 분은 Jagmetti 대사님이었다. 후에 주미 스위스대사로 발령받은 능력 있는 분이다.

그런 요정이란 곳에 처음 갔는데 처음에 북춤, 부채춤, 가야금 연주 등 여러 가지 공연이 있었다. 그다음 음식상이 들어오는데 여자들이 우리 숫자대로 들어와 옆에서 시중을 드는 것이다. 나는 그 광경이 너무 재미있어 웃음이 나왔다. 대사 부인은 자기 남편이 여자에게 시중을 받고 같이 춤을 추는 모습을 보며 이마에 손을 얹으며 어쩔 줄을 몰라 했다. 곧 대접으로 이해하고 웃으며 환영파티를 마쳤다. 내가 어떻게 그런 곳에 갈 수 있었겠는가. 내 기억으론 남자들이 내가 있으니까 대접도 못 받고 어색해하던 모습이 생각난다. 나는 여자들이 왜 그 자리에 나왔는지 이해를 못했다. 우리는 한 번으로 족했고 그 후에는 다시 그런 곳에 가지 않았다.

대사관이라 파티가 많았다. 우리나라 각 분야의 중요한 분들 정부 관료와 재계인사, 정치인들, 내가 같은 음악인으로 안면 있었던 금난새 지휘자를 추천하니 초청해 주었다. 또한 스위스와 친분이 있는 나라 대사님들이 대상이었다. 파티를 할 때마다 초청장을 보내는데 대사님이 나의 필체를 선호해 내가 직접 초청장에 이름을 친필로 작성해주기를 바랬다. 나와 남편도 특별히 초청자 명단에 넣어 주었다.

또한 하얏트나 조선호텔에서는 주요 대사관과 손잡기 위해 대사관에 근무하는 여성들을 위해 특별 이벤트를 주기적으로 기획해 초대를 해 주었다. 하얏트 호텔에서는 야외수영장에서 가든파티를 열어 주었다.

큰딸 은정이를 낳는 날까지 이상 없이 근무를 하고 다음 날 아기를 낳았다고 전하니 모두 놀라서 대사 부인이 선물을 갖고 방문해 주었던 기억이 난다. 그날 1시간 일찍 병원에 검사받으러 간다고 퇴근한 사람이 다음 날 아침 아기를 낳았다고 전화하니 놀란 것이었다. 슈퍼우먼이 된 것이다. 한국인을 다시 생각하게 됐던 일이었다. 큰딸이 예정일보다 한 달 가까이 일찍 태어나 이루어진 일이었다.

대사관에서는 내가 임신했을 때 모두 축하해 주며 이 층에는 올라오지 않게 하고 대사님을 비롯 모든 직원들이 직접 내려와 일을 부탁하곤 했다. 임산부에 대한 배려였던 것이다.

그 후 2년을 더 근무하고 남편이 직장 그만두고 집에 있기를 간곡히 원함으로 둘째를 낳을 무렵 사직을 했다. 주위에서 그러한 직장을 그만두면 후회할 것이라 했지만 나는 한 번도 후회한 적이 없었다. 주부로서 내 자리를 찾았고 예쁜 아이들을 키우며 생활하는 일이 너무 좋았다. 애들을 두고 직장에 나가는 것은 쉽지 않은 일이라 생각한다.

그 후 나는 4남매의 엄마가 되었다. 1남 3녀의 오너가 된 것이다.

나는 스위스와 인연이 많았던 것 같다.

인터라켄, 융후라우

Ⅱ
에피소드

엄마표 샌드위치

"저 아침 안 먹어요. 먹으라 하지 마세요."

아침에 출근 준비하면서 딸이 하는 말이다. 요즘 아가씨들은 아침밥을 힘들게 먹지 않는 것 같다.

내가 옛날 스위스 있을 때 혼자 살며 아침은 우유 커피와 토스트 한 장이었다.

어떤 유학생이 아침에 라면을 끓여 먹었다고 해서 우리는 모두 깜짝 놀랐다. 불쌍해서가 아니라 "그렇게 과하게 챙겨 먹느냐고⋯."

출근하는 딸에게 아침밥을 차려 주는 것은 시간도 없고 몸매에 신경 쓰는 딸에게 전혀 도움이 안 되는 일이라는 것을 안다. 송도에서 2시간씩 걸려서 청담동으로 출근하는 데 시간을 절약할 수 있게 도와주면서 영양을 챙길 수 있는 방법이 무엇인가 생각했다.

우리나라 전통 음식이 다이어트에 효과 있고 깊은 맛과 영양이 있다는 것을 이미 잘 알고 있다. 반찬을 할 때 소금과 간장이 꼭 들어가는 것이 우리 반찬의 특징인 것 같다. 남편은 "소금은 조금만 넣어요." 주문한다. 시어머니는 반찬이 싱거우면 메스껍다고 하셨다. 남편은 혈압이 조금 높은 편이라 저염식을 해 주어야 하는데 주부로서 간을 맞출 때 혼란스러웠다. 시어머니는 아들 말이라면 팥으로 메주를 쑨다 해도 따르는 분이지만 저염식에 적응하는 일은 쉽지 않으셨다. 소금을 옆에 놓아 드리곤 했다.

우리는 아침, 저녁으로 밥을 먹었지만 점심때는 시어머니께 칼국수, 냉면, 쫄면 등 색다른 것을 해 드렸다. 그럴 때면 항상 "너는 어쩜 내 마음을 이렇게 잘 아니?" 하시며 맛있게 드시곤 하셨다. 외식을 잘 드시고 들어오면서도 하시는 말씀은 "우리 음식이 제일 맛있다."였다. 남편도 마누라가 해 주는 음식이 제일 맛있다 하니 빠져나갈 틈이 없었다. 젊었을 때는 주부생활 월간지 가계부 부록에 오늘의 음식이 소개가 된 것을 보고 매일 새로운 음식을 만들었다. 온 가족이 새로운 음식에 맛있다고 하니 힘든 것 생각하지 않고 했던 것 같다.

외국인들을 집에 초대해서 한국 음식을 대접하면 맛있게 먹으며
"한국 주부들은 이렇게 음식을 하면 힘이 들어서 어떻게 사느냐."
라고 한다. 그 사람들은 주 메뉴 하나에 샐러드와 빵이면 된다.

우리의 음식은 뜨거워야 하지 않나. 옛날에 친정어머니는 아버지 초인종 소리가 나면 동시에 가스 불을 켜서 기름진 따끈따끈한 밥을 지어 드리곤 하셨다.

옛날에 어른들 모시고 사는 사람들은 하루 세끼 챙기려면 돌아서면 때가 돼서 또 차려야 했다고들 한다. 그렇게 쳇바퀴 돌며 하루를 보낼 수밖에 없었을 것 같다.

나는 딸에게 손쉽게 먹을 수 있는 샌드위치를 생각했다.

빵을 구워 버터와 직접 만든 잼을 바르고 치즈 한 장, 뜨거운 달걀(삶거나 프라이), 토마토나 상추 한 장, 집에 참치가 있으면 마지막에 참치와 그 위에 소스를 살짝 뿌린다. 영양 만점이고 딸들이 좋아하는 아침 메뉴다. 아보카도도 슬라이스해서 얹으면 고급 샌드위치가 되는 것이다. 미국에서 막내딸이 왔을 때 가끔 해 주면 엄지를 치켜세운다. 엄마가 해 주는 것은 왠지 맛이 있다고 한다.

요즘은 스테이크 샌드위치를 나름 생각해서 만들어 주었다. 딸에게 맛있는 고기를 먹이고 싶은데 저녁을 먹고 들어오면 아침 밖에 줄 기회가 없어 생각하게 되었다. 크림치즈를 식빵에 바른 후 프라이팬을 달구어 버터에 고기 한 조각과 양파와 버섯을 넣고 고기 위주로 굽는다. 잘게 썰어서 스테이크 소스를 뿌려 함께 섞은 후 식빵 사이에 넣어 주면 먹기 좋고 영양 보충 끝.

외국에 나가 보면 꼭 레스토랑이 아니라 야외 층계에 앉거나 서서 장소에 구애받지 않고 손에 들고 먹는 것을 본다.

우리 딸은 오늘도 엄마의 정성이 담긴 샌드위치를 들고나갔다.

딸들이 둘러 앉아 옛날에 엄마가 해 주었던 라자니아와 쿠키가 생각난다고 한다. 맛이 있었나 보다.

2011년

아이들이 우울한 스승의 날

올 스승의 날은 왠지 씁쓸한 마음이 든다. 과도기에 어쩔 수 없이 겪어야 하는 상황이겠지.

중3과 고3 두 아이가 용돈에서 이천 원씩 모아 스승의 날 선생님의 노고에 감사하며 자축한다고 엄마는 신경 쓰지 않아도 된다고 했다. 나는 아주 좋은 생각이라 하며 딸들이 돌아와 무슨 얘기를 해 줄 것인가 기대를 했다. 그런데 풀이 죽어서 돌아와 취소가 됐다는 거였다.

학부모들이 아이들을 믿지 못하고 나서며 일이 틀어진 것이다. 일부 학부모들의 행동이 아이들의 순수한 마음에 상처를 준 것 같아 씁쓸하다.

우리 사회의 뿌리 깊은 관행, 금전으로 모든 것을 해결하고 그래야 내 자식이 불이익을 당하지 않는다는 부모들의 노파심으로 선생님과 깨끗한 사제의 정을 나누려는 계획이 취소가 된 것이다.

요즘 선생님들이 굉장히 노력하고 있는 것 알고 있다. 옛날과 많이 달라졌다. 많은 분들이 학기 초에 건네진 촌지를 과감히 되돌려 주고 교사의 상을 깨끗하게 하려는 모습을 보며 감동받고 스스로 부끄러워한 학부모들이 많았다고 한다.

선생님의 그림자는 밟지도 않는다는 옛말이 있지 않나. 이제 존경받는 선생님의 자리가 확고히 정착되어 내년에는 학생들 스스로 용돈을 모아 선생님을 위해 카네이션을 달아 드렸으면 한다. 그날은 선생님과 평소에 하지 못했던 훈훈한 정이 담긴 이야기를 하며 조촐한 다과 파티의 자리가 만들어 질 수 있기를 바란다.

부모 도움 없이 서툴지만 순수한 아이들의 행동에 박수를 보내 줄 것이다.

학부모들의 사려 깊지 못함으로 우울한 스승의 날을 맞이하신 선생님들께 죄송한 마음이다.

2000년 5월

선생님 감사합니다.

콩나물 시루버스

학창 시절 서울에서 중고등학교 다닐 땐 모두 버스를 이용했다. 대중교통은 버스밖에 없었고 안내양이 있던 시절이었다. 일명 '차장'이라 했다. 차에서 가장 높은 사람!

아침 등교 시간에 승객이 많아 버스는 문도 못 닫고 간다. 안내양이 버스를 두드리며 '오라잇' 하면 기사 아저씨는 차를 한 번 휙 돌리는 것이다. 돌리면서 입구에 있던 승객들이 안으로 밀려들어 가고 안내양은 문을 닫게 된다. 다음 정거장에서 또 승객을 태운다. 버스 안에서는 "아구구, 그만 좀 실어!" 아우성인 것이다. 정말 콩나물시루였다.

그 당시 버스는 국내에서 만든 것이 아니라 외국에서 쓰다가 들여온 중고차였다. 버스가 고장도 자주 나서 정차했다가 출발하려고 시동을 걸면 계속 "부릉부릉" 하다가 "끽" 소리가 난다. 운전기사 아저씨는 난감한 표정으로 머리를 긁적이며

"아이 참! 버스가 고장 났으니 승객들은 내려서 다음 차를 타주세요."라고 한다.

으레 있는 일이니 불평하는 사람도 없고 모두 내려서 다음 차를 기다리는 것이다. 그날은 지각하는 날이다. 다음 차도 만원인데 그 승객

들을 다 태우기에는 무리이고 몇 번에 나누어 태운다.

고등학교 때 수유리에서 등하교 하는데 어느 날 버스가 힘이 달려 미아리 고개를 못 올라가고 밑에서 계속 "부릉부릉"만 하더니 기사 아저씨가 승객들에게

"못 올라가니 모두 내려서 밀어 주세요." 하는 것이다. 모두 내려 "영차영차" 하고 밀어 주니 버스가 힘을 받아 미아리고개를 넘더니 우리를 버리고 그대로 달아나 버렸다. 내친김에 가 버린 것이다. 욕하는 사람도 없이 닭 쫓던 개 지붕 쳐다보듯이 허탈한 마음을 씁쓸한 미소로 달래는 것이다.

콩나물 버스에서 시달리다 종로에서 내리면 몸은 파김치가 되어 있다. 그 무거운 책가방을 들고 청계천 긴 건널목과 종로를 가로지르며 정신여중고를 다녔다. 건널목이 길었고 파란 신호를 기다리지 못하는 사람들은 차가 없는 틈을 이용해서 건널목을 건넌다. 어디서 지켜보고 있던 경찰 아저씨가 "호르륵" 불며 나타난다.

"아저씨 좀 봐주세요. 지각할까 봐 그랬어요."

그때의 가방은 왜 그리 무거운지. 그 당시 버스에 앉은 사람들은 으레 학생들 가방을 받아 주었다. 맘씨 좋은 아저씨는 세 개 정도 받아 주시는데 가방이 눈앞까지 올라왔다. 받아 주시며 "이렇게 무거운 가방을 들고 어떻게 다니느냐."라고 따뜻한 말을 해 주신다. 도시락에 신발주머니까지 지금 생각하면 학교 가는 길이 전쟁이었던 것 같다. 지금처럼 동네에 있는 학교를 가는 것이 아니라 원하는 학교에 응시

를 해서 가던 때라 버스는 필수 교통수단이었다.

서울에서 콩나물시루 버스를 타고 다니는 것은 나은 편이었고 지방은 더 열악했다. 남편은 불쌍하게 그 무거운 책가방을 들고 차비가 없어서 한 시간 이상을 걸어서 제물포고등학교를 다녔다고 한다. 그때 학생들의 참을성은 대단했던 것 같다.

그때의 학생들의 정신력이 있었기에 지금의 번영이 온 것이 아닌가 생각한다.

신권이 나오던 날

2007년 1월에 만 원짜리, 천 원짜리 지폐가 새로 나왔다.

국민들이 가장 많이 사용하는 지폐라 모두 호기심으로 기다렸고 앞자리 번호 지폐를 사기 위해 은행에서 밤새 기다렸다가 샀다는 이야기도 있었다. 구정을 앞두고 있었기에 너도나도 신권으로 바꿔 가려는 사람으로 은행이 북적였다.

신권을 받아 든 사람들은 기쁨의 눈망울로 돈을 세는 것도 구겨진다고 조심스럽게 다루었다. 사실 세뱃돈으로 신권을 받는 것은 헌 돈을 받는 것보다 1.3~1.5배의 효과가 있었다. 사례비나 경조사금도 새돈으로 내면 그 사람의 성의가 돋보이고 기분을 좋게 하였다. 화폐 가치는 같았지만 효과가 그만큼 있었던 때였다.

이 신권이 언제까지 깨끗하게 유지될 수 있을까 생각했다. 몇 개월이 흐르며 신권이 어느새 헌 돈으로 바뀌는 것을 보며 마음이 아팠다. 이 돈을 우리가 지갑 속에 보관을 하면 훨씬 오래도록 깨끗하게 사용할 텐데 하고 생각해 보았다.

시장에서 아무렇게나 주머니에 넣고 물 묻은 손으로 거스름돈을 내어 주는 것을 보면 안타까운 생각이 들었다. 다행히 슈퍼에서는 자판기가 있어 지폐를 가지런히 차곡차곡 놓고 사용을 해 다행이라는 생각이 들었다. 시장에서도 자판기가 보편화가 되면 보다 깨끗한 돈을 사용할 수 있을 것 같은데…. 언젠가 시장에서 물건을 사며 만 원짜리 지폐를 꽁지꽁지 접어서 주머니에서 꺼내서 거스름돈으로 주시는데 나의 인상은 저절로 찌푸려져 있었다.

"아저씨 돈이 아프대요. 이 돈을 새로 만들려면 얼마가 드는데." 우리가 조금 주의를 함으로써 새 돈을 만드는 데 드는 우리의 세금을 줄일 수 있지 않을까.

"내가 깨끗이 다루는 돈은 나에게 깨끗하게 돌아온다."라는 마음을 누구나 가졌으면 좋겠다.

쓰레기는 어디로

"학생, 여기 이렇게 껍질을 버리면 안 되지."

내가 사는 아파트 주변 4곳에 학교들이 있어 등하굣길에 많은 학생들이 지나간다. 하굣길에 삼삼오오 무리를 지어 가며 손에 과자와 아이스크림을 먹으며 가는 것을 볼 수 있다. 그중에 가끔 봉지를 생각 없이 휙 버리고 가는 아이들이 있다. 그것을 보고 있노라면 가슴이 덜컥하며 내려앉는다. 동네가 지저분하기도 하지만 학생들이 양심을 저버린 것 같아서이다. 나는 지체 없이 학생을 부르고 쓰레기를 가리킨다. 당연히 주워 갖고 간다. "학생들이 이러면 안 되지." 내가 주의를 준 모든 학생들은 되돌아와 얼른 집어 가는 것을 볼 수 있었다. 우리 딸들은 나에게 그러지 말라고 하지만 내 양심상 절대로 그냥 지나칠 수가 없는 것이다.

오래전 지하철에서 내 앞에 앉은 여학생이 백팩을 뒤적이더니 뭉쳐진 휴지를 바닥에 버리는 것이다. 순수하게 생긴 20대 여성이 저런 행동을 하다니 나는 깜짝 놀라서 그 학생이 나를 쳐다보기를 기다렸다. 그 학생이 쳐다보는 순간 아무 소리 없이 손가락으로 휴지를 가리켰다. 본인도 미안했는지 얼른 줍더니 일어나 다른 칸으로 가는 것이다.

아마 그 학생은 다시는 그러한 행동을 하지 않을 것이라는 생각이 들었다. 그 당시는 그러한 사람들이 가끔 있었고 길거리에 쓰레기들이 많았다. 요즘은 지하철에서 이러한 행동을 하는 사람이 없을 것이다.

언젠가는 우리 아파트 옆 현대백화점 주차장에서 젊은 남자 두 명이 차를 몰고 가며 창문 밖으로 휴지를 휙 던지는 것이다. 나는 조용히 다가가서 "여기가 너희 앞마당이냐 젊은 사람들이 어떻게 이럴 수 있느냐." 나무랐더니 놀라면서 이상한 아줌마도 다 있네 하는 표정으로 바라보더니 문을 열고 주워 가는 것이다.

운전하고 가다 가끔 앞차에서 담배꽁초를 슬쩍 버리는 사람이 있다. 예전엔 못 참고 클랙슨을 한번 울려 주곤 했지만 요즘은 내 나이도 있고 그냥 넘어가려 한다.

한번은 차를 갖고 새벽 기도 갔다 오는데 앞서가던 트럭 운전자가 불붙은 담배꽁초를 버리는데 담배 불꽃이 내 방향으로 날라와 깜짝 놀랐다. 이러다 뒤차가 불이 나는 경우도 있다고 들었다. 달리던 차가 앞 신호등에 정차해 있는 것을 보았다. 얼른 그 차 옆으로 다가가 손짓으로 창문을 내리라고 했다. "아저씨, 담배꽁초 창밖으로 버리지 마세요. 위험하게 불꽃이 날라 왔어요."라고 하니 미안하다 목례를 하고 가는 것이다. 껌껌한 새벽에 겁도 없이 여자가 트럭 운전자에게 그런 행동을 한 게 아닌가 생각이 들었다. 세상이 무섭다고 한다. 하지만 따뜻하게 말을 건네면 사람들은 수긍을 한다. 그 아저씨가 밝은 미소로 미안하다며 손을 들어 주고 가는 모습에 나의 마음이 가벼웠다.

몸과 마음이 깨끗하게

1976년도에 처음 스위스 베른에 갔을 때 깨끗한 거리를 보고 너무 놀랍고 부러웠다. 그 거리에는 양심상 아무것도 버릴 수 없을 것 같았다. 스위스에서도 베른이 깨끗한 도시라고 한다. 또한 남의 물건은 절대로 손을 대지 않는 청렴함이 있었다. 공중전화에 놓고 온 지갑이 그대로 있는 나라라고 했다.

그 당시 우리나라는 먹고살기도 힘들어 길거리에는 쓰레기가 수북이 방치되어 있던 때였다. 지금 우리나라도 그곳 못지않게 깨끗한 나라가 되어 가고 있다. 조그만 티끌이라도 공공장소에서 버리는 것은 양심을 버리는 것이라 생각이 들었었다.

또한 나는 우리 아이들에게 어려서부터 길에 돈이 떨어졌을 때 절대로 줍지 말라고 가르쳤다. 그 돈은 임자가 있는 돈이고 어쩌면 그 돈을 찾으러 올지도 모른다고 했다. 잃어버린 돈을 주워서 쓰는 것은 결코 바람직하지 않다고 생각한다. 주인이 다시 왔을 때 돈이 있으면 얼마나 기뻐할까.

쓰레기를 아무 곳에나 버리지 않고, 남의 물건을 탐내지 않는 것이 살아가는 데 기본 양심이라고 생각한다.

요즘 청소년들의 비행이 날로 심각해지고 학폭이 사회 문제로 떠오르는데 물론 집에서 부모들이 제대로 교육을 시키는 게 우선이지만 학교에서 교육하시는 선생님들이 선도를 했으면 한다. 학급에 대한 애급심이 생기도록 친구에게 따뜻하게 말하기, 휴지 아무 곳에 버리지 않기 등 작은 실천으로 교실에 따뜻한 온기가 돌도록 이끌어 갔으면 한다.

　그러기 위해서는 특히 부모님들이 선생님을 믿고 존경하는 마음이 필요하다. 선생님의 자리가 불안하면 우리 교육은 설자리가 없어진다. 선생님들이 소신을 갖고 우리 애들을 교육할 수 있도록 존경하는 마음을 갖고 아이들은 선생님을 무서워 할 줄을 알아야 한다. 옛날 학부모들은 회초리를 만들어 선생님께 드리며 우리아이 잘 지도해 달라고 했다고 한다.

　요즘 선생님들이 힘들어하는 사람이 학부모라고 들었다.

　미국에서는 선생님을 위해서 학부모들이 한 사람씩 나와서 교육에 전념할 수 있도록 도와준다고 한다. 선생님 혼자 왕자님, 공주님 시중 들고 아이들 교육시키기에는 너무 역부족이라 생각한다. 보조 교사라도 한명 있으면 좋을 것 같다.

　반에서 소외되거나 어울리지 못하는 애도 선생님의 관심과 따뜻한 한마디로 자신감이 생기고 치유될 수 있다. 명랑한 애들보다 어울리지 못하고 조용히 있는 애들이 사회에 나와 부적응으로 문제가 될 수 있다고 한다. 물론 다 그런 것은 아니지만, 학교 다닐 때 선생님의 한

마디에 힘을 얻고 성공했다는 사람들을 우리는 종종 볼 수 있다. 소년원에 보내는 것보다 선도가 우선이 되어야 할 것이다.

우리 청소년들이 따뜻하고 깨끗한 마음으로 사회의 주인이 될 수 있기를 바란다.

해외 입양 언제까지, 아이는 수출품이 아니다

지금 우리나라의 3대 재앙 중 하나가 인구의 감소라고 한다. 결혼 연령이 높아지고 아이를 낳아서 키우는 것이 얼마나 힘든 것인지 알고 있는 것이다.

"한국이 미국에 입양아를 가장 많이 보낸 나라로 1위입니다."

우연히 버스 안 라디오에서 들은 소식에 놀라움을 갖게 되었다. 인구가 줄고 있는데 왜 이러한 일이 일어나는가….

우리나라가 입양아를 가장 많이 보낸 나라 1위라는 말에 경제 대국에 진입해서도 이렇게 해외 입양을 아무렇지도 않게 생각하고 실행하고 있다는 것이 놀랍고 마음 아팠다.

내가 1976년도 스위스에 갔을 때 그곳에 사는 교민들 숫자보다 한국 입양아 숫자가 많다는 사실을 알고 놀랐다. 그 당시 우리가 살기 어려워서 그런가 보다 하면서도 여권의 갓난아이 사진을 보면 안타까웠다. 지금 이렇게 잘살면서 어떻게 이러한 일이 반복되고 있는지 국제적으로 부끄러운 일이 아닌가 생각이 든다.

이것은 우리가 경쟁 사회에서 이기주의가 팽배해 내 핏줄 이외에는 거두려 하지 않기 때문이 아닌가 생각한다. 국가 차원에서 입양을 원하는 사람들에게 보조를 해 주고 편하게 키울 수 있도록 분위기를 바꿔 나가면 좋을 것 같다. 또한 입양이 사회적으로 귀감이 되도록 장려를 해야 한다. 입양은 바람직하고 존경받을 일이다.

우리의 귀한 생명을 자식이 없는 집이나 원하는 집에서 남의 시선을 개의치 않고 입양해 키울 수 있도록 장려를 한다면 군이 '해외로 아이를 수출하고 있다'는 오명을 벗을 수 있지 않을까 생각이 든다. 뒤에서 수근댈 일이 아니고 아이도 좋고 부모도 좋은 일이라 생각한다. 이러한 일은 공개적으로 하고 축복을 받아야 한다고 본다.

'장한 어머니상'은 자기 자식을 훌륭히 키운 사람보다 입양해서 훌륭히 키운 사람들에게 주었으면 한다. 우리 주위에 모 탤런트 부부가 자기 아들이 있는데도 몇 명의 아이를 입양해서 키우고 있다고 들었다. 존경받을 연예인이라 생각한다. 실천하고 있는 모 정치인도 계시다. 사실 애를 키우는 것은 쉬운 일이 아니다.

물론 가장 좋은 것은 아이를 낳은 부모가 키우는 것이라 생각한다. 미혼모나 애를 키울 수 없는 상황에 있는 사람들의 문제가 무엇인가를 분석하고 부모가 키울 수 있도록 도와주었으면 한다. 미혼모인 경우 모자보건센터에서 도움을 주고 키울 수 있도록 적극 지원을 해야 가능하다고 본다. 탁아 시설을 확대해서 직장에 다니면서도 아이 걱정을 하지 않도록 도와주었으면 한다. 그들은 대부분 열악한 환경에서 아이를 돌봐줄 사람이 없고 경제적으로 애를 키울 능력이 없어서 내다 버리고 기관에 맡기고 있다. 유치원 갈 때까지 몇 년 만 도와주어도 키울 수 있을 것이다. 모성애는 무엇으로도 바꿀 수 없는 아이에게 필요한 최고의 사랑이다.

보육원에서 봉사하는 분들의 말을 들어 보면 물질적으로는 웬만한 가정 못지않게 잘해 준다고 한다. 하지만 부모의 사랑을 받지 못한 마음을 채워 주기는 쉽지 않다고 한다. 그중에 한 아이가 부모를 만나고 와서 자랑하면 다른 애들은 풀이 죽어 며칠간 우울해한다고 한다. 부모의 사랑을 그리워하고 있는 것이다.

부모가 자식을 버리지 않고 키울 수 있도록 대안을 연구하고 정책을 펴 나가야 할 것 같다. 자식을 버린 부모는 평생 마음에 죄책감을 느끼며 살고 해외로 입양된 아이는 피부색도 다르고 부모에게 버림받아 입양됐다는 슬픔을 갖고 살 것이다. 부모를 떠나 비행기를 타고 낯선 곳으로 가서 얼마나 두렵고 무서웠겠나. 입양된 아기가 몇 날 며칠을 밤낮으로 그렇게 울었다고 들었다. 이 모든 것은 우리의 책임이라 생각한다. 아이는 가장 귀한 보물이고 선물이다. 우리 자식들을 외국으로 입양시켜 보낸다는 것은 심각한 문제다. 우리는 '아기를 수출한다'는 오명을 아무렇지도 않게 생각하고 있다.

또한 성교육을 철저히 시켜서 무책임하게 아이를 낳지 않고 낳았으면 잘 키울 수 있도록 도와주어야 할 것이다.

가장 큰 자원이 인구인데 낳은 아이를 잘 키울 수 있도록 미혼모들에게 따가운 시선을 보낼 게 아니라 자신감을 갖고 키울 수 있도록 도

와주어야 할 것이다. 유럽에서는 아기를 낳으면 산모들에게 형편에
따라 지원을 하고 아기를 어떻게 양육할 것인가 교육을 시키고 주기
적으로 방문하여 도와준다고 한다.

처음 아이를 낳아 어떻게 키울지 몰라 당황해하는 부모들이 많이
있다. 우는 아이 달랠 줄도 모르고 그러다가 큰 사고가 벌어지는 경우
가 종종 있고 평생을 범죄자로 살고 있다. 예방 차원에서 교육이 필요
하고 교육을 확대해 나가 아이들을 잘 키울 수 있도록 도와주어야 할
것이다.

인구는 줄고 있는데 해외로 입양을 방치하는 것은 반성해야 할 심
각한 문제라고 본다.

나만 잘살면 된다는 생각에서 벗어나 아이는 우리의 미래라 생각
하고 국민 모두가 합심하는 마음으로 키운다면 인구 감소를 막고 밝
은 미래가 다가오지 않을까 생각해 본다.

아이는 수출품이 될 수 없다!!

2010년 6월

이제 우리는 책임져야 한다

이번에 해외 입양 쓴 것을 정리하며 6.25전쟁 후 70년 동안 25만 명에 달하는 우리 아이들을 유럽이나 미국 등 해외에 입양시켰다는 사실을 알게 되었다. 그 애들은 본인이 원해서 입양된 것이 아니라 나라에서 고아들을 수용하기 힘드니까 기관을 통해 3천 불씩 돈을 받고 보낸 것이다. 한때는 일 년에 9천 명에 가까운 아이들을 해외로 입양을 시켜 막대한 외화를 벌어들였다고 한다. 그로 인해 해외 입양 기관의 규모는 점점 커져 갔다. 처음에는 전쟁고아들을 홀트아동복지회를 통해 선한 목적으로 입양을 시켰다. 하지만 길거리 미아나 부모가 임시보호소에 맡긴 아이들까지 고아로 호적을 조작해서 해외로 입양을 시켰다고 한다. 정부에서는 방관했고 그 애들이 가서 어떻게 살고 있는지 입양을 시킨 후로는 전혀 관심을 갖지 않았다. 좋은 부모 만나서 잘된 아이들도 있지만 3천 불에 사왔다는 이유로 부당한 폭력을 감내해야 했고 어린 여자아이들은 양부의 성적 학대를 당하고도 어디에 하소연을 할 곳이 없었다. 아이들을 보호할 관리 시스템이 전혀 없었던 것이다. 견디다 못해 집을 나와 떠돌이 생활을 하며 부모의 동의를 받지 못해 시민권도 받지 못했다. 미국에 국적 없이 떠돌며 살고 있는 한국 입양인이 2만 명이 넘는다고 한다. 이제 우리가 보듬고 거두어야 하지 않나 생각한다. 한국 국적을 갖고 태어난 사람들이다.

지금 인구 감소로 정부에서 몇 조씩 쏟아 부어도 합계출산율 0.78명으로 세계에서 인구감소가 가장 빠른 나라가 될 것이라는 보고가 나왔다. 이러다 사라질 수도 있다는 무서운 보도도 있었다. 그나마 베이비붐 세대 노년층들이 건강관리를 잘해 인구 감소를 늦추고 있지만 그들이 죽고 나면 가파르게 인구감소가 진행될 것이라고 한다.

2차 대전 이후 해외 입양아 45만 명 중 한국에서 보낸 입양아가 25만 명이라 한다. 소름 돋는 사실이다. 가장 많은 아이들을 해외에 입양을 시키고 아기를 가장 안 낳는 나라가 된 것이다. 아이러니하다. 그렇게 돈을 쏟아부어도 감소는 멈추지 않는다. 내년에는 0.6명 출산율이 나올 것이라는 전망이 나왔다.

우리가 버린 아이들을 이제라도 해외 공관을 통해 실태조사를 하고 우리가 도와주어야 할 것이 무엇인가를 고민해야 할 것이다. 원하면 우리 국적을 취득할 수 있게 해 주고,

"우리는 너희를 버리지 않았고 책임지겠다."고 말할 수 있어야 한다.

국가는 국민을 외면하면 안 된다. 아무것도 모르는 애들이 부모에게 버림받고 나라에 버림받았다. 인구정책에 쓰는 몇 분의 일이라도 그들을 위해서 쓸 수 있어야 하는데 여성가족부나 보건복지부에서 신경을 쓰고 있는지 궁금하다.

모든 입양인들은 자기의 뿌리를 찾고 싶어 한다.

지금도 해외 입양을 멈추지 않고 있다고 한다. 작년에도 260명을 보냈다고 한다. 그 일이 계속 되는 한 우리의 인구 정책은 나아질 수 없을 것이다.

인구 감소는 우리에게 주신 생명을 관리하지 못했기에 내리시는 재앙이 아닌가 생각이 든다. 우리 가정의 한 사람의 생명이 소중하듯이 국가의 한 생명도 존귀하게 여겼으면 한다. 이것은 국가만의 일이 아니고 국민 모두가 그렇게 생각했을 때 해결이 되고 생명을 경시하는 무서운 범죄도 사라질 것이다. 지금 우리는 해외 입양이 어느 정부 누구의 잘못이라고 탓하고 책임공방을 할 것이 아니라 지금이라도 그들에게 따뜻한 손길을 펼쳐야 할 때이다. 우리에게 주신 귀한 생명이 오늘도 낯선 곳에서 방치되지 않도록 우리가 지켜 주고, 여성가족부는 이러한 문제에 앞장 서주기를 바란다.

지금 정부에서는 사라진 아이들 찾기로 많은 인력을 투입하고 전수 조사로 들어갔다. 애기는 남녀가 합의해서 만들어졌는데 왜 여자들만 책임을 지고 그 무서운 살인을 저질렀는가 여자들만 범죄자로 취급하지 말고 아기를 만든 남자도 방임 죄로 더 큰 처벌을 받게 해야 한다고 생각한다. 이러한 일이 반복되지 않도록 대안도 생각해야 한다.

한 생명을 소중히 여기는 국민과 국가가 되었을 때 인구문제는 해결이 될 것이다.

2023년 8월

장애인이 행복한 나라

장애가 있는 분들이 가장 싫어하는 것은 동정이라고 한다. 진정한 선진국이 되려면 장애에 대한 편견이 없어져야 할 것 같다.

선천적으로 장애를 갖고 태어난 사람, 사고나 후천적인 질병에 의해 장애를 갖게 된 사람 장애라기보다는 '불편함'이라는 표현을 쓰는 것이 예우라 한다.

이 불편함은 누구에게나 생길 수 있는 일이다. 그분들을 대할 때 동정 어린 눈빛보다는 편견 없이 따뜻한 미소와 보통 사람으로 보아주고 도움이 필요할 때 도우면 될 것이다.

가끔 우리는 무심코 "우리 가정에 저런 사람이 없는 게 다행이야." 라고 말하는 사람들을 보는데 이것은 이기적인 생각이라 본다. 그 사람들의 불편함을 생각하지 않고 자신의 편안함에 취한 행동이라 생각한다. 그분들이 편견의 시선을 받지 않고 스스럼없이 밖에 나와 우리와 어울릴 수 있어야 한다.

그들의 불편함을 생각해서 거리를 불편 없이 다닐 수 있도록 인도와 건널목이나 문제가 되는 곳에 신경을 써야 할 것이다.

또한 특별하다고 보지 말고 똑같이 대하므로 그들이 마음 편히 나와 햇볕도 쬐고 우리와 공유할 수 있게 해 주었으면 한다. 손을 잡아 일으켜주어야 한다.

정부에서도 장애인의 고충을 생각하고 그들이 일할 수 있도록 일자리를 만들어 사회의 일원이 될 수 있도록 해 주어야 할 것이다. 가정에서 장애인을 둔 부모가 그 자식에 더 신경을 쓰듯이 나라에서도 예산의 일부를 그들을 위해서 책정해 도움으로 함께 가는 사회가 되어야 하지 않을까 한다.

우리나라에도 '헬렌 켈러' 같은 사람이 나올 수 있는 여건이 되어야 할 것이다. 장애가 살아가는 데 불편하지만 그들의 희망과 기쁨이 침해당하지 않도록 편견 없는 사회가 되었으면 한다.

장애인이 행복한 나라가 진정 선진국이 아닐까 생각해 본다.

2006년 5월

IMF가 닥쳐오다

오늘은 기분이 우울하고 무겁다. 국가부도 위기에 처한 대한민국에서 부총리가 IMF 국제금융 총재와 195억 달러 지원 양해각서를 체결했다는 보도가 나왔다.

국민 모두에게 놀라움과 말할 수 없는 실망감을 안겨 주었다. 정부에서 괜찮다고 하더니 이럴 수가 있나. 기업이 연쇄적으로 부도가 나고 과소비로 나라 경제가 약화되어 외환 보유가 바닥이 난 것이다. 할수 없이 국제통화기금에 손을 내밀고 IMF는 돈을 빌려주는 대가로 우리나라 경제 구조개선 등에 적극적으로 간섭을 하게 되었다.

국민들에게 세금 걷어 대책 없이 공돈 쓰듯이 나라 살림 흥청망청하더니 IMF(국제 통화기금)에 나라가 차압당한 꼴이 된 것이다. 누구에게 억울함을 호소해야 하나. 왜 자발적인 운영을 할 수 없는 민족인지 일본에 36년간 주권을 빼앗기더니 이제 와서 경제권도 IMF의 통치를 받게 된 것이다. 못 배웠으면 무식해서 그런다고 하지만 교육열은 세계 최고로 외국에서 경제학박사 공부한 똑똑한 사람들 다 무엇하고 이런 꼴이 되었는가….

조금 경제가 피었다고 세계 최고만 부르짖으며 명품 좋아하고 세계 최고 시계 만드는 스위스 국민도 모르는 시계를 먼저 알고 뇌물로 주고받았다. 주한 스위스 대사님도 1~2만 원짜리 시계 차고 다니며 "얼마나 잘 맞는 줄 아느냐 우리는 비싼 시계 차지 않는다."고 했다. 자기네가 만든 최고 명품시계는 명품 좋아하는 사람들에게 팔려고 만든다고 했다. 그렇게 벌어들여 나라 경제 발전에 쓴다는 것이다. 우리는 힘들게 달러 벌어서 분수를 모르고 세계 최고 사치품에 눈이 어두웠던 것 같다.

우리는 정말 세계 최고라는 말하지 말고 분수에 맞게 살았으면 좋겠다. 선진국, 중진국 따지지 말고 중진국이면 어떤가. 분수에 맞게 잘 살면 되는 거지 열심히 살다 보면 선진국이 저절로 되지 않겠나.

나 자신을 알고 내 나라 우리의 고유한 문화를 중히 여기는 한국인이 되었으면 좋겠다. 세계화 바람 속에 가정과 국가가 세계화 회오리에 휘말려 이 지경이 된 것 아닌가. 외국에서 진짜 알맹이는 안 배워오고 겉핥기만 배워 와 미풍양속 다 무너지고 정숙하던 우리네 여인네들은 점점 드세지고 남자아이들은 엄마 치마폭에서 점점 나약해져만 가고 있어 걱정이 된다.

벼랑 끝까지 왔는데 최고만 따지지 말고 소같이 묵묵히 살아갔으면 좋겠다. 머리 굴려 자기 꾀에 빠지는 여우가 되시렵니까? 묵묵히 자기 일에 충실한 소가 되시렵니까?

진짜 선진국 사람들 정말 답답한 소처럼 서두르지 않고 묵묵히 살아가고 있습니다. 그러기에 그들은 실수가 거의 없고 내실을 기할 수 있는 거지요. 우리 이제 정말 달라져야 합니다.

특히 여성들, 우리가 바뀌면 남자들도 정신 차리고 이 나라 다시 잡을 수 있습니다. 여성들이여 현명하게 내 가정부터 대처해 나갑시다. 이 나라의 주인이고 어머니입니다.

1997년 12월

(처음 IMF에 접했을 때 모든 국민들은 우리나라가 망하는 게 아닌가 하는 두려움과 공포를 느꼈다. 나도 그중에 한 명으로 나의 마음을 토로해서 썼던 글이다)

그 후 국민들은 나라를 살린다는 마음으로 장롱에 보관해 두었던 아기 돌 반지부터 금붙이를 모두 들고 나와 캠페인에 동참하며 외환위기를 극복했다. 1997년도 IMF 외환위기는 국민들에게 커다란 상실감을 안겨 주었지만 2001년 4년 만에 모두의 단결로 세계에서 가장 빨리 외환위기를 극복하는 나라가 되었다.

다시는 이러한 일이 발생하지 않도록 국민 모두가 주인의식을 가졌으면 한다.

금융사건 '키코'에 은행이 손을 들다

은행이 예전에는 안전한 금융권이었다. 그래서 우리는 안심하고 돈을 맡길 수 있었다. 은행이 언제부턴가 투자에 손을 뻗쳐 펀드 상품을 도입해 은행은 환매 수수료로 많은 수익을 챙기고 있었다. 키코는 파생상품으로 환율의 변동에 따라 손익을 감수해야하는 상품이다. 은행이 외국 상품에까지 발을 넓혀 돈 장사를 하며 자기 보호를 위해 만든 제도이다.

개인과 기업은 세계경제가 출렁일 때마다 가입한 상품으로 많은 손실을 보는데 은행은 원금의 1% 수수료와 이익금 챙기는 데는 양보가 없다. 환율 손실을 소비자에게 떠맡기며 우는 소비자 뒤에서 아랑곳없이 돈을 챙기기에 여념이 없었다. 은행은 절대 손해나지 않게 제도적으로 만들었다.

더구나 'kiko'라는 파생금융상품은 소비자를 보호한다는 명목을 내세워 들게 했지만 소비자는 환율 변동에 대한 손익을 감수해야 했다. 모든 고객들은 은행의 권유로 맡긴 돈을 보호해 준다는 말만 믿고 키코에 가입했다.

그런데 2007년도 미국의 모기지론과 리먼브라더스 사태에 환율은

800원대에서 1500원대로 90% 이상이 뛰어 보호받아야 할 키코가 고객들에게 날벼락이 되어 돌아왔다. 은행을 믿고 가입한 펀드는 환율 손실까지 감수하며 깡통 예금으로 추락하고 말았다. 달러가 내릴 것에 대비해 은행에서 권해서 키코에 가입했는데 달러가 천정부지로 올랐으니 보호가 아니라 역으로 당하게 된 것이다. 소비자들은 키코가 무엇인지도 제대로 모르고 가입한 것이다.

주식 떨어진 것도 억울한데 반사적으로 오른 환율 정산을 하라고 은행에서 전화가 오는데 기가 막혔다. 처음에는 멋모르고 하라는 대로 지불을 했다. 나는 곧 내가 팔지도 않았는데 왜 물어 주어야 하는지 알게 되었다. 환율 정산은 본인이 원하지 않아도 일 년에 한 번씩 정기적으로 하게 되어 있었다. 펀드 사놓고 외국에 나간 사람들에게도 환율 정산하라 전화하면 잔고에서 정산해 달라 한다. 펀드가 떨어져 환율을 정산할 돈이 잔고 부족으로 마이너스가 되는 때도 있었다. 이렇게 되면 깡통 통장이 되는 것이다.

원리를 파악한 나는 역으로 환율이 떨어진 시점에 은행에 가서 정산을 하겠다 했다. 나는 환율이 떨어진 만큼 반사 이익이 되는 것을 그동안 터득한 것이다. 나에게 더 떨어질 텐데 왜 정산하려 하느냐고 대리와 차장이 대꾸도 하지 않는다. 그 직원들도 그 원리를 모르는 듯 한 번도 아니고 두 번씩 요청을 했는데도 그러는 것이었다. 은행원들도 예측을 못 하는 것 같았다.

은행직원들도 펀드를 처음 도입한 시점이라 정확히 알지 못하는 것 같았다. 한때는 내가 펀드를 사고팔 때마다 자기네들도 나를 쫓아서 투자를 했다고 전임차장이 얘기해 주었다. 내가 사면 오르고 팔면 떨어진다고 예상을 잘하는 사람이라 생각했던 거였다.

은행 직원이 고객인 나를 생각해서 두 번씩 요청을 했는데 정산을 해 주지 않았겠지만 내 예상대로 환율이 오르면서 또 물어주어야 할 상태가 되었다.

은행 담당자에게 항의를 하니 발뺌을 하며 미안하다는 말뿐이었다. 나는 지점장에게 직접 전화해서 자초지종을 얘기했다. 지점장 역시 미안하다는 말만 할 뿐 은행원들 편을 들며 다음에 잘해 주겠다는 말로 나에게서 구렁이 담 넘어가듯 넘어가려 한다. 나는 굽히지 않고 강력하게 항의를 하니 시간 있을 때 들리라고 한다. 은행원들은 감언이설에 도가 트여 어떻게 해서든지 물어 주지 않는다.

내 예상에 저쪽은 지점장, 부지점장, 차장이 나와서 미안하다는 말로 무마하며 어떻게 해서든지 발뺌을 할 것이란 생각이 들었다. 나는 마음을 단단히 먹고 시간 약속을 했다. 서울에 사는 말발이 센 친구에게 인천에 와 줄 수 있느냐고 하니 일이 있어 힘들다고 한다. 혼자 나가면 뒤로 밀릴 것 같았다.

막내딸이 마침 방학이라 미국에서 다니러 와 집에 있기에 가서 엄마 옆에만 있으면 되니 같이 가자고 했다. 딸을 대동하고 마음을 단단히 먹고 지점장실에 들어가니 예상대로 지점장, 부지점장, 차장 3명이 나를 기다리고 있었다. 나는 언성을 높이지 않고 조용조용히 강력하게 밀고 나갔다. 가만히 앉아 있는 딸이 나에게 버팀목이 되어 주었다. 결국 나를 설득하려던 그들이 손을 들고 내가 완승을 거두었다.

자기 은행에서 이렇게 배상을 해 준 적은 처음이라며 자기네 운영비에서 배상해 준다고 했다. 은행이 어떤 곳인데… 모든 사람이 불가능한 일이라 했다. 그 당시 키코로 인해 개인뿐 아니라 기업도 막대한 손실을 보고 억울해서 재판 중인 곳이 많았다. 재판에서 기업이 이긴 적은 거의 없고 법정에선 은행의 손을 들어 주었다. 주식 떨어지는 것만도 힘든데 환율 떨어지는 것까지 책임을 지라니 이런 것을 날강도라고 안 할 수가 없었다. 은행만 믿고 들었다가 황당함을 당한 것이다. 경제학자들이 은행을 위해 절대 손해나지 않도록 만든 제도였다. 통장이 바닥이 되어도 은행은 수수료를 챙기는데 나는 은행의 횡포에 희생물이 되고 싶지 않았고 나 같은 사람이 있다는 것을 보여 주고 싶었다.

그들은 나에게 앞으로 더 이상 이 문제에 이의를 제기하지 않기로 각서를 써 달라고 했다. 나도 그들에게 이 문제로 이의를 달지 않기로 각서를 써 달라고 했다. 서로 각서를 교환하고 배상을 받아 낸 것이다.

내가 딸을 데리고 간 것은 탁월한 선택이었고 내가 밀리지 않고 베테랑 3명을 제칠 수 있는 뒷심이 되어 준 것이다.

그 당시 은행을 믿고 맡겼다가 깡통 통장이 되어 극단적인 선택을 하는 사건들이 곳곳에서 발생했다. 이제는 은행도 장사를 하는 곳으로 생각하고 그들의 달콤한 말을 무조건 믿지 말고 본인의 판단으로 해야 할 것이다. 은행은 돈을 맡기는 곳으로만 생각하는 게 정답일 것이다.

그 후로 나는 주식과 펀드에서 손을 떼고 편안하게 살고 있다. 우리 같은 사람은 잘해야 본전이라는 것을 터득했다.

젊었을 때는 경험 삼아 한번 해 볼 만은 할 것이다.

당돌한 여고생의 의견을 존중해 주신 교장선생님

고등학교 2학년 때 선생님이 새로 부임해 오셨다. 국어 담당 선생님이셨다. 우리는 옆 반에서 정보를 수집하고 대충 어떤 분인지 짐작을 한다. 쉬는 시간에 창문에 모여 어떤 선생님이신가 창문 너머로 들어오시는 선생님을 추측해 본다. 그리곤 이내 자리에 앉아 언제 그랬냐는 듯이 선생님을 맞이한다.

처음 부임하는 선생님은 1년 동안 약간의 홍역을 치른다. 공부 꽤 하는 애들의 집요한 질문에 제대로 답을 못하고 어정쩡한 태도를 보이고 실력을 인정받지 못하면 일 년이 힘들어진다. 가끔 보면 너무 아니다 싶은 분이 새로 부임해 오는 경우가 있다. 사립 고등학교였으니 그럴 수 있었을 것이다.

나는 음악을 전공할 목표였기에 문과 반에 속했다. 국어 선생님이 새로 부임해 오셨는데 첫인상부터 우리들 마음에 들지 않았고 쏟아지는 질문에 제대로 답변을 하지 못했다. 여학생들 앞에서 쑥스러워서인지 혼자서 책만 정신없이 읽고 허공을 쳐다보며 설명도 책 읽듯이 하곤 끝낸다. 한숨이 절로 나온다. 새로 부임한 선생님의 소문은 옆 반으로 금방 전파되었다. 학생들의 신뢰를 얻지 못한 선생님은 악순환이 거듭되어 결국 그 시간에 얻을 것이 없다고 생각한 학생들은 수업을 거부하고 다른 교과서를 꺼내 놓고 자습하는 학생들까지 생겼다.

문과 반에서 국어가 중요한데 1년을 허송세월하고 보낸 것이다. 1년 동안 우리에게는 얻은 것이 없었고 씁쓸했다. 모른 체 하는 학교 측이 더욱 야속했다.

학년을 마치며 교장선생님께 편지를 썼다. 문과 반에서 국어가 중요한데 1년간 선생님과의 문제로 허송세월을 보낸 것을 말씀드렸고 다음부터 선생님을 뽑을 때 신문에 공고해 몇 분이 선정되면 학생들 앞에서 공개 수업을 해서 학생들의 의견을 참작해 주셨으면 한다는 내용을 적어서 보냈다. 학년, 반과 이름을 기재했다.

며칠 뒤에 교장선생님께서 각 반을 순회하시며 쉬는 시간에 우리 반에 들어오셨다. 그때 마침 칠판을 지우고 자리에 들어와 앉는 나를 보시더니,

"네가 김용희지, 네 편지 잘 받았다."

하시며 인자한 모습으로 어깨를 두드려 주시는 것이다. 나는 깜짝 놀랐다. 어떻게 내가 김용희인 줄 아셨고 또 일부러 찾아오셔서 격려를 해 주시다니….

교장선생님은 미국에서 공부를 하신 분으로 개방적이고 학생들을 인격적으로 대하시는 분이었다.

이듬해 선생님들을 뽑을 때 신문에 공고를 내었고 몇 분이 선택이

되어 최종적으로 학생들 앞에서 공개수업이 이루어졌다. 학생들의 의견이 적극 반영이 되어 뽑힌 선생님들은 자긍심도 있었고 인기 있는 선생님으로 학생들과 즐겁게 수업을 하는 것을 보며 마음이 뿌듯했다.

편지를 보내고 조금 떨렸었는데 교장선생님께서 한 학생의 의견을 존중해 주시고 반영을 해 주셨다는 것에 대해 존경심이 든다. 그 당시 선생님들의 반발이 있었다고 한다. 어떻게 선생님을 뽑는데 학생들 앞에서 공개 수업을 하고 학생들의 의견을 묻는가. 이것은 선생님의 권위를 떨어뜨리는 행위라고 비난하는 선생님들도 계셨다.

요즘 대학에서 교수평가제로 시행되고 있는 정책을 그 당시 우리 학교에서 시행한 것이다. 교장선생님께서 그때 50대셨고 외국에서 공부하신 분으로 새로운 정책을 받아들이신 것 같다. 지금은 돌아가셨을 것이다. 박희경(남) 교장선생님이시다.

"교장선생님, 어린 학생의 의견을 존중해 주신 당신은 정말 멋쟁이십니다. 존경합니다!"

우리 정신여중고의 교훈은 '굳건한 믿음, 고결한 인격, 희생적 봉사'였다. 이러한 배움의 터전에서 학창시절을 보낸 것을 감사히 생각하고 있다.

선생님, 사춘기 여학생들입니다

우리가 중 고등학교 다니던 때 남녀 학생들이 혼성으로 동아리를 하면 학교에서 중징계가 취해졌고 부모들도 그것을 큰일 나는 일이라 주입 시키던 때였다.

그 당시 하지 말라고 하면 호기심을 갖고 더 하려는 학생들이 있었다. 선생님들은 전담반을 꾸려 일요일 학교가 쉬는 날에 극장가에서 지키고 서 있다가 학생 입장불가에 들어가는 학생들을 잡곤 했다. 그 망을 피하기 위해 가발에 언니, 형 옷을 몰래 입고 들어갔다가 선생님이 떴다는 제보가 들어오면 화장실로 숨곤 했다고 한다. 내 주위에는 그런 친구들이 없었지만 사춘기 학생들의 한때 호기심과 반항이었던 거 같다.

우리는 고등학교 시절 가족 외에 우리가 보는 사람은 선생님뿐이었다. 선생님의 일거수일투족이 관심사였다. 수업 시간에 들어오시는 선생님이 새로운 옷을 입고 오신 날 우리는 "와~ 와~" 하며 환호성을 보낸다. 선생님들 얼굴은 발갛게 상기가 되신다. 속으로 그러셨겠지 '아, 이번 옷은 성공이구나' 하셨으리라. 우리는 참 예의가 깍듯한 학생이었던 것 같다. 좋은 것을 보고 좋다고 칭찬할 줄 아는 학생이었으니 말이다. 선생님이 우리의 관심사였고 좋아하는 선생님 과목은 더욱 열심히 했다. 선생님들은 공부 이외에 좋은 말씀들도 많이 해 주셨다.

나는 고등학교 때 합창부에 들어갔다. 우리 학교 합창부는 '노래 선교단'으로 활동을 많이 했다. 2학년 여름방학에 보름 동안 전국을 순회하며 노래로 선교를 하는 것이다. 논산훈련소를 비롯해 여러 군부대 위문 공연을 하고 지방 교회와 학교 초청으로 거의 매일 연주를 했다. 덕분에 합창부 많은 학생들이 자연스럽게 음악을 전공하게 되었다.

합창부 지휘자 선생님은 경상도 사나이로 무뚝뚝하면서 곱상하게 생기셔서 우리들에게 단연 인기가 좋았다. 선생님께서는 열의를 갖고 우리를 지도하셨다. 우리는 선생님께 서로 칭찬받는 학생이 되려고 신경전이 벌어지곤 했다.

선생님 책상에는 항상 꽃이 꽂혀 있었고 특별한 날이면 선물이 책상 위에 가득해 인기를 짐작할 수 있었다. 음악 선생님은 무뚝뚝해서 더욱 인기가 있었다.

그런데 아는 분을 통해 선생님이 우리 학교에서 학생들이 너무 관심을 가져서 피곤하다는 푸념의 소리를 하신다고 들었다. 나는 그 소리가 우리 학생들의 아름답고 순수한 마음을 무시하는 것 같아 기분이 나빴고 자존심이 상했다. 물론 나도 선생님을 좋아는 했다. 하지만 귀찮다는 그 말은 우리를 완전 무시했다는 느낌이 들어 편지를 썼다.

'선생님이 우리를 위해 수고하시는 데 대한 고마움과 사춘기인 우리가 만나는 사람은 오로지 선생님뿐으로 사춘기에 나올 수 있는 현상으로 우리 나이에 있는 일이니 그런 것을 이해해 주시고 심각하게 생각하지 마시라'는 내용으로 보냈다.

며칠 후 복도에서 선생님과 마주쳤는데 그 무뚝뚝한 선생님이 "네 편지 고맙게 잘 받았다."고 하신다. 선생님은 인기가 좋다 보니 귀찮은 면도 있으셨으리라 생각된다.

그 후 선생님은 우리를 더욱 이해하시며 슬기롭게 잘 지도해 주셨다. 덕분에 나는 원하는 음악대학에 무난히 들어갈 수 있었다. 선생님은 후에 서울신학대학 교수로 가셨다. 선생님께서 열과 성의로 가르치신 덕분에 우리는 음악을 통해 즐겁고 많은 추억을 간직할 수 있는 학창시절을 보낼 수 있었다.

그때 선생님께 지도를 잘 받아 지금 교회 찬양대에서 20년 가까이 지휘를 하고 있다.

"선생님 예~ 고맙습니더~!" (최훈차 선생님)

당신(힐러리 클린턴)의 남편은 세계의 대통령입니다

미국이 기침을 하면 한국은 감기에 걸린다는 시대였다.

미국의 흐름에 민감하게 우리나라의 정치와 경제는 오르락내리락 한다.

미국의 눈치 보기에 민감했던 시절 클린턴 대통령의 기세는 하늘을 찌를 듯했다.

어느 날 아침 배달된 신문을 보며 경악했다.

"야, 말이 안 돼. 어떻게 대통령이 인턴 비서와 그것도 집무실에서" 이해가 되지 않는 기사가 신문 2면에 상세하게 폭로가 됐다.

"그렇게 콧대 높고 잘나가는 대통령이 이럴 수가, 힐러리는 어떻게 해!"

정말 탈을 쓴 늑대 같은 미국 대통령이 집무실에서 바쁜 와중에 그런 바람을 피우다니. 세계인이 경악을 금치 못했다. 그 당시 최대의 사건이었다.

모든 사람들은 힐러리가 그 자존심에 그런 남편과 살 수 있을까. 틀림없이 이혼할 것이고 당연히 이혼해야 한다고 세계의 모든 사람들은 기정사실화했다.

넬슨 만델라 대통령 부부와의 만남에서도 이혼이 언급되며 힐러리를 위로하는 기사가 나왔다. 세계의 모든 여론은 이혼 쪽으로 기울었다. 나는 상상을 했다.

모든 것이 세상에 알려진 상황에서 참지 못하고 힐러리가 이혼을 요구했을 때.

클린턴 대통령은 어떻게 될 것인가…. 고개를 들 수 없고 비웃음으로 손가락질 받는 사람이 되어 나락으로 떨어지겠지. 그 상태에서 국정 운영도 정상적으로 하기 힘들어질 것이고.

그러면 힐러리는 어떻게 될 것인가… 가장 불쌍한 여인이 되어 많은 사람들에게 동정을 받아 가면서 살아가겠지. 또한 콧대는 완전히 꺾이어질 것이고….

그러면 세계의 경제를 쥐락펴락하는 미국이 대통령의 실추로 말미암아 세계에 어떤 영향이 미칠 것인가. 당연히 위기가 올 수 있을 것이고 우리나라는 그 영향으로 더욱 어려워질 것이라는 걱정이 생겼다. 미국이 기침을 하면 우리는 감기에 걸리던 때였다.

나는 미국 대사관에 전화를 걸어 백악관 주소를 알아냈다.

편지를 쓴 것이다. 해결의 열쇠를 쥐고 있는 힐러리에게,

　　"당신의 마음은 충분히 이해합니다. 얼마나 힘들고
　괴로운지 하지만 당신의 남편은 미국만이 아니고 세계
　의 대통령입니다. 당신 남편이 쓰러진다면 미국뿐 아니

라 세계가 어려움의 위기에 처할 수 있습니다.

　모든 것이 당신 손에 달려 있습니다. 당신이 남편과 이혼한다면 당신은 불쌍한 여자로 모든 사람의 동정을 받아 가며 살아갈 것입니다. 당신 남편은 나락으로 떨어져 국정을 관할하기 힘들 위기에 처할 수 있습니다. 하지만 당신이 남편을 용서하고 끌어안는다면 당신은 모든 사람들에게 존경을 받고 이 사건을 계기로 당신은 인기가 상승해 대선도 바라볼 수 있을 것입니다. 여태까지의 교만하다는 인식에서 벗어나 가장 존경받는 사람으로 인식될 것입니다.

　부디 남편을 불쌍히 여기시고 용서하십시오!!

　미국 대통령인 당신 남편을 살릴 수 있는 사람은 오직 당신뿐입니다. 당신은 가장 존경받는 여성으로 미국의 대통령을 바라볼 수 있을 것입니다."

나는 급하게 이혼 쪽으로 기우는 것을 볼 수가 없어 영어로 번역할 틈도 없이 한국말로 써서 빠른우편으로 보냈다. 영어로 번역하는 것보다 한국말로 보내면 이 안에 담긴 내용이 무엇인가 호기심이 생길 수도 있고 한국말 번역하는 사람도 구하지 않을까 해서 그냥 보낸 것이다.

나의 바람은 같은 여자로서 비록 미국 최고권자의 영부인이지만 도와주고 싶고 우리나라에 영향이 미칠 것을 막아 보고 싶은 마음이었다. 내 편지를 보았건 안 보았건 힐러리는 클린턴을 용서하였고 인기가 상승하여 국무장관을 비롯 미국 최초의 여성 대통령으로 유력하게 되었다. 세계의 경제는 원활하게 돌아갔다.

트럼프와 대결해 선거인단에서 밀려서 졌지만 더 많은 유권자의 지지를 받았다. 유럽을 비롯 세계가 힐러리 편이었다. 이것으로 힐러리는 당당히 멋진 삶을 살아온 증거라 생각한다. 힐러리는 남보다 똑똑해서도 아니고 대통령 부인이어서도 아니었다. 남편의 큰 잘못을 덮어 주어 미국을 위기에서 구한 영부인이었기에 국민의 존경과 지지를 받았다.

이제 여기서 만족하고 많은 국민의 지지를 받았다는 것에 감사하고 편안한 삶을 살기를 바란다. 힐러리는 미국 국민들 마음속에 영원히 미국 최초의 여성 대통령 후보로 기억될 것이라 생각한다.

대통령이 꼭 좋은 자리만은 아니다.

(내가 이러한 편지를 보냈다는 사실을 누구에게도 말하지 않았다. 남편이 나의 이러한 성향을 알고는 있지만 놀랄 것 같아서 숨기고 싶은 것을 나의 자서전에서 처음 고백하는 것이다)

내가 김정은을 만난다면

나는 이 글을 쓰기 전까지 북한의 김정은이 왜 세계인들이 반대하는 핵에 몰입하는지 물어보고 싶었다. 국민들은 배곯고 허리띠를 졸라매고 있는데 핵 개발에 올인하고 있을까….

그것은 자기 나라를 보호하는 커다란 무기이고 세계의 주목을 받는 유일한 길이라 생각하고 있기 때문이다. 핵을 개발하니 세계 강대국들이 두려워하고, 무서운 존재로 알고 있었던 미국의 트럼프 대통령이 그에게 러브콜을 보내고 눈치를 보지 않았는가. 김정은을 잡아먹을 듯 무서운 사람으로 알았던 트럼프가 만나고 보니 이빨 빠진 사자처럼 자기 앞에서 무기력하게 보였다.

남한의 대통령도 입에 담을 수 없는 욕과 모욕을 줘도 눈치만 보고 계속 딜을 하고 있지 않았는가. 남한이 세운 남북 연락 사무소를 폭파해도 항의 한마디 하지 않고 김여정 한마디에도 벌벌 떨고 있는 것은 노벨평화상과 맞바꿀 수 있는 무서운 핵에 올인하고 있기 때문이라고 생각을 갖고 있을 것이다.

김정은은 호락호락하지 않고 똑똑하다. 아버지 김정일은 김대중 대통령에게 쉽게 노벨평화상을 안겨 주고 많은 대가를 받았다. 하지만 김정은은 그렇지 않았다. 트럼프에게 정치적으로 쉽게 도움을 주지 않았고 그렇게 원하는 노벨평화상을 트럼프나 문재인 대통령에게 안겨 주지 않았다. 몸값을 계속 올리고 있는 것이다.

그 뒤에는 자유 국가에서 두려워하는 핵이라는 게 있다는 것을 알고 있다. 핵을 포기하지 않고 계속 개발하는 것이 유일한 국가를 위한 일이고 보호하는 길이라 생각하는 것이다. 핵이 없다면 누구도 쳐다보지 않고 존재감이 없어진다는 생각이 깊숙이 자리하고 있다. 핵 폭파는 잠깐의 제스처였고 더 올인해서 개발하고 있다.

하지만 세계는 하루가 다르게 발전하고 있다. 대한민국이 전쟁의 폐허 속에서 70년 사이에 세계 경제 10위권 안에 들어서고 선진국이 되지 않았는가. 이것은 정말 놀라운 일이다. 우리 국민은 세계 어디에 내놓아도 뒤지지 않는 뛰어난 두뇌와 잠재력이 있기 때문이다. 우리는 민주 국가로서 세계를 무대로 잠재된 능력을 맘껏 발휘할 수 있다. 개인이 보장되는 사회가 우리의 능력을 더욱 발전시켰던 것이다. 우리가 어려울 때 미국 등 많은 국가에서 우리를 도왔고 그것을 발판으로 경제 개발 5개년 계획을 세우며 국민 모두가 근면 성실하게 뛰어온 결과인 것이다.

나는 김정은이 스위스 베른에서 청소년 학창 시절을 보낸 것을 알고 상당한 기대를 가졌다. 나도 20대에 스위스 베른에서 생활하며 나의 인격이 많이 재형성이 되고 가치관이 바뀌었다. 그들의 거짓이 없고 서로 믿으며 인권을 존중하는 사회가 많이 부러웠다. 말 한마디에 책임을 지고 한번 한 약속은 잊지 않고 꼭 지키지 않던가. 남의 말을 귀담아 들어주고 내가 외국인이지만 도움을 요청할 때 최선을 다해 도와주려는 그들을 보고 나는 감동을 했었다.

나보다도 더 어린 청소년 시절을 스위스에서 보냈으면 더 많은 것을 느꼈으리라 생각한다. 독재자라고 하지만 그 안에는 보고 배운 인성이 있으리라 본다. 하지만 이북이라는 사회가 그렇게 만들고 뿌리 깊은 공산화를 허물기가 쉽지 않으리라 생각한다. 아버지의 지도가 필요한 30대 나이에 버팀목이 없어지고 오직 믿고 의지할 것은 핵이라고 생각하고 있는 것 같다.

이북은 우리 남한보다 지하자원도 풍부하고 여건이 좋은 것으로 알고 있다. 뛰어난 한국인의 인적자원을 핵 개발에만 올인하지 말고 경제 개발에 둔다면 스위스 못지않은 나라로 만들 수 있을 것이다.

김정은은 스위스에서 널리 보급된 스키 문화를 국민들에게 만들어주고 싶다는 명목으로 마식령 스키장을 만들고 스위스 최고의 식자재인 치즈를 만들어 국민들에게 보급해 주려 했을 것이다.

핵에 집착하지 말고 이북의 무궁무진한 자원들을 개발한다면 남한과 같이 잘사는 나라가 될 것이다. 핵을 버리고 자유 국가와 손을 잡는다면 김정은 마음에 항상 자리 잡고 있는 스위스 못지않은 평화롭고 부강한 나라로 만들 수 있으리라 생각한다.

2020년 어느 날

2007년 진흙탕 경선

노무현 정권이 끝나고 다음 대통령은 경제를 살릴 수 있는 분이라면 좋겠다고 생각을 했다. 리더십 있게 끌고 나가고 정치, 외교, 경제면에서 능력 있는 분이라면 나라를 다시 살릴 수 있지 않겠나 기대를 하였다.

그 당시 한나라당에서 이명박 후보와 박근혜 후보가 경선에서 대결의 수위가 점점 높아져 진흙탕 싸움이 되고 있었다. 지켜보는 국민으로서 안타까움을 금치 못했다. 박근혜 후보는 선거의 여왕으로 박정희 대통령과 육영수 여사의 향수를 불러일으켜 국민들에게 많은 사랑을 받고 있었다. 국민의 사랑을 받는 것과 나라를 책임져야 하는 지도자를 뽑는 것은 분리돼야 한다고 생각했다.

이명박 후보는 서울시장도 성공적으로 마무리했고 현대 그룹 정주영 회장 밑에서 '정'씨가 아닌 사람이 건설 분야 회장이 된다는 것은 검증을 거치고 능력을 인정받은 것이라 생각한다. 시대에 따라 필요한 대통령이 선출되어 온전히 나라를 이끌어 가야 한다고 생각했다.

그 당시 박근혜 측근으로 있다가 이명박 선거캠프로 옮겨 막강한 오른팔이 된 국회의원이 대학 후배이고 평소 사이다 발언으로 바른말을 하는 소신 있는 사람이라고 생각이 되어 편지를 보냈다.

"이명박 후보가 이기려면 진흙탕 싸움에서 나와야 한다. 상대는 국민의 사랑을 받는 여성인데 붙어서 싸운다는 것은 마이너스라고 생각하니 대응하지 말고 비방하는 말은 안 하는 게 좋겠다. 상대를 비방하는 것보다 정책을 알리는 게 현명한 방법이 아닌가." 조언을 보냈다. 그 국회의원은 감사하다며 나에게 한번 만나고 싶다고 연락이 왔다. 비서와 운전기사를 보내 나를 지하철역에서 픽업하게 했다.

만나고 보니 생각했던 것보다 부드럽고 예의도 바른 총명한 사람이라 생각이 되었다. 몸을 사리지 않는 소신이 강한 정치인이었다. 나의 의견을 참고로 조언을 받아들여 진흙탕 싸움에서 나와 자기 소신 정책을 펴게 되었다. 대응을 하지 않으니 싸움은 일단락이 되었다. 그 후배는

"우리 사회에 선생님 같은 분이 정말 필요하다."라며 나에게 찬사를 보내는데 내가 정치에 관심이 있어서 그런 것도 아니고 다만 나라가 올바른 길로 가야 한다고 생각했을 뿐이었다. 진흙탕 싸움의 수위가 점점 높아져 서로에게 상처가 너무 크게 남을 것 같아 급히 국회의원에게 편지를 보낸 것이었다. 그것은 모든 국민이 바라는 마음이었을 것이다.

조촐한 식사 대접도 받고 몇 번 만나 이야기도 나누며 나의 능력을 사회를 위해서 써야 한다고 후배 국회의원은 고민을 하면서 몇 가지 제안을 했다. 생각해준 것은 고맙지만 정치는 내가 발을 들여놓을 곳

이 아니었다. 아들이 적극 반대를 했다.

"엄마 같은 사람이 그런데 가면 안 되고 엄마가 갈 곳이 아니다."라고 했다. 나는 정치판은 아무나 가는 곳이 아니라는 것을 곧 깨닫게되었다.

바람대로 대통령 선거는 잘 끝나고 새로운 대통령은 정치, 경제 또한 외교면에서 탁월한 능력을 발휘해서 세계 정상들과 어깨를 나란히 우리의 위상을 높이는 데 혼신의 힘을 다했다.

세계 3대 국제기구 중 하나인 세계 환경기구의 녹색기후기금(GCF)이 있다. Green Climate Fund로 선진국이 개발도상국들의 온실가스 규제와 기후 변화 적응을 위해서 세운 기금이다. GCF의 정식 사무국 유치에 내가 사는 송도 국제 도시가 독일 본, 스위스 제네바, 멕시코 시티 그리고 폴란드 바르샤바 등 강력한 후보지들과 경쟁이 붙었다. 심사위원들이 임시사무국이 있는 독일의 본이 아닌 송도 컨벤시아에 서 사무국 유치 결정 투표를 위해 방문을 하게 되었다.

대표단이 송도에 방문했을 때 대통령이 내려와서 힘을 보태 주었으면 하는데 다른 일로 참석이 불투명하다고 뉴스에 나왔다. 청와대에 메일을 보냈다. 그래도 대통령이 직접 와서 그들을 영접하고 성의를 보여야 할 것 같다고. 결국 대통령께서 바쁜 중에 내려오고 대통령의 외교력 덕분에 송도가 낙점이 되어 대한민국에 본부를 두게 되었다. 우리나라가 오랜 기간 '개발도상국'으로 있다가 파리협정에 의해 '선진국'으로 인정이 되면서 후보지에 오르게 된 것이다. 그 후 많은 국제기구들이 우리나라에 들어오게 되었다.

그런 기구를 유치하는 것은 송도뿐 아니라 우리나라의 위상을 한 단계씩 올라가는 일이라 생각했다.

국민들은 그 시기에 맞는 능력 있는 지도자를 뽑아 일을 잘할 수 있도록 힘을 보태야 한다고 생각한다. 진흙탕 싸움은 우리 모두의 염원으로 순조롭게 일단락이 되었다.

아파트 임원진 설득

　내가 송도에 있는 아파트를 높은 경쟁률을 뚫고 분양받고 입주하기 전에 점검하는 날이 있었다. 분양받을 당시 우리는 시어머님과 아이들 4명으로 큰 평수를 신청했는데 운이 좋게 당첨이 되었다.

　입주일 즈음해서 기대를 갖고 점검하기 위해 갔는데 실망이 컸다. 문제는 우리 평수가 모델하우스에 없었다는 거였다. 평형이 많다 보니 몇몇 대표 평형만 모델하우스가 있었다. 나는 그래도 평형에 맞게 했으리라 생각했는데 이익을 내야 하는 건설업자의 생각은 달랐다. 10평이 넘는 넓은 발코니는 벽은 있는데 천정이 뚫려서 눈과 비가 오면 안으로 들어와 감당이 안 될 것 같았다. 미국에서 설계를 해서 미국식인 것이었다. 그 외 여러 가지 미흡한 게 많았다. 그렇다고 새집을 몇천만 원씩 주고 인테리어 업자를 부르기는 억울했다. 이것이 선분양의 문제점이다. 후분양이었으면 이렇게 하지 않았을 것이다.

　아파트 관리소에 본사에서 임시 파견된 차장이 있어 찾아가 얘기를 해 봐도 돌아오는 것은 불가능이라는 말뿐이었다. 나와 같은 입장의 사람들 중에 변호사가 있었는데 법적 대응까지 하겠다고 하는 것이었다. 하지만 대기업을 상대하는 것은 계란으로 바위를 깨는 일이었다. 그 당시 내가 입주자 부회장을 맡고 있었는데 어느 날 본사에서 최종 브리핑을 위해 상무가 내려온다는 것이다.

나는 잘됐다는 생각으로 참석해 브리핑이 끝날 무렵 문제점을 제기하고 우리 집으로 상무님을 데리고 오는데 성공했다. 임원진 몇 명이 같이 왔다. 내 말에 수긍은 하지만 인정은 하지 않는 거였다. 나에게 상무님이 명함을 건네주고 갔다. 상무님 이메일 주소를 알았고 건설사 홈페이지에 들어가 회사의 모토와 회장이 추구하는 것이 무엇인가 찾아보니 '세계화'라는 것을 알았다. 충분히 숙지하고 상무님께 메일을 보냈다.

"귀사는 세계를 향해 나가는 건설회사로 알고 있다. 우리는 믿고 기대를 했는데 이렇게 지어 놓고 세계화라는 것은 아닌 것 같다. 우리는 건설사를 믿고 기다렸다. 지금 우리 큰딸이 미국 스탠퍼드 대학에서 박사과정에 있는데 방학이 되면 큰 기대를 하고 올 텐데 걱정이 된다. 송도가 인천공항에서 가까워 미국에서 친구들도 많이 드나들 텐데 이 수준이라는 것을 알면 실망이 클 것 같다. 말뿐이 아닌 세계화에 걸맞게 실천해 주기를 바란다."

며칠 후 고려해 보겠다고 긍정적인 답이 왔다.

바늘구멍도 들어가지 않을 것 같던 차장이 순한 양이 돼서 찾아와 요구 사항을 물어 왔다. 조목조목 수정해 줄 것을 적어서 보냈다. 입주를 미루며 본사에서 파견된 담당 차장을 통해 몇 달에 걸쳐 대대적인 공사에 들어갔다. 원하는 것을 거의 고쳐 주었다. 처음에는 바늘구멍도 들어가지 않을 태세였지만 세계화라는 한마디에 손을 든 것이다. 덕분에 다른 가구들도 혜택을 받았다. 그 후 우리 아파트건설사는 주부들 선호도 1위의 아파트로 자리매김했다. 감사히 생각한다.

나는 관계자들에게 얼굴을 붉히거나 언성을 높이지 않았지만 원하는 것을 거의 얻어 낼 수 있었다. 샹들리에까지 교체해 주었다.

나는 우리 아이들에게 큰소리는 불났을 때나 위급한 상황에서만 지르지 매사를 침착하게 해결하라고 한다. 큰소리를 지르는 것은 자기를 낮추는 일이고 내가 큰소리를 지르면 메아리가 돼서 더 큰소리로 나에게 돌아온다는 진리를 알기 때문이다.

큰딸 가족이 미국에서 오면 편안하게 이 층을 사용하고 있다.

적을 내 편으로

살다 보면 남과 의견 차이가 있고 섭섭할 때도 있다. 하지만 사람을 미워하지 말아야 한다. 내가 남을 미워한다는 자체가 나를 힘들게 하는 것 같다.

젊어서 부부 싸움 후에 우리는 하루를 넘기지를 않았다. 말을 안 하고 냉전을 한다는 게 서로에게 힘든 일이고 쓸데없는 소모전이라 생각했다. 생각해 보면 남편보다도 내가 먼저 말을 거는 편이었다. 말을 안 하는 게 답답해 내가 예쁘게 "여보" 하고 부르면 기다렸다는 듯이 대답을 하고 우리는 풀어지곤 했다. 며칠 후 기분이 좋을 때 눈 흘기며 그때 섭섭했다고 얘기하면 본인도 미안해한다. 부부 사이에 이기고 지는 게 어디 있겠는가. 자식 낳고 살며 부모가 아이들을 위해서도 사이좋은 모습을 보여야 아이들이 행복해할 것 같다. 군이 흔하게 하는 말 '웬수'로 살 필요가 있나 생각한다. 부부싸움은 아이들을 불안하게 하고 집이 안식처가 될 수 없다.

내 주위에 다 좋은 사람만 있는 것은 아니다. 물론 섭섭할 때도 있고 상대하고 싶지 않은 사람도 있다. 하지만 나는 섭섭해도 그 사람이 나에게 잘해 주었을 때를 생각하고 미워하는 마음을 없애려고 노력한다. 안 보면 그만이겠지만 내 마음 한구석에 미워하는 마음이 자리 잡고 있다는 것은 편치 않은 일이다.

내가 어려운 일 있을 때 주위에 도움을 청하면 대부분 사람들이 적극 도와준다. 내가 아는 모든 사람들은 나의 소중한 자산이다. 이 세상은 상부상조하면서 사는 거다. 좁은 마음으로 세상을 살지 말고 폭넓게 모든 사람과 더불어 살면 세상이 즐거워지고 나를 해하려 하는 사람이 없어진다. 나의 진심이 통했을 때 나쁜 마음을 먹은 사람도 눈 녹듯이 나쁜 마음이 사라져 버리는 것을 느낄 수 있다.

나는 남을 거의 의심하지 않고 남이 나를 속이리라 생각을 하지 않는다. 내가 믿음을 주면 상대방도 믿게끔 행동을 한다. 내 주위에는 남들이 손가락질하며 가깝게 지내지 말라고 하는 사람도 있었다. 나는 그런 사람들에게 더욱 흥미를 느끼고 가깝게 하며 바른말을 해 준다. 바른말을 기분 나쁘지 않게 농담을 섞어가며 해 주면

"어쩜 당신은 내 속을 현미경처럼 보고 있느냐."라며 깔깔대며 웃는다. 누구도 나와 같은 얘기를 해준 사람이 없었을 거다. 뒤에서 수군대기나 했지. 그리고 고치려고 노력하는 것을 느꼈고 나를 좋아한다. 그런 사람들이 비교적 단순하고 솔직해 나는 평범한 사람보다 흥미를 느낀다.

내가 큰딸 덕분에 학부형 중에 선정이 돼서 교육개발원에서 일주일간 교육을 받고 중학교에 상담 교사로 나가 봉사를 했었다. 그때도 평범한 학생들보다는 친구들에게 따돌림 당하는 학생들에게 관심을

갖고 다가가 좋은 친구가 되어 주었다. 그 후 자신감을 갖고 친구들과 스스럼없이 지내는 것을 보고 보람을 느꼈다. 나는 대학교에 다닐 때 교양과목으로 심리학에 흥미를 느껴 아동심리학부터 심리학 과목은 거진 수강을 했다. 수수께끼를 풀어 나가는 거 같아 재미있었다. 사람을 처음 만났을 때 단점도 보이지만 우리 집 새 가족이 될 사람이 아니면 장점을 주로 보려고 한다.

나에게는 남을 설득하는 능력을 주신 것 같다. 내가 될 것이다 생각하고 다가가면 돌아선 사람들이 나의 말에 수긍하고 도와주려고 하는 것을 볼 수 있다. 아들이 어려서 어떠한 어려운 문제를 갖고 와도 해결해 주니까 우리 엄마는 '해결사'라고 했다. 매사에 두려움이 없고 자신감으로 그때그때 순발력으로 헤쳐 나온 것 같다.

시집을 온 지 얼마 안 된 새색시가 어느 날 시아버지와 가족들이 둘러앉아 사이가 안 좋은 옆집 구멍가게 할아버지와 문제가 생겨 어떻게 하면 좋을까 걱정을 하고 있는 것을 보았다. 가만히 들어 보니 별일이 아니고 당사자를 만나서 얘기하면 될 일이라는 생각이 들었다. 어른들 모르게 옆집에 찾아갔다. 옆집 새댁이라 하니 흔쾌히 맞이해 주셔서 주인어른과 대화를 통해 문제를 쉽게 해결해 드렸다. 어느 날 보니 시아버님이 평소에 상대도 하지 않으시던 옆집 할아버지와 평상에 앉아 즐겁게 담소를 하고 계신 게 아닌가.

사실 외국에서 서툰 독일어로 어려운 문제를 해결했는데 우리말로 하는 것이 두렵겠는가. 내가 외국에서 돌아와 그 당시 외국과의 통상

관계로 어려움을 겪고 있는 우리나라 상공부 대표들을 보며 안타까울 때가 많았다. 외국과의 협상에서는 두려운 마음을 없애고 통 크게 자신감을 갖고 밀고 나가 내편으로 만들어야 한다. 좋은 파트너로 협상 테이블로 불러 들여야 한다. 그랬을 때 좋은 결과가 나올 수 있다.

적도 필요할 때는 내편으로 만들어야 한다. 그러기 위해서는 정직하고 약점이 없어야 한다. 신뢰가 있으면 적도 내편으로 쉽게 만들 수 있다.

사람은 지위고하를 막론하고 똑같은 기본적인 마음을 갖고 있다고 생각한다. 신뢰를 줄 수 있는 사람은 누구든 도와주려할 것이다.

노신영 대사님 댁에 초대

내가 스위스 베른 대사관에 있을 때 노신영 대사님이 주 제네바대표부 대사로 계셨다. 우리나라 외교관 중에 이북 대표들을 쥐락펴락하셔서 이북 사람들이 유일하게 두려워했던 사람이라고 들었다. 반기문 유엔사무총장님도 예전에 밑에서 일하며 대사님을 롤 모델로 존경하는 분이라고 말씀하신 적이 있다. 이북에서 월남하셔서 군고구마 장사를 하며 서울법대를 다니셨다고 들었다. 통이 크시고 말에 위엄이 있으신 분으로 후에 외교부 장관과 국무총리를 지내셨다.

어느 해 연말에 내가 보낸 크리스마스카드를 받으시고 기뻐셨는지 제네바 대표부 연말파티자리에 베른 대사관 직원인 나를 댁으로 특별히 초대를 해 주셨다. 처음 뵈었는데 부인께서 내가 왔다고 기뻐하시며 음식 만드시다 나와 "여보, 베른 대사관에서 왔어요." 하니 대사님이 호탕하게 웃으시며 반겨 주신 기억이 있다. 부인께서 직접 앞치마를 두르시고 직원들을 위해 음식을 정성껏 만들어 대접해 주셨다. 내 카드 한 장이 대사님 부부에게 기쁨을 드린 것 같아 감사했고 그분이 왜 존경을 받는지도 알게 되었다. 높은 지위에 있으시면서도 아주 소탈하셔서 인간적이라 생각이 되었다.

두 분이 다 돌아가셨지만 따뜻하게 초대해 주신 두 분께 감사한 마음을 간직하고 있다. 즐거움과 맛난 음식이 있는 파티였다.

세상에는 좋은 사람들이 더 많다. 모든 사람이 나의 긍정적인 믿음으로 좋은 관계가 될 수 있다고 생각한다.

나라가 풍요로운 만큼 행복하게

우리나라가 OECD 국가 중에 자살률 1위라는 불명예를 갖고 있다. 세계 10위권 안의 경제 대국으로 잘살게 되었는데 왜 이러한 일이 생기게 되었는가. 갈수록 우울증과 정신과 치료를 받아야 할 사람들이 늘어나고 있다. 이것은 인정받지 못하고 소통이 안 돼서 오는 고립의 문제라 생각한다.

사람은 더불어 살아야 한다. 못살던 때는 문밖에만 나가면 이웃이 있었고 옹기종기 모여 이야기도 하며 이웃과 쉽게 친해질 수 있었다. 하지만 지금은 콘크리트 벽에 가로막혀 이웃과의 소통이 없어지고 먼저 인사하는 것을 꺼리는 냉랭한 사회가 된 것이다.

우리는 30가구 중 제일 꼭대기 층에 산다. 남편과 나는 엘리베이터에서 만나는 모든 사람들에게 먼저 웃으며 인사를 한다. 나이도 있는 우리가 먼저 인사를 하니 이제는 자기네들이 먼저 인사를 하는 훈훈한 분위기가 됐다.

인사 한마디에 하루가 즐거워진다.

옛날에 일본에서 이웃이 죽었는지도 모르고 얼마 지난 후 발견되었다 해서 놀랐는데 우리나라에서 이러한 일이 빈번하게 일어나고 있다. 지금 우리나라도 같은 아파트에 살며 이사 온 지 일 년이 되었는데도 처음 본 사람처럼 서로 모르고 무관심 속에서 살고 있다. 교류할 기회가 없는 것이다.

스위스에서 이모가 살고 계시는 Hallau라는 시골 마을에 일주일 다녀온 적이 있었다. 처음 갔을 때 너무 아름다워 크리스마스카드를 보는 것 같았다. 그곳에서는 길에 나가면 마주치는 모든 사람에게 따뜻한 미소로 '그리체(안녕)'라고 인사를 한다. 인상적이었다. 병원 대기실 문을 열고 들어갔는데 기다리는 모든 사람이 나를 쳐다보며 '그리체' 인사를 한다. 나갈 때 나가는 사람이 '아듀' 하면 또 '아듀'라고 응답을 한다. 얼굴에는 항상 웃음을 띠고 다닌다. 스위스는 행복지수가 가장 높은 나라 중에 하나다. 잘살아서가 아니고 삶이 행복해서 높은 것이다. 사는 것이 화려하지 않고 소박하고 얼굴에 웃음이 있다. 우리나라 사람들은 얼굴이 굳어 있어 말을 붙이기가 쉽지 않다고 한다.

그 나라는 축제가 생활화되어 있다. 누구나 참여할 수 있는 소박하고 전통적인 축제이다. 돈을 많이 들여서 볼거리로 만든 축제는 행사이지 축제라 할 수 없다.

진정한 축제를 만들려면 모든 사람 남녀노소 모두 참여하고 음식도 장삿속으로 팔지 말고 직접 만들어서 조금씩 나누어 준다면 더욱 마음이 따뜻해질 것 같다.

축제를 통해 이웃과 하나 되는 기쁨이 행복지수를 높이고 범죄도 없어질 것이다. 이웃과 즐겁게 소통도 할 수 있을 것이다.

한번은 취리히에 초대를 받아서 찾아가는데 버스에서 옆에 앉은 아주머니에게 주소를 보여 주며 교통편을 물어보았다. 그분은 나를 위해서 일부러 버스에서 내려서 갈아타는 버스로 데리고 갔다.

기사분에게 이것저것 물어보더니 나를 부탁을 하는 거였다. 그리곤 '아듀' 하면서 가는 것이다. 기사분은 알았다며 나에게 따뜻한 미소로 안심을 시켰다. 기사분과 잘 아는 사이처럼 여유롭게 웃으며 부탁하고 가는 것이다. 그 여자분은 아주 소박하고 친절했다. 덕분에 무사히 목적지에 갈 수 있었다.

어머니가 스위스 오셨을 때 이태리 여행을 하고 기차를 타고 돌아오는데 밖이 어느덧 깜깜한 밤이었다. 기차는 우리 집 앞 간이역에서 잠깐 섰다가 떠난다.

밖이 어두워 기차가 멈췄을 때야 비로소 우리가 내려야 하는 정거장이라는 것을 알았다. 순간 나는 어머니를 "어떻게 하지." 근심 어린 눈으로 쳐다보았다. 짐이 많은데 이 짐을 갖고 내리기에 너무 촉박한 시간이었다.

그때 문 앞에 서 있던 멋진 신사분이 우리의 눈빛을 알아차렸는지 갑자기 우리에게 뛰어오더니 짐을 출입문 앞으로 옮기기 시작하는 것이다. 덕분에 우리는 무사히 내릴 수 있었다. 우리 동네 굼리겐 간이역이었다.

그곳에서 내리지 못했다면 가로등도 시원치 않은 어두운 밤에 우리는 커다란 어려움을 겪어야 했을 것이다. 밀라노에서 어머니가 원하시는 크리스탈 목걸이를 사드리느라 조금 있던 동전까지 다 써 버린 상태였다. 우리는 '휴우' 하며 안도의 숨을 쉬었다. 떠나는 기차에 손을 흔들며 답례를 하였다. 생각할수록 아찔한 순간이었다. 그 멋진 신사의 배려하는 마음은 우리에게 커다란 감동을 주었다.

스위스는 자연이 아름답고 남에게 친절한 살기가 좋은 나라였다. 돈 있다고 과시하거나 특별하다 생각하지 않고 돈 없다고 비관하지 않고 먹고사는 게 다 소박하다. 사치를 모르고 알프스 하이디 소녀를 생각하면 된다.

내가 살던 성의 백작 부인도 우리가 좋아하는 벤츠가 아닌 티코만 한 조그만 차를 몰고 장보러 나간다.

2005년 둘째딸 은영이가 스위스에서 플루트 공부를 하고 있을 때 잠깐 방문한 적이 있었다. 버스에서 내려서 집으로 가기 위해 건널목을 향해 걸어가고 있는데 가던 승용차가 신호등도 없는 건널목 앞에서 정지를 하고 서 있다. 내가 그 건널목을 건너리라 생각하고 미리 건널목 앞에서 정지하고 기다려 준 것이다. 나는 그때 감동을 잊지 못하고 우리나라에 돌아와서 운전할 때 그렇게 기다리지는 못해도 건너려는 사람이 있으면 양보를 하게 되었다. 그럴 때 많은 사람들이 목례를 하고 가는 것을 볼 수 있었다. 내가 스위스에서 그러한 친절을 받아 고마움을 느꼈고 차보다 사람이 먼저라는 인식을 갖게 되어 실천하게 된 것이었다. 서로 배려하는 행동은 서로에게 행복을 주는 게 아닌가 생각이 든다.

그들이 싸늘한 시선을 보내는 것은 매너 없이 무례한 행동을 했을 때이다. 예를 들어 고급 매장에 갔을 때 지켜야 할 예의가 있다. 예의를 갖추었을 때 손님으로 친절한 대접을 받는다. 남에게 피해를 주지 않는 행동일 것이다.

옷도 계절에 상관없이 자기 기호에 맞게 입고 누구도 쳐다보거나 의식하지 않는다. 길에는 중증 장애인들도 거리낌 없이 다니고 누구도 그들을 동정 어린 이상한 눈빛으로 쳐다보지 않아 그들에게 불편함을 주지 않는다.

우리나라에 이십여 년 전까지 '반상회'가 있었다. 매달 집집마다 돌아가면서 간단한 음료수 정도 마시며 정을 나누는 자리였다. 새로 이사 온 사람을 소개하고 얼굴을 익힐 수 있는 기회였다. 반장은 그날 주민들에게서 나온 안건을 적어서 관리사무소에 제출하면 반영이 되어 고쳐 나가곤 했다. 출석률도 70% 정도로 못 나올 때는 벌금을 내야 했다. 반상회를 통해서 몇 호에 누가 사는지도 알고 친목을 도모할 수 있었다. 많은 사람들이 그날을 기다렸다. 심심하거나 도움이 필요할 때면 서로 왕래하며 정을 나누고 이웃과 돈독하게 지낼 수 있었다. 차도 마시며 서로 허물없이 소통을 할 수 있어 이웃을 만들 수 있는 자리였다.

그런데 모 대통령 시절 무슨 이유인지 반상회가 폐지가 되었다. 그 후 이웃과 점점 멀어지게 되고 새로 이사 와 1년이 지나도 누군지를 모르고 냉랭하게 지내야 했다. 서로 먼저 인사하는 것을 불편해하는 관계가 됐다.

우리 생활에 이웃이 없어지고 더불어가 없어지며 이웃과의 벽은 점점 굳어져 갔다. 배려라는 것이 없어지고 살벌해져 층간 소음 등 사소한 문제로 살인까지 빈번히 일어나곤 한다. 한번 닫힌 문은 다시 열기가 힘들어졌다.

옛날과 같은 반상회가 다시 부활이 된다면 훈훈한 정이 차가운 콘크리트 벽에 생기를 불어넣을 수 있지 않을까 생각해 본다. 이미 굳어진 벽은 허물기가 쉽지 않겠지만….

투자 대책

    모든 사람들의 심리는 사람들이 몰리는 곳에 참여하고 싶고 나만 빠지면 뒤처지는 것이 아닌가 염려를 한다.

    2005년도에 큰딸이 미국에 유학을 가면서 나에게 맡긴 150만 원을 관리하게 되었다. 어려서부터 받은 세뱃돈을 모은 거였다. 은행에 가서 상담을 하니 정기 예금보다는 펀드라는 상품이 있는데 그곳에 넣으면 좋겠다고 권유를 하였다. 투자 신탁은 이자는 조금 높지만 원금 손실이 있는 위험이 있기에 안전을 생각해 은행에 돈을 믿고 맡겼다. 돈을 넣고 1년 후쯤 지나서 확인해 보았더니 30%의 이익이 생겼고 그 후 50%까지 수익이 발생하였다. 은행에서 30~50% 이익이라니 놀라웠다. 나는 갖고 있는 여유자금을 펀드에 집어넣었다. 나뿐이 아니라 많은 사람들이 중국 펀드에 투자를 하고 외국에 있는 교포들까지 소문을 듣고 한국에 송금해서 투자를 했다. 처음에 많은 이익을 보았다. 하루에 몇 백만 원씩 이익이 생기는 게 믿을 수 없지만 현실이었다. 나도 처음에는 6개월 만에 50% 이익을 얻어 마침 아파트가 당첨돼서 계약금으로 넣었다. 그때가 정점이었고 그 후 계속 하락의 길을 걸었다.

    사람들 심리는 오르면 더 오르기를 바라고 팔지를 못한다. 팔아야 내 돈이 되는 것인데 더 오르기를 기다린다. 그 후 구조조정을 하더니 드디어 IMF가 오고 리먼브라더스 사건이 터지며 60~70%가 하락을 했다. 집 팔고 은행 대출받아 투자한 사람들은 충격을 받게 되었다. 이때 키코가 나와 혼란을 더 부추겨 자살이 속출하고 사회가 우울해졌다. 나는 어느 정도 회복이 된 후 더 이상 신경 쓰고 싶지 않고 기껏해야 본전이라는 것을 깨닫고 모두 처분을 하였다. 그 후 다시는 은행에서 권한다고 투자하지 않고 고지식하지만 정기 예금 정도만 하고 있다. 금값도 오르면 사려는 사람들이 몰려들고 떨어지면 무관심해진다. 외화 달러도 오르니까 돈 있는 사람들이 몰려들어 산다고 한다. 사람의 심리는 오른다고 하면 사려고 몰려들고 떨어지면 값어치가 없다고 생각해서 안 산다. 똑같은 상품인데 이게 사람들의 심리인 것 같다. 사실 역으로 값어치 없을 때 사야 하는데 꼭 비쌀 때 사서 낭패를 보곤 한다. 나라에서는 서울 집값 잡는다고 많은 대책을 내놓았다.

필요한 사람이 집을 사면 문제가 안 되는데 꼭 그곳에 살 이유가 없는 사람들이 지방의 논과 밭을 팔아 똑똑한 집 사겠다고 상경한다. 집도 보지 않고 물건이 나오기가 무섭게 채가니 집값은 신이 난 듯 올라갔다. 영끌이라는 신조어가 나오기도 했다. 잡는 방법은 한 가지 무관심하고 내가 꼭 살 곳이 아니면 쳐다보지 않는 거다. 철없는 아이가 예쁘다 예쁘다 하면 할아버지 수염까지 잡으며 기어오른다고 하지 않나. 무관심하면 수그러들고 되레 할아버지 눈치를 본다고 한다.

무관심이 약이 될 수 있다.

토론의 장으로

외국에서 지인들이 오면 안부를 묻고 지냈던 일들을 이야기하며 즐거운 시간을 갖는다. 나는 이분들과 이야기하며 질문을 한다.

우리나라와 그 나라 사람들과의 차이가 무엇인가요?

오랜만에 우리나라에 들어와서 느끼는 것이 있는가요?

들어 보면 각 나라마다 국민성의 차이가 있다. 못 살아도 국민의 행복지수가 높은 나라가 있는데 그런 곳은 비교적 기후가 따뜻하고 사시사철 먹는 것이 풍부한 나라이다. 구태여 아등바등하지 않아도 먹고사는 데 별 어려움이 없다.

치앙마이에 남편 친구가 선교사로 있어서 방문했을 때 들은 이야기인데 정부에서 새로운 집을 제공해 주어도 살던 천막집이 편하다 하여 버리지 않고 옆에 두고 왔다 갔다 하며 산다고 한다. 자식에 대해 교육열도 없고 어린애들이 임신하고 성적으로 문란해도 그냥 순응하면서 남에게 피해를 주지 않고 사는 것이다. 얼굴을 보면 찌푸리거나 근심이 없이 순박해 보인다. 그런 곳에서 살던 사람이 우리나라에 와서 경쟁 속에서 살기란 쉽지 않을 것이다. 다문화 가정의 아이들이 부모들의 적응 부족으로 어려움이 있다고 한다.

우리나라 부모들은 자식들이 경쟁 사회에서 떨어지지 않고 인정받고 살 수 있도록 뒷바라지에 올인하고 있지만 그들은 자기 자신을 우선시하고 아이들 교육에 별로 관심을 두지 않는다고 한다.

언니는 결혼해서 일본에서 살고 있다. 일 년에 한 번은 꼭 나오는데 언니와 이야기를 많이 한다. 형부는 일본 분으로 다른 사람보다 조금 늦게 결혼을 했다. 로마에 가면 로마법을 따르라는데 언니는 비교적 한국인으로 살고 있다. 그곳 사람들의 무심한 친인척 관계 속에서 한국식으로 하다 보니 처음에는 그들이 의아하게 생각했다고 한다. 지금은 그들도 한국의 좋은 점을 이해하고 좋아한다고 한다. 물론 인정받기까지 어려움이 있었을 것이다. 일본에서 우리보다 더 끈끈한 친인척 관계로 지내고 있다.

우리는 정이 많은 나라이다. 우리 형제들은 뒷담 하는 것보다는 정의파로서 직접 대화로 풀어 나가는 타입이다. 일본이 '이지메'의 원조가 아닌가. 겉으로는 최고의 교양인으로 살고 있지만 속을 보이지 않는 알 수 없는 나라이다. 자기들의 국익을 위해서는 아베총리가 잘못해도 뭉쳐서 철저하게 보호를 했다고 한다.

반면에 일본에서도 인기가 있었던 박근혜 대통령이 어느 날 발가벗기듯 탄핵되는 것을 보고 창피하고 안타까웠다고 한다. 우리도 국제경쟁에서 살아가기 위해서는 좀 손익을 생각해야 할 것이다. 내가 이 말을 함으로 손해 보는 일이 생기지 않을까도 생각하고 국제관계에서 우리의 속을 다 내보이지 않도록 감출 것은 감추는 것도 필요하다.

자신의 이익보다는 나라를 먼저 생각한다면 멋진 나라가 될 것이다. 친일파가 그 시대에 어쩔 수 없는 행동이었다고 변명하기보다는 자기의 이익을 위해서 취한 행동이라 생각한다. 친일파가 없었다면 우리나라가 일본에 쉽게 침략을 당하지 않았을 것이라 한다. 목숨을 바친 독립운동가 옆에 친일파의 뒷거래가 있었다고 한다. 참 가슴 아픈 이야기다.

과거를 거울삼아서 우리나라가 세계인의 본보기가 되려면 각고의 노력이 필요할 것이다.

우리에게 토론의 장이 정착이 되려면 여러 의견이 나올 수 있도록 분위기를 만들어 나가야 할 것이다. 지도자는 자기와 의견이 다른 사람을 수용할 수 있는 포용력이 필요할 것이다. 우리는 침묵에 익숙해져 있다. 용기 있는 사람에게 박수를 보내고 의사 표현을 자유롭게 할 수 있어야 할 것이다. 의사 표현을 할 때도 공격적이기보다는 설득력 있게 서로에게 기분이 상하지 않고 배려하는 마음이 있을 때 수용이 될 것이다.

우리는 100명이 한 교실에서 공부하던 시대에 살았다. 그 당시는 모든 게 주입식이었고 자신의 의견을 발표하는 교육을 전혀 받지 못했다. 실수 한마디는 질책이 돼서 돌아와 입을 다무는 데 익숙하게 살아왔다.

나는 다행히 어머니가 토론하는 것을 좋아하고 식사를 하는 자리는 가족들이 모여 토론을 하는 자리였다. 앞뒤 집 이야기가 아닌 정책 토론이었다. 어른들께서는 어머니가 남자였다면 그 뜻을 펼쳐서 나라 발전에 이바지하셨을 텐데 아쉬워들 하셨다. 어머니를 통해 자기 의사를 두려움 없이 이야기할 수 있는 능력을 키울 수 있었다. 아버지는 우리의 의견을 존중해 주시는 분이었다.

명절 때 우리 형제들이 모이면 토론의 장이 뜨겁게 달아오른다. 사위들은 법대 교수, 의사로 모두 서울대 박사님들이지만 뒤에서 지켜보고 있다. 우리가 한말씀 하시라 하면 그때 한마디 한다. 저번 추석 모임의 주제는 교육이었다.

토론할 때도 자기 의견만 내세우지 말고 남의 의견도 존중하고 들어주는 매너가 필요하다.

토론이 없는 사회는 시멘트 콘크리트에 갇힌 것과 같다. 토론을 통해 서로 소통하고 자신을 표현하며 건설적인 방향으로 나가는 사회 풍토를 권하고 싶다.

토론에 익숙해졌을 때 발전이 따르는 것이다.

겸손과 바보

가끔 바보로 살고 싶을 때가 있다. 남에게 져 주는 거다. 내가 나이가 들어서인지 져 주는 게 이기는 거라고 생각할 때가 있다. 물론 중요한 일에서는 쉽게 물러서지 않는다.

나는 강하고 똑똑한 사람 앞에 서면 지고 싶지 않고 시금치를 먹은 뽀빠이처럼 몸에서 힘이 불끈 솟는다. 하지만 약한 사람을 보면 내가 한 발 뒤로 물러서고 "그래 져 주자." 마음이 약해진다.

겸손은 기독교에서 가장 추구하는 미덕이라 한다. 바보는 천주교에서 김수환 추기경님도 최고의 미덕으로 여기셨다.

우리가 알면서도 실천하기가 쉽지가 않다. 학문적인 면에 있어서는 뒤처지지 않기 위해 노력을 해야 할 것이다. 하지만 인간관계에 있어 살다 보면 부딪히는 일이 종종 있다. 사사로운 일에 우리는 얽매이고 기분 상하고 많이들 그런다.

그럴 때 나는 바보를 떠올린다. 바보는 나에게 커다란 위안이다. 강한 사람에게는 절대로 지고 싶지 않다. 하지만 약한 사람을 만나면 내가 약한 사람까지 이기려 하면 안 된다는 생각이 든다. 그랬을 때 마음이 편하다.

이 세상은 이기고만 살 수는 없다. 지고도 살아야 한다. 하지만 나보다 약한 사람을 무시하고 짓밟는 것은 비열하고 인간의 도리가 아니라고 생각한다. 그래서 중학생 아들에게 왕따 당하는 친구를 도와주라고 했는지도 모른다.

나는 남에게 칭찬을 많이 한다. 칭찬할 일에 칭찬을 안 하면 양심이 찔린다. '그것을 하기 위해 얼마나 노력을 했을 텐데'라는 생각에 나와 친하지 않은 사람에게도 잘했을 때 칭찬을 해 준다. 특히 아이들을 키우며 칭찬을 아끼지 않았다. 우리 막내딸이 "엄마는 긍정의 대가"라고 했다. 실의에 빠져 있을 때도 얼른 희망적인 것을 떠올리며 일어서도록 도와주었더니 그런 거 같다.

사람은 좋은 일이 있을 때 항상 조심하라고 한다. 좋은 일이 생겨 들뜨다 보면 경고가 울린다. 자만하지 말아야겠다고 다시금 깨닫는다.

내 주위에 정석으로 살고 있는 사람이 있다. 절대로 남에게 자기를 드러내려 하지 않는 사람이다. 남의 자랑은 다 들어주고 같이 기뻐해 준다. 그 사람에게 맞장구는 쳐주어도 자기는 더 큰 자랑거리가 있어도 이야기하지 않는다. 가끔 말하지 않았다고 오해도 받는다. 그 사람은 그런 말 하는 자체를 부끄럽게 생각을 한다. 나와 가장 가까운 사람.

그 사람과 살며 가끔 답답할 때도 있지만 나도 닮아야겠다고 느낀다. 하지만 인격적으로는 존경하지만 자녀를 키우며 나같이 긍정적인 엄마가 좋지 않나 생각한다. 딸이 우리에게 엄마는 서양 마인드 아빠는 한국 마인드라고 한다.

남편은 너무 겸손한 것이 단점이지만 남편을 싫어하는 사람들이 거의 없다. 처음 치과 개업하면서 "이렇게 친절한 의사도 있느냐." 하는 소리를 많이 듣고 환자들이 좋아했다고 한다. 나 같은 사람이 개업을 했다면 식구들 굶겼을 거라고 남편은 얘기한 적이 있다.

　교회에서도 나보다 남편을 싫어하는 사람이 없다. 생전 남에게 싫은 소리를 안 하고 밤낮 웃고 다니니까….

　겸손은 적을 만들지 않고 인간을 창조하신 하나님도 기뻐하신다고 한다.

　오늘도 바보로 겸손하게 살자고 다짐해 본다.

내가 좋아하는 사람

나에게 감동을 주는 사람은 똑똑하고 박식한 사람이 아니다. 입으로 떠드는 사람보다는 행동으로 보여 주는 사람이다. 교회에서도 주방에서 고무장화 신고 커다란 무쇠 솥을 씻고 있는 집사님을 보면 다시 보인다. 나는 그런 일을 선뜻하지 못하는데 해맑게 웃으며 '권사님!' 하며 나를 보고 웃는다. 안 보이는 곳에서 봉사하는 사람은 나에게 감동을 준다.

내가 존경하는 사람 중 한 명을 말하라면 테레사 수녀님이다. 자기의 모든 것 다 내려놓고 밑바닥에서 몸소 실천하는 사람, 입으로 떠드는 사람보다 훨씬 존경의 대상이다.

큰딸이 고등학교 때 학부모 모임에서 말로만 듣던 아는 지인을 처음 만났다. 한참 얘기를 나누며 나에게 걱정스레 물어왔다.
"그렇게 솔직하고 깨끗해 세상을 어떻게 사느냐 스위스에서 살아서 그러느냐?"고 흥미를 갖고 물었다. 얼마 후 나에게 다시 말했다.
"그래도 감출 것은 감추는군요."

나는 요즘 새로운 친구를 알게 되었다. 정의롭고 순수해 나와 통하는 게 많은 솔직한 사람이다. 언제든지 만나고 싶으면 전화한다. 주민센터에서 운동을 같이 하며 알게 된 친구 덕분에 그 시간이 즐거운 시간이 되었다. 나도 좋은 친구가 되려고 한다.

나는 술수를 쓰는 사람을 싫어한다. 사람을 만났을 때 첫인상에서 그 사람의 안을 들여다볼 수 있다. 믿음이 가는 사람인지… 남편의 고등학교 친구들은 무감독 시험을 3년을 치른 사람들이라 대체로 순수하다. 남편의 제물포고등학교 동창인지 아닌지 첫인상과 느낌에서 정확하게 알 수 있다. 사람들이 거짓이 없고 순수해서 나는 좋아한다.

술수는 잠깐의 모면을 될 수 있어도 자기에게 득이 되지 않는다. 자기 발등을 찍는 일이 아닌가 생각이 든다.

나는 입으로 떠드는 사람보다 순수하게 말없이 행동하는 소박한 사람을 좋아한다.

부자가 되고 싶으세요?

사람은 일확천금을 꿈꾸며 돈을 좇고 갈망한다.

"돈이 있으면 내가 무엇을 할 텐데…."

나는 그런 말을 하지 말라고 하고 싶다. 부자는 먼 곳에 있는 것이 아니다. 나도 부자가 될 수 있다. 생활 태도만 바꾸면 부자가 될 수 있다. 내가 돈을 좇아가지 말고 돈이 나를 좇아오게 해야 한다. 돈이라는 놈은 자기를 귀히 여기는 사람에게 붙는다. 돈이 생기기가 무섭게 쓰려고 하면 돈은 나에게 붙어 있지 않고 스스로 나가 버린다. 한번 삐쳐서 나간 놈을 다시 끌어들이기는 쉽지 않다.

이 책을 읽으시는 분들 중에 부자가 되고 싶으시면 귀를 기울이세요.

오늘부터 실천해 보는 거예요. 나에게 들어온 돈의 반은 저축을 하는 겁니다. 쓰기에도 부족한데 생활 습관을 바꾸기가 쉽지는 않겠지요. 부자가 되는 게 쉽지는 않습니다. 하지만 힘든 일을 해냈을 때 목표를 이룰 수 있습니다.

무슨 일을 하든 시드머니가 있어야 하겠지요. 시드머니를 만들기 위해서는 우선 돈을 모아야 합니다. 쓸 것 다 쓰고는 절대 돈을 모을 수 없습니다. 무조건 나에게 들어온 돈의 반은 저축을 하십시오. 수입이 많으면 저축을 더 늘릴 수 있습니다. 그러면 돈이란 놈이 지남철처럼 나에게 들러붙습니다.

그리고 절대 남에게 돈을 꾸는 행동을 하지 마십시오. 남에게 돈을 꾸면 대인 관계가 망가질 수 있습니다. 성실히 해서 은행에서 신용을 쌓아 은행 돈을 이용해야 합니다. 나에게 들어온 돈의 반을 저축하다 보면 은행에서도 신용을 얻고 내가 모르는 사이 돈이 눈덩이가 될 수 있습니다.

시드머니가 생기면 평소에 하고 싶은 곳에 투자를 해 보는 겁니다. 처음에 겁 없이 다 쏟아붓지 말고 경험을 통해 조금씩 투자를 하는 겁니다.

자신감이 생겼을 때 투자를 더 늘려 나가는 것입니다.

투자를 하고 싶지 않다고 생각하는 사람은 성실하게 저축해서 노후를 위해 비축을 해 놓아야 합니다. 돈은 평생 젊었을 때처럼 벌기가 쉽지 않습니다. 노후를 위해 저축하지 않았다면 지금부터라도 노후를 위해 설계를 하십시오.

쓸데없는 보험에 낭비하지 마십시오. 보험 회사들이 어떻게 돈을 벌겠습니까. 가입자들이 낸 돈으로 돌려 막기 하며 돈을 버는 겁니다. 보험으로 고객에게 내주는 돈보다 들어오는 돈이 많기 때문 큰 빌딩을 짓고 운영하고 있는 것입니다.

일확천금을 꿈꾸지 마십시오. 남들이 다 한다고 주식투자 따라 하지 마십시오. 뒤따라가다 쪽박을 찰 수 있습니다. 돈은 너무 욕심내지 말고 성실한 마음으로 차곡차곡 모았을 때 기회가 생기고 눈이 트이는 겁니다. 작은 돈을 소중히 여기는 사람이 큰돈을 만질 수 있습니다. 기부할 여력도 생깁니다. 기부는 받은 것에 대한 보답인 것입니다.

우리나라 부모들은 자식 교육을 위해서 아낌없이 투자를 하고 있습니다. 그리고는 하나 이상은 낳을 수 없다고들 합니다. 학원에 보냈다고 능사가 아닙니다. 여러 명을 놓고 가르치는 학원보다 부모가 1:1로 내 아이에 맞게 가르치는 것이 더 효과적일 수 있습니다. 학원 선생님보다 부모가 더 나을 수 있습니다. 부모의 가방끈이 짧다고 걱정할 필요 없습니다. 스타 강사들 꼭 가방끈이 길지 않습니다.

자식에 대해서 남의 말을 듣고 무조건 따라 하지 말고 효율적으로 꼭 필요한지를 생각하고 투자하기 바랍니다.

sky 대학에 목메지 마시고 내 자식의 능력에 맞게 행복하게 키우십시오. 또한 돈이 아무리 많아도 자식들에게는 필요한 용돈만 주기 바랍니다. 돈이 꼭 좋은 것이 아니라 자라는 애들에게 해가 될 수가 있고 탈선을 유발할 수 있습니다.

부모 돈이 내 돈이라는 인식을 갖지 않고 부모 권력이 내 권력이라는 생각을 갖지 않게 해야 아이들이 순수해집니다. 부모의 성실함 속에서 애들은 더 많은 것을 배우고 노력을 할 것입니다.

부자는 얼마라는 기준이 없습니다. 남에게 보여 주기 위해 부자가 되겠다는 생각은 버리기 바랍니다. 자기가 넉넉하다고 생각하면 부자인 것입니다.

자기가 먹은 음식 값은 자기가 낸다는 생각을 가지고 남이 내기를 바라며 신발 끈을 매지 마십시오.

세계 갑부 부러워하지 말고 나도 남에게 기쁜 마음으로 밥을 살 수 있으면 행복한 부자가 되는 것입니다.

정직하게 살면서 얻는 행복

정직하면 가장 좋은 점은 잔머리 굴리지 않아도 되니 머리가 복잡해지지 않아 건강에 좋다. 또한 누구 앞에 서건 당당해진다. 숙면도 취할 수 있다.

시험 볼 때 커닝할 생각하지 말고 그 시간에 책 한 번 더 보라고 권한다. 깨끗한 정신으로 공부하면 시험 볼 때 생각도 더 잘나고 처음 본 문제도 생각지 않게 잘 풀릴 수 있다. 정직한 사람은 얼굴이 밝다. 누구에게나 신임을 얻을 수 있으니 승진도 빠를 것이다.

편법을 쓰는 사람은 초조하고 표정이 어둡다. 신뢰를 받지 못하고 윗사람들이 쓰려고 하지 않는다. 잔머리를 굴리다 보면 자기 꾀에 자기가 걸려 넘어지는 것을 종종 볼 수 있다. 자식 교육에도 안 좋다. 그것을 보고 자란 애들에게 바르게 살라는 말이 나오겠는가…. 똑같이 어둡고 남에게 손가락질 받으며 살게 된다.

자식도 욕심을 내어 편법을 써서 키우기보다 올바르게 키우는 게 중요한 것 같다. 안 걸리면 그만이기보다 걸렸을 때 대가가 너무 크지 않나 생각해 보라. 티끌이 몸통을 망치는 것을 우리는 종종 보지 않는가. 정직은 마음을 깨끗하게 하는 마음의 보약이다.

세금 고지서 나오면 가산세 물지 않게 바로 갖다 내라. 평소에 절약해서 돈을 모아 두어라. 쓸 것 다 쓰고 세금 내지 않아 명단에 올라 TV에 나오지 말고. 어차피 낼 걸 세금에 대비해 기일 안에 내는 습관을 갖도록 하면 될 것이다.

정직을 바보로 아는 사람들이 가끔 있다. 그 사람은 자기 꾀에 자기가 넘어질 확률이 크다.

아파트 지을 때도 빼먹는 것에 익숙하지 말고 설계도면 대로 지어라. 감리도 제대로 하라. 왜 우리 건설사들이 사우디에서 미국 사람이 감리를 보면 설계도면대로 제대로 하고 우리나라에서는 짜고 치고 하는가. 결국 몇 천억의 대가를 치룰 뿐 아니라 기업의 이미지도 큰 손상을 입지 않는가. 그때만 넘기면 된다고 안일하게 생각하고 있다.

내가 드라마와 멀어진 지도 10년이 넘은 것 같다. 내가 드라마를 싫어해서가 아니고 재미있게 볼만하면 꼭 음모와 거짓말이 등장해 주인공을 곤경에 빠뜨린다. 나는 그런 것에 엮이어 마음 졸이기가 싫어서 채널을 돌린다. 그러니 인기 있는 드라마를 거의 본 것이 없다. 내가 학교 다니는 학생이었다면 이야기의 소재에 끼지를 못해 왕따가 되었을 것이다. 이것은 드라마지만 은연중 우리 생활에 파고든다는 것을 인지하고 작가님들은 적당히 수위를 조절해 주었으면 합니다.

정직은 가장 똑똑한 사람들이 가는 길이다. 그 사람은 미래를 바라볼 줄 아는 사람이다. 나도 가끔 자신을 돌아보며 오늘도 하늘을 우러러 부끄러움이 없었나 하루를 반성해 본다.

IT에 취약한 노년의 우리

우리가 젊었을 때는 컴퓨터가 없었고 핸드폰도 없었다. 대학교수들도 지식은 많아도 정보 시대에 적응을 못하면 무시당하고 기가 죽는 사회가 되었다. 지금은 세대교체가 되어 이런 문제는 없을 것이다.

어느 날 핸드폰에서 갑자기 매인화면으로 못가 쩔쩔매고 있는데 3돌 지난 손녀가 오더니 핸드폰 아래에 있는 네모버튼을 살짝 눌러 주고 가는 것이다. 나는 순간 깜짝 놀랐다. 3살 손녀에게 배우는 시대가 왔구나. 손녀는 핸드폰을 좋아하지만 엄마가 못 만지게 해서 만질 수가 없는 아이다. 하지만 엄마가 "핸드폰 엄마 주세요. 만지는 것 아니라고 했지요." 하는 잠깐 순간에 의자 밑에서 터득한 것이다.

우리는 20년이 넘는 동안 핸드폰을 지니고 다니며 분신이라 생각하지만 모르는 게 많다. 나는 핸드폰 강의도 한 학기 이상 수강을 했다. 손녀는 강의는커녕 손에 쥐기도 힘든 아이였지만 순간적으로 터득한 것이다. 그렇다고 우리 손녀가 천재라고 자랑하지 않는다.

나는 컴퓨터가 처음 나왔을 때 잘못 만지면 내장된 것이 다 날아가고 고장 난다는 말에 만지기도 무서워했다. 그러다가 이래서는 안 되겠다는 마음에 60세에 '여성의 광장'에 등록해 컴퓨터 수강을 하고 내

친김에 정보기술자격증을 A등급으로 땄다. 그 당시 선생님은 강의할 때마다 내 얘기를 하고 다녔다고 했다. 60대에 처음 시작해 자격증을 땄다고….

하지만 이번에 미국에 가며 비행기 표 마일리지로 결제를 하고 카드로 유류세를 내려는데 보통 어려운 게 아니다. 앱을 깔아야 하고 QR 코드를 찍어야 하고 내 아이디와 비밀번호가 들어가 있어서 남이 쉽게 원격으로 도와줄 수가 없다. 예전에는 대한항공에서 서비스로 당연히 해 주었는데 비정규직 직원들을 정규직으로 전환해 주며 인건비가 감당이 안 되는지 수수료를 챙긴다.

물론 남편과 내 것 대한항공에 수수료 12만 원만 주면 내가 안 해도 된다. 젊은 사람들은 쉽게 하는 일이다. 며느리에게 부탁하면 쉽게 "네, 어머니" 하며 해 주었을 텐데 딸은 "엄마 앞으로 100세 시대인데 엄마가 스스로 할 줄 알아야 해요." 전화로 딸의 조언을 받아 결국 해냈다.

안 된다고 스스로 포기하지 말고 인내를 갖고 끝까지 하다 보면 해결이 된다. 이제 우리는 노인이 젊은이에게 길을 묻는 세상에서 살고 있다. 길에서 젊은이들에게 물어보면 핸드폰을 검색하며 친절하게 안내해 준다.

2021년도에 교회에서 일 년 동안 신약성경 필사를 하는 캠페인이 있었다. 젊었더라면 한 자 한 자 정성을 다해 썼을 텐데 나이가 드니 글씨를 정자로 쓰다 보면 손가락 관절에 무리가 올 것 같았다. 어떻게 할까 고민을 하고 있는데 젊은이들을 위해 컴퓨터 워드로 쓸 수 있다고 광고가 나왔다. 20대에 잠깐 타자를 친 경험이 있어서 워드로 도전해 보자고 마음을 먹었다. 신약성경 1,331쪽을 2개월 만에 완성해 제출했다. 그동안 나의 자판 두드리는 실력이 많이 향상이 되었다. 내 나이 칠십이지만 하나하나 하다 보면 나도 뒤떨어지지 않으리라 생각한다.

하지만 분명한 것은 감각은 젊은이들을 따라갈 수가 없다는 것이다.

그래도 포기하지 말고 인내심을 갖고 하다 보면 할 수 있지 않을까 생각해 본다.

즐거운 파티 문화를 생활 속으로

　스위스와 한국 대사관에서 6년 동안 근무하며 많은 파티를 접할 기회가 있었다.

　대부분 자기 나라 국경일에 그 나라 정부 인사들과 경제인들 각국의 외교관들을 초청해서 성대하게 파티를 한다. 우리나라는 국경일인 개천절이 그날이다.

　나라를 찾은 광복절에는 우리나라 교민들을 대사님 관저로 초청해서 가든파티를 했다. 내가 살던 스위스는 가족 같은 분위기였다. 그 당시 스위스에 사는 우리 교민들은 300명 정도밖에 되지 않았다.

　광복절에 향수에 젖어 있는 교민들을 모두 초청은 할 수 없는 게 안타까웠다. 모두 바쁘게 살고 있는데 생업을 중단하고 오는 것도 쉬운 일은 아니었다. 그래도 초청받으면 만사를 제쳐 놓고 기쁜 마음으로 달려왔다. 가족 모임 같았다. 음식은 대사관 직원 부인들이 직접 만들어 대접했다. 맛있는 앙트레고트 소고기를 양념해서 구워 먹는 게 주 메뉴였다. 그밖에 여러 가지를 준비해 뷔페식으로 차려 놓으면 각자 덜어서 풀밭에 앉아서 먹으며 담소를 나눈다.

　파티에서 가장 중요한 것은 그곳에서 새로운 사람을 만날 수 있고 사교의 장이 될 수 있다는 것이다.

우리나라 건국을 기념하는 개천절에는 많은 외국 인사들을 초청해 호텔에서 칵테일파티를 크게 한다. 와인 잔 하나 들고 사람들과 인사하고 자기를 소개하고 명함도 주고받는다. 이런 경우는 한곳에 머물지 않고 왔다 갔다 하면서 모르는 사람과도 인사를 주고받을 수 있어야 한다.

나는 한국에서 어머니가 보내 주신 코발트색 갑사에 은박 문양이 들어간 한복을 입고 참석해 모든 사람들에게 한복의 아름다움을 선보였다. 한복은 파티복으로 시선을 끌기에 충분했다. 파티에서는 상대방에게 좋은 인상을 주도록 따뜻한 미소를 잃지 않고 예의를 지켜야 한다.

우리나라 사람들은 이런 문화에 익숙지 않아 한 곳에서 자기들끼리 어색하게 모여서 서 있는 경우가 많다. 곳곳에 간단한 음식이 차려져 있어서 다니다 사이사이 먹고 싶은 것이 있으면 잠시 먹어도 된다. 한 부스에 스위스 봉듀가 자리 잡고 제공해 주기도 했다. 칵테일파티는 먹으러 간다기보다 사람을 만나러 가는 사교장이라 생각하면 된다. 하지만 실속 있게 조금씩 먹다 보면 배가 어느 정도 채워지기도 한다.

격식있는 디너파티에 남자들은 연미복을 입고 의상을 지정해서 초대장을 보내는데 이런 때는 자리가 지정이 되고 음식이 코스로 나온다. 자리는 부부가 같이 옆에 앉지 않고 마주 보며 엇갈려 앉는다. 초대의 비중이 있는 사람이 주빈 옆에 자리가 배정된다. 테이블 위 네임카드가 적힌 곳에 앉으면 된다. 좋은 음식과 서로 이야기를 주고받으며 중요한 외교의 장이 되는 곳이다.

내가 취리히에 갔을 때 유학생들이 모두 모여 환영파티를 해 주었다. 우리는 모여서 대화를 나누고 7080 노래를 부르며 향수를 달랬다. 그것도 학생들의 소박한 파티였다.

우리나라 사람들은 가끔 같이 식사하자고 초대를 하는데 나는 그 사람과 즐거운 대화를 기대하고 간다. 그런데 음식을 먹었으면 바로 일어나는 게 예의라고 생각해서인지 "먹었으면 가지요."라며 숟가락을 놓으며 일어나려 한다.

나는 남편에게 같이 차를 마실 수 있도록 그분들을 분위기 있는 카페로 안내하자고 한다. 밥 먹었으면 집으로 가야 한다는 생각, 집에 가서 할 일이 특별히 있는 것도 아니고 TV 보고 자는 것 밖에 없을 텐데 소중한 만남을 먹는 것으로 끝나는 게 아쉽다. 나는 이것도 소규모 파티라고 생각한다.

파티는 만나서 대화를 나누며 사교의 장이 되면 좋을 것이다. 불란서나 이태리에서는 저녁 식사 시간이 3시간이라 한다. 대화를 그만큼 즐긴다. 식사가 부담스러우면 와인과 간단한 후식을 준비해서 만남의 시간을 갖는 것도 좋다.

파티를 통해 새로운 사람을 만나고 대화를 나누며 지경을 넓혀 나가는 데 익숙해졌으면 한다. 말을 아끼는 게 우리나라의 미덕이라 자기를 알리고 싶지 않고 숨기고 싶은 마음이 있을 수도 있다.

우리나라가 우울증 환자가 많고 자살률 1위라는 이유가 무엇인가 생각하며 우리도 파티 문화에 익숙해져서 소통하면서 즐겁게 살았으면 한다.

동네에서 소규모로 축제도 열고 어른, 아이 모두 모여 소통할 수 있으면 더욱 좋을 것 같다. 축제를 통해 이웃과의 단절된 벽도 허물고 서로 이해하는 기회가 되었으면 좋겠다. 돈을 많이 들여 하는 축제보다 소규모로 지역의 특성을 살려서 많은 사람들이 함께할 수 있는 축제라면 더욱 좋을 것 같다. 음식도 팔기보다는 조금씩 서로 나누는 훈훈함이 있는 축제.

외국의 핼러윈데이 축제를 따라 할 것이 아니라 우리의 문화를 살려서 흥겹게 할 수 있는 축제를 생각해 보았으면 한다. 축제를 준비하면서 이웃도 알아가고 행복을 느낄 수 있을 것 같다.

축제를 통해 우리 사회가 밝아지기를 바란다.

미국대학 졸업식의 축제

미국에서는 졸업식이 가족들의 큰 행사 중에 하나인 것 같다.

우리는 큰딸 스탠퍼드 대학원 졸업식 참석차 남편이 병원 문을 닫고 시간을 내서 미국에 갔다. 졸업식이 5월이라 날씨도 화창하고 모두 즐거운 모습으로 졸업식에 참여하기 위해 사람들이 모여들었다.

사위가 미리 준비한 장미 꽃다발을 들고 스탠퍼드 대학 대형 운동장에 들어갔다.

단상에는 교수들이 박사 가운들을 입고 앉아 있고 대학의 로고가 새겨진 대형 휘장으로 장식이 되어 있었다.

졸업생들을 위해 운동장에 의자가 준비되었고 학부모들은 스탠드에 앉아서 식이 진행되기를 기다렸다. 조금 있더니 흥겨운 음악이 나오고 학생들이 단과별로 입장을 하는 것이었다. 우리나라와 같이 조용히 입장하는 것이 아니었고 가운을 입고 과별로 퍼포먼스를 하며 나오는데 아주 흥미로웠다. 머리에 깃털을 달고 학부모를 향해 손을 흔들며 뛰어나오고 10년이 지나도 가장 기억에 남는 것은 남학생들이 가운 속에 웃통을 벗고 가운을 들추면서 나오는 것이었다. 얼굴에 페인팅도 하고 장식도 달고 완전 축제 분위기로 나와 우리에게 기쁨을 선사했다. 과마다 독특한 퍼포먼스가 인상적이었다. 학생들이 그날을 위해서 준비를 많이 한 것 같았다.

남편은 큰딸의 박사 수여식만 참석했고 나는 석사, 박사 수여식 모두 참석했다. 초청 연사가 빌게이츠였고 주된 연설은 배운 지식을 사회를 위해 공헌하라는 것과 기부에 대해서였다. 일급 통역사 사위가 옆에 있어서 통역을 잘해 주었다.

대형운동장에서 식이 끝난 후 단과별로 각 대학 강당에서 한 사람씩 나와 학위를 수여 받았다. 학장과 지도 교수가 일일이 포옹하고 박사논문을 소개하며 박사 학위증을 수여를 하면 가족들은 함성을 지르며 축하를 해 주었다.

나는 행사가 끝나고 지도 교수를 만나 악수를 청했다.

"당신 덕분에 우리 은정이가 박사학위를 마치게 돼서 너무 감사하다. 한국에 오면 연락 주길 바란다."라고 인사를 했다. 한국을 좋아하고 가끔 학술회의 참석차 방문한다고 한다. 그 외 학교 관계자들과도 일일이 만나 감사 인사를 전했다.

단과 별로 가든에 음식을 준비해 축하하러 온 손님들을 대접해 주었다. 졸업식이 하루 종일 축제의 분위기였다. 날씨도 5월의 따스한 분위기였다.

막내딸의 존홉킨스 피바디 음대 석사 졸업식도 갔더라면 좋았을걸, 은지는 졸업식 전에 한국에 오는 바람에 학위증이 우편으로 집에 배달이 되었다. 음악에 대한 미련이 없었던 것 같았다. 2023년 올 5월에 본인이 원하는 치과대학 졸업식에는 엄마 아빠를 초청했다.

우리나라도 축제 문화를 생활화해서 모든 사람이 참여하고 즐길 수 있는 문화를 만들어 나간다면 삶이 즐겁고 행복지수가 높아질 수 있을 것이라 생각한다. 우리나라 졸업식은 엄청 추운 때라 몸이 움츠러드는 면이 있다.

우리도 졸업식을 형식에 얽매이지 않고 우리가 좋아하지 않는 인사들은 얼굴을 내밀지 말고 자체적으로 소박하고 창의적으로 할 수 있게 해 주면 좋을 것 같다.

왜 젊은 정치인을 키우지 못하는가

나에겐 3명의 딸과 아들 한 명이 있다. 아들은 삼십 대이다. 막내지만 우리는 성인이 된 아들에게 함부로 말하지 않는다. 아들은 가끔 나에게 과감하면서도 뼈 있는 조언을 해 준다. 용의주도하고 판단이 우리보다도 나을 때가 많다. 30대가 어린 나이가 아니다. 한창 일할 나이이고 그들에게는 신선함이 있다. 우리는 아들과 토론하는 것을 좋아하고 의견을 충분히 들어준다.

아들은 서울에서 가끔 내려오면 부모의 건강을 챙기고 미국과 서울에 있는 누나 가족들 안부를 항상 묻는다. 대기업기획실에서 일하고 있는 아들은 우리의 좋은 조언자이다. 우리는 서로 기탄없이 의견을 나누지만 본인의 일은 아들 스스로 결정하게 하고 우리는 존중해 주는 편이다.

남편은 어려서부터 아이들에게 공부보다 인성을 중요시했다. 4자녀를 키우며 성적으로 인해 야단친 적은 없어도 버릇없을 때는 용서를 하지 않았다. 공부 한 자 잘하는 것보다 사람 됨됨이가 중요하다고 입버릇처럼 얘기하곤 했다.

우리나라 정치에는 왜 젊은이가 크지를 못하고 있을까?

다른 선진국에서는 30대 대통령도 나오는데, 우리의 고정관념에는 50대 후반이나 60대는 돼야 대통령이 될 수 있다 생각한다. 하지만 퇴임 후 줄줄이 구속이 되고 있다. 가슴 아픈 현상이다. 여기에 문제는 대통령의 권한이 너무 크기 때문이 아닌가 생각한다.

그리고 왜 젊은 정치인이 크지를 못 하는가 거기에는 우리나라가 조선시대에 유교를 받아들이면서 나이의 수직 관계가 형성이 되며 "어린 네가 뭘 알아."라며 젊은이를 무시하고 정치판에서 입을 닫고 눈치껏 해야 살아남을 수 있다. 젊은이의 덜 익은 발언을 무시하는 풍조가 있었다. 젊은 정치인들의 설 자리를 없게 하고 노쇠되어 가게 만들었다. 경험만을 중요시했다.

2년 전에 30대가 국민들의 답답한 체증을 뚫어 주어 베테랑 기성 정치인들을 제치고 야당 대표로 당선이 되었다. 그 당시 다수의 국회의원을 확보한 여당에게 끌려다니던 야당에게 단비 같은 존재였다. 많은 국민의 지지를 받았지만 아쉽게 무대 뒤로 사라지고 말았다. 성숙지 못한 행동도 있었지만 우리 정치는 그를 더 이상 키우지 못했고 수용하지 못했다. 이제 젊은 정치인을 두려워하지 말고 그들이 원하는 게 무엇인가를 알고 받아들일 준비를 해야 할 것이다. 존중해 주는 분위기가 있을 때 더 기량을 발휘해 발전할 것이다. 젊은 피를 수혈해야 건강한 정당이 될 것이다.

구태의연한 우리의 생각만 갖고 논할게 아니라 그들에게 귀를 기울여 정치가 새로워지기를 바란다. 젊은 정치인을 나이로 누르려는 것은 정치의 발전을 저해하고 시대에 맞지 않는다고 생각한다. 경험이 부족하지만 충분히 말할 기회를 주고 칭찬을 아끼지 말아야 기량을 펼 수 있을 것이다.

반면 젊은이들은 어른들께 공손한 태도를 보이면서 자기 의지를 펼쳐나가야 한다. 자기의 성장을 위해서는 경험자의 따끔한 조언도 달게 받을 줄 알아야 한다. 똑 소리 나는데 예의까지 바르다면 어른들께 사랑을 받는다. 필요한 존재로 키워 주려 할 것이다. 아무리 잘해도 지켜야 할 선에서 벗어나고 건방지다는 인식이 들면 키워 주려 하지 않으니 처신을 잘해야 할 것이다. 답답하고 맘에 안 든다고 뛰쳐나가는 것은 성숙한 태도가 아니다. 당 대표로서 겸손한 마음으로 임했더라면 더욱 사랑을 받았을 텐데 징계까지 간 게 아쉽다. 회초리로 알고 반성하고 새로운 모습으로 국민 앞에 선다면 많은 지지를 받을 수 있을 것이다. 대표가 됐으면 헌신하는 마음으로 당을 위해 최선을 다했을 때 인정을 받을 수 있다. 국민들은 젊은 정치인을 원한다. 마크롱, 케네디, 오바마를 보고 국민들은 그들의 신선함에 열광했다. 우리나라에도 그러한 정치인이 나오기를 바란다.

여야를 막론하고 젊은 정치인을 젊은 표를 의식해서 잠깐의 소모품으로 생각해서는 안 된다. 나라의 미래를 위해서 잘 보듬고 키워 주어야 할 것이다.

젊은이는 우리의 미래가 아닌가….

2021년 6월

언어 차이의 문제

외국 사람들이 한국에 와서 언어를 배울 때 어려워하는 것이 존칭의 문제라고 한다. 아래와 윗사람에게 쓰는 문장이 다른 것이다. 윗사람에게 존칭을 사용해야 되고 아랫사람에게 또 다른 형식의 말을 사용함으로 위아래를 구분 짓게 하는 것이다. 한글은 언어가 아주 섬세하다. 영어에서는 그 사람의 타이틀을 붙여 주는 것 외에는 다 똑같다. 물론 명령어가 있긴 하지만 나이의 많고 적음에 따르지는 않는다.

독일어에서도 공적인 사람과 친숙한 사람은 호칭할 때 주어와 동사 변형이 있을 뿐 똑같은 말을 사용한다. 어린아이도 어른과 똑같은 형식의 말을 쓰기 때문 우리가 보기에 당돌해 보일 수 있다. 부모에게 거침없이 you, du라고 한다.

우리는 40살이 되어도 60대인 사람이 볼 때 "뭘 알까"라며 어리다고 생각을 한다. 60대 아들을 80대 부모가 걱정을 하고 있다. 똑같이 You라는 말을 쓴다면 어떨까… 일찍 정신적으로 독립해 어리게 보지 않을 것이다. 20대를 어린애 취급하지 않고 본인들도 인격체로 독립을 하려 할 것이다. 내가 부모이기 때문에 걱정하는 마음으로 보호해 주려 하는 게 아닌가. 그래서 싫어하는 잔소리를 하는지도 모른다. 젊은 사람들은 자기를 어린애 취급하며 잔소리하는 부모를 싫어한다. 성인으로 대접 받기를 원하고 있다.

이런 것들이 언어에서 오는 문제도 있을 것이다. 거침이 없이 말하면 당돌하다 하고 어른들은 수직 관계를 요구한다. 아들이 중3 때 미국에 일 년 교환학생으로 공부하고 오더니 수평 관계로 생각을 하는 것이다. 엄마가 잘못을 했으니 미안하다고 해야 한다는 것이다. 그때 우리는 버릇이 없는 말이라고 생각했다. 어떻게 부모와 자식이 똑같으냐고 했다. 미국에서 You는 나이에 상관없이 상대방을 지칭할 때 공통으로 쓴다. 그러므로 어린아이도 같은 인격체로 존중을 받고 20세가 되기 전에 부모에 의존하지 않고 독립을 한다.

이제 우리는 변화를 받아들여야 한다. 나이에 얽매이지 말고, 나이로 누르려 하지 말고 내가 존중을 받고 싶듯이 젊은 사람도 똑같이 대해 주어야 할 것이다.

하지만 위아래가 존재하는 우리 사회에서 손흥민 선수처럼 위아래를 알고 겸손하면 모두에게 사랑을 받지 않을까 생각해 본다.

끊이지 않는 성범죄

연일 방송에서 성추행 사건이 터지고 있다. 지위고하를 막론하고 밝혀지며 서울시장은 성추행범으로 지목되는 두려움에 극단적 선택을 했다.

세 명의 시장이 성폭력과 추행범으로 법의 심판을 받고 가정과 모든 것이 무너졌다. 그래도 성범죄는 끊이지 않는다. 곳곳에 드러나지 않는 것만도 헤아릴 수 없을 것이다.

내가 고등학교 때 어머니는 나에게 "남자는 여자와 같지 않아 조심해야 한다."라고 말씀하셨다. 여기서는 얘기하고 싶지 않지만 무서운 동물로 비교를 하셨다.

남자들 중엔 절제력이 있고 그런 것에 별 관심이 없는 사람도 물론 많이 있다.

하지만 남자는 여자와 다른 성적인 욕구가 있는 것 같다. 전자발찌를 채우고 법의 심판을 받아도 이러한 사건은 끊이지 않는다. 대통령이 아무리 말해도 소용이 없다.

하기야 미국 대통령은 집무실에서 인턴 비서와 추행을 저질러 세상을 놀라게 했다.

직장 내 상하 관계에서 직권을 이용해 많이 일어난다고 하는데 지식의 많고 적음과 상관이 없다. 자기는 자기가 지켜야 한다. 여자는 직장의 꽃이 아니라는 인식을 심어 주어야 한다. 직장에서는 남녀의 구분 없이 실력으로 인정받아야 할 것이다.

나는 직장 생활을 하며 스위스와 한국 두 곳 모두 한국 여자는 나 하나였다. 영사 일을 하며 눈코 뜰 새 없이 바빴다. 일을 좋아하는 내 책상에는 일이 산더미처럼 쌓여 남자들에게 공무 이외에는 눈길을 줄 시간이 없었다. 실없이 농담하는 것은 적성에 맞지 않아 대꾸하지 않았다. 나에게 돌부리에 걸려도 넘어지지 않을 여자라 했다. 그 당시 나는 그 말의 뜻을 몰랐다.

요즘 여자들은 술을 음료수로 생각하고 마시는데 조심해야 할 일이다. 여자들끼리면 몰라도 남자들과 취하게 마시다가 남자가 갑자기 늑대로 변하는 일이 심심치 않게 일어난다.

부모들이 딸들에게 좀 더 주의를 주었으면 하는 마음이다.

여자는 피해자가 될 수 있으니 항상 자기방어를 해야 한다. 남자들은 술을 마시다 보면 자기 절제력이 없어지고 본능이 나올 수 있으니 술 마실 때 항상 조심해야 한다.

자기는 자기가 지켜야 한다. 여자가 직장 생활을 하면서 강해 보여야 누구도 건드리지 않는다. 약해 보이고 남자들에게 빌미를 주어 만만해 보이면 건드려 보려는 심리가 작동하는 것 같다.

남자가 추파를 던져 와도 아무렇지도 않은 듯 떨쳐 버리는 배짱도 필요하다. 만만히 보지 않을 것이다. 여자들은 술 먹을 때 방심하지 말고 빌미를 주지 않도록 해야 할 것이다.

여자뿐 아니라 남자도 잘못하면 신세 망치고 돌이킬 수 없는 길로 갈 수 있다는 것을 알아야 한다.

지휘자 김용희

내가 교회 찬양대에서 지휘를 한 지 20년 쯤 되었다.

어떤 지휘자일까? 욕심 많은 지휘자였다.

처음에는 오후 예배를 담당해 제2 찬양대를 맡으며 본 찬양대 못지
않게 실력을 끌어올리기 위해 노력했다. 대원들은

"지휘자님 이 곡은 우리에게 무리예요." 어려워서 못한다는 것이다.

"걱정하지 마세요. 할 수 있어요."

지휘자는 그 곡의 완성을 위해 집에서 완전히 소화해 가야 한다.
찬양대원들에게 파트별로 확실히 연습시켜 자신감 있게 부를 수 있게

해야 한다. 그 곡에서 작곡가의 의도와 가사를 읽고 음악으로 이끌고 가면 듣는 모든 분들이 은혜 받았다고 한다. 목사님은 찬양을 들으시고 항상 과도한 칭찬을 해 주셨다.

내가 보수를 받기 위해서 한 것도 아니고 나를 필요로 하는 곳에 나의 달란트를 쓸 수 있다는 것이 행복했다. 대원들도 실력이 향상되며 나를 잘 따르고 팬이 되었다.

제1 찬양대 지휘자가 그만두면서 목사님은 나에게 본 찬양대를 맡아줄 것을 부탁하셨다. 내가 맡기에는 신앙적으로 부족하다는 생각에 사양을 했었다. 그래도 제1 본 찬양대인데 제사장과 같이 신앙이 깊은 사람이 해야 한다고 생각했다. 목사님의 간곡한 권유에 결국 승낙을 하게 되었다.

내가 교회에서 찬양대를 맡기 전에 감리교 중부연회 찬양 대회에 나가서 3등을 한 적이 있었다. 나에게 지휘를 부탁해서. 그때 쟁쟁한 대형교회를 제치고 800여 교회 중에 3등을 한 것이다. 다른 큰 교회에서는 젊고 잘하는 사람들을 뽑아서 나왔지만 우리는 숫자를 채우기 위해 무조건 합류를 시켰다. 그러다 보니 음치인 사람들도 있었다. 그때 내 손가락 끝에서 찬양 대원들의 잠재되어 있는 소리까지 끌어내었다.

"지휘자님 손끝을 보면 마술처럼 제 안에 든 소리가 나오는 것 같아요." 지휘하고 내려오는데 많은 박수와 다른 교회 분들이 밖에까지 나와서 은혜 받았다고 손을 잡아 주었다.

인천에서 제일 크고 교인 수도 몇만 명인 부평감리교회가 1등을 하고 2등은 주최한 교회였고 우리는 교인수가 400명쯤 되는 가족 같은 교회였다. 나는 일등도 할 수 있었는데 3등을 해서 섭섭한 마음이었는데 목사님은 800여 교회가 있는 감리교중부연회 대회에서 3등은 아주 잘한 거라고 좋아하셨다. 그날 송도 갈빗집에 가서 참석한 모든 분들에게 갈비를 사 주셨다. 목사님은 두고두고 예배 때에 그 이야기를 많이 하셨다.

내가 제1 찬양대로 갈 거라는 소문을 들은 찬양대원들이

"지휘자님을 붙잡고 싶지만 교회와 지휘자님을 위해서 보내 드리겠다."라고 했다. 그동안 정이 많이 들었고 순수하게 나를 잘 따라 주었다. 대원들은 나에게 사랑도 많이 주었고 나의 팬이 되었다. 제1 찬양대는 80년 전통의 교회에서 오랜 기간 찬양대 활동을 한 사람들이 많았다. 내가 원하는 곡을 수월하게 할 수 있을 것 같았다.

남편은 내가 맡는 것에 우려를 많이 했다. 여기는 실력만으로 되는 게 아닌데, 신앙도 깊지 못하고 교회에 정착한지도 얼마 안 된 사람이 오랜 기간 자리 잡고 있는 대원들을 잘 이끌어 갈 수 있을까 걱정을 했다. 내가 외부에서 온 사람도 아니고 내부 사람으로 힘이 들 거라 생각했다. 내가 대가 센 사람도 아니고 나를 사랑하는 한 여자 장로님은

"지휘자는 사람을 다룰 줄도 알아야 하는데 제1 찬양대는 제2 찬양대와는 다를 것"이라며 걱정을 해 주었다. 나는 그분을 안심을 시켰다.

첫날 카리스마 있게 가르치고 그들이 잘 따라오는 것을 보더니 남편은 이제 안심해도 되겠다고 했다.

나는 일주일 동안 거의 악보에 매달리고 그 주일에 부를 찬양곡 선정을 위해 100곡이 넘는 곡을 들으며 검토했다. 우선 내 맘에 와 닿아야 했다. 매주 새로운 곡을 불러야 하는 교회의 특수성으로 곡 선정이 가장 큰 과제였다.

지휘자가 실력이 있어야 대원들이 따라오는 것이다. 나는 여러 출판사에서 개최하는 분기별 세미나에 빠지지 않고 참석하며 새로운 흐름을 알고 그곳에서 새로운 곡도 얻을 수 있었다. 많은 작곡가들이 교회 예배를 위한 찬양 곡들을 작곡하고 있다. 몇백 곡 신청이 들어오면 그중에 40곡 정도만 채택이 되어 찬양 곡 집으로 출판이 된다. 곡들은 갈수록 난이도가 높아진다. 그래야 선정이 되니 곡도 좋아야 하지만 난이도도 무시할 수가 없다. 까다로운 박자에서는 지휘자가 몸 전체로 소화해 끌고 가야 쉽게 할 수 있다. 작곡가들의 가장 큰 활로 중의 하나가 교회음악이라 한다.

나는 좀 더 확실히 하고 싶어 내가 존경하는 합창의 거장이신 윤학원 교수님에게 일 년 동안 사사했다. 대원들은 나의 열정에 "우리가 지휘자님 요구에 따라가지 못해 죄송하다."라고 했다.

전주와 당일 예배 전 모두 1시간 30분 정도 매주 새로운 곡을 연습하고 예배 시간에 찬양을 한다. 짧은 시간 연습하고 예배에 찬양하는 것은 기적이다. 우리가 부르는 곡은 보통 8~10쪽에 달한다. 보통 일반 합창단에서는 한 곡을 몇 개월에 걸쳐 연습을 한다. 소프라노, 알토, 테너 그리고 베이스 4부로 부른다. 각 파트별 곡을 집에서 연습할 수 있도록 인터넷에서 찾아서 단체카톡방에 올렸다.

예배 때 찬양을 들은 성도들은 찬양대가 달라졌다며 칭찬들을 아끼지 않았다. 하지만 쉬운 곡만 하던 대원들은 난이도가 있는 곡을 접하며

"지휘자님 이 곡은 우리 수준에 니무 높아요. 이린 곡은 전공자 합창단에서나 부를 수 있을 것 같아요." 겁을 내며 말한다. 나는 항상

"걱정하지 말고 내가 하는 대로 따라오면 돼요. 지휘자가 할 수 있으면 하는 거예요."라고 했다. 지휘자가 할 수 없고 자신이 없으면 못하는 거다. 모든 것이 지휘자의 역량인 것이다. 매주 실수 없이 은혜롭게 부르며 대원들의 만족도가 나보다 더 높았다.

처음에 30명 찬양대원이 지금은 50여 명으로 늘어났다.

나는 사실 매주 숨이 턱에 차오르는 것 같았다. 어떤 대원은 홍삼 달인 것, 몸에 좋은 것들을 갖고 와 마시며 하라고 했다. 짧은 시간에 내가 추구하는 곡을 완성하기가 쉬운 일이 아니었다. 그래도 무대에서 실수 없이 하며 대원들은 스스로 무대 체질이라며 자찬들을 한다. 연습보다 실전에 강한 것이다.

연습할 때 딴짓을 하거나 집중하지 않으면 용서하지 않았다. 다 같

이 부를 때는 집중을 해 주어야 지휘자가 흐름을 놓치지 않고 음악을 만들어 나가는데 그런 사람 때문에 리듬이 깨져 버리는 것이다. 중단하고 무슨 중요한 일 있냐 물어보고 처음에는 화도 내고 일어서라고도 했다.

원래 찬양대 지휘자는 욕먹는 자리라고 한다. 사랑의 교회 지휘자가 세미나에서 그랬다. 40% 찬양대원들이 뒤에서 욕하는 자리라고. 짧은 시간 안에 수준 있는 새로운 곡을 하려니 어쩔 수 없는 거 같다.

남편은 찬양대 대장으로 뒤에서 많은 조언을 해 주었다. 대원들이 봉사하는 마음으로 나와서 찬양하고 있는데 야단치지 말라고 한다. 내가 야단이라도 치면 뒤에서 검지 두 개로 × 자 사인을 보낸다. 그러지 말라는 것이다. 그 사람들 대신 자기를 우회적으로 야단치라고 한다.

세월이 지나며 나도 칭찬으로 지도법을 바꾸었다. 마음도 많이 수양이 되어 못했을 때 야단치기보다 잘했을 때 칭찬을 해 주며 다독여 나갔다. 그동안 실력도 향상이 되었고 서로에게 익숙해진 것이다.

요즘은 코로나 팬데믹으로 인해 찬양대가 함께 할 수 없어 몇 개 조를 짜 순서를 정해서 하게 했다. 잘하건 못하건 거리 두기가 강화될 때는 두 사람, 부부인 경우 두 사람이 하게 했다. 그럴 때 두려워하기보다는 감격스러워하며 자기네 부부가 예배 시간에 특송을 하는 것은 영광이라며 고마워했다. 완화가 될 때는 8~10명 정도로 조를 짰다. 모두 책임감을 갖고 최선의 것을 보여 주겠다는 마음으로 했다. 나는 아침에 20분 동안 봐준다. 이런 기회를 통해 대원들이 더욱 책임감도 생기고 발전하는 것 같다.

　찬양대 지휘자의 보수가 교회에서는 부담이다. 남편은 나에게 교
회에서는 봉사하는 마음으로 해야 한다며 보수는 절대 받지 말라고
했다. 사양하는 것도 쉽지가 않았다. 결국 나의 뜻을 받아주었지만 다
른 봉사하는 분들에게 미안했다.

　보수 없이 열정적으로 하다 보니 교인들은 나를 더욱 신뢰하고 좋
아하는 것 같았다.

　몇 년 전 우리는 평창으로 1박 2일 단합대회를 떠났다. 그곳 프로
그램이 재미있었고 모두 행복해 그때의 추억을 잊지 못해 매년 가자
고 했다. 하지만 연휴가 허락지 않아 실행을 못하고 있다. 내가 그만
두기 전에 한번 다시 가려고 한다. 남편은 마지막으로 우리 집에 모두
초대해서 뷔페라도 불러서 대접하자고 한다.

　이번에 찬양대 가운 50여 벌을 몇몇 찬양대 어르신 분들과 교회에
서 깨끗이 세탁을 해서 걸어 놓았다. 여태까지는 집에 몇 개씩 갖고
가서 대원들이 세탁해 왔는데 이번에는 우리가 한꺼번에 세탁을 하자
는 데 의견을 모았다. 볕이 좋아 금방 말랐다.

　찬양대 장롱 속의 눈부신 가운을 보니 마음이 뿌듯해지고 대원들
이 기뻐할 얼굴이 떠오른다.

사과와 용서

애들이 어려서는 잘못했다는 말을 잘한다. 하지만 점점 크면서 여간해서 잘못했다고 하지 않는다. 나름 자존심이 생긴 것이다. 어려서는 야단맞을 것이 두려워 잘못했다 하지만 성장하며 자아가 생기면서 쉽게 잘못했다고 하지 않는다.

우리는 이러한 것을 버릇없다 하여 체벌을 가하는 것을 많이 보았다.

옛날 부모들은 아이들의 말을 들어주려 하지 않고 부모 말에 복종하기를 바랬다. 대꾸라도 하면 말대답 한다고 윽박지르기 일쑤였다.

자식이 크면 "내가 너를 어떻게 키웠는데…."라며 자식들을 굴복하게 만드는 것을 보았다.

나는 엄한 어머니 밑에서 자랐지만 어머니와 부딪친 적은 별로 없었다. 엄마가 나를 사랑한 만큼 엄마를 믿고 말을 잘 들었던 딸이었다.

엄마 말에 순종하고 자라면서 한 번도 부모에게 대든 적이 없었다. 우리 애들에게 엄마는 그랬다 하면 정말이냐며 믿지를 않는다. 어머니는 나에게 응순이라는 별명을 붙여 주셨다. 항상 "응 알았어."로 대답했기 때문이다.

어머니는 주위 분들에게 내 얘기를 하시며 엄마 말을 잘 들으니 일도 잘 풀린다고 자랑을 하셨다고 한다. 둘째 딸을 제일 예뻐하셨다. 어머니께서 돌아가시기 전 병원에 입원해 계실 때 내가 가면 그렇게 좋아하셨다. 내가 다른 형제와 바통터치를 하고 가면 섭섭해하시며 언제 또 오냐고 하셨다.

언젠가 어머니는 내가 잘못했을 때 스스로 알고 반성하고 있는데 체벌을 하신 적이 있다. 그때 나의 어린 마음속에는 "이다음 내가 부모가 됐을 때 아이들을 용서하는 엄마가 될 것이다."라고 마음먹었다.

아이들이 어렸을 때 내가 외출하고 들어왔는데 아이들이 큰일 났다며 근심 어린 표정들을 하고 있었다. 엄마가 소중히 여기는 물건을 깨뜨린 것이었다. 나도 우리 애들이 어렸을 때는 다소 무서운 엄마였다. 혼날 것을 두려워하며 걱정하는 딸을 보니 측은해 "그랬구나 괜찮아, 다음부터는 조심해."라며 위로해 주었다.

그때 안도하는 딸의 표정을 보며 아이들이 잘못을 했어도 체벌보다는 용서가 더 큰 효과가 있고 엄마에 대한 믿음이 생긴다는 것을 알았다.

딸의 환한 얼굴을 보며 나도 기뻤다. 아이들이 구김살 없이 자라는 게 기쁨이었다.

가끔은 엄마가 착해 애들이 버릇이 없어지는 게 아닌가 생각이 들때도 있지만 내가 한 발 뒤로 물러서는 게 아이들에게 더 효과적이라는 생각이 들었다.

나는 아이들을 키우며 한 번도 책가방을 뒤져 보거나 핸드폰을 궁금해 한 적이 없었다. 아이들을 믿고 있으니 스스로 부모에게 실망시키는 행동을 하지 않으려고 한다. 믿음이 믿음을 낳은 것 같다. 남편 핸드폰도 궁금한 게 특별히 없어서 들여다보지 않는다. 사실 내 것 보기도 바쁘다. 가족에 대한 무관심이 아니고 믿음이었다.

둘째 딸이 30개월 된 딸을 키우며 전화를 한다. 애가 좀 컸다고 말을 안 듣고 엉덩이를 때려도 꿈쩍 않는다고 한다. 말을 아주 잘하고 애교가 많아 눈에 넣어도 아프지 않은 손녀. 딸에게 "애 앞에서 잘못한 것을 엄마에게 전화하지 마라 어려도 자존심이 있으니 우회적으로 잘한 것을 칭찬해 주면 스스로 알아차릴 것이다."라고 얘기해 준다. 세 살이라도 자아가 있고 나름 고집도 생기는 나이인 것 같다.

엄마 기준으로 말을 안 듣는다고 야단치지 말고 영리해서 알아들을 테니 아이와 대화를 하라고 얘기해 주었다.

우리가 학교 다닐 때 가끔 선생님들이 아이들을 때린다기보다는 패는 것을 보았다. 그것은 선생님의 자존심 때문이었다. 선생님 생각에 학생이 잘못했는데 잘못했다는 말을 안 하기 때문이었다. 학생에게 말할 기회를 주지 않고 버릇이 없다고 판단하며 굴복할 때까지 때리는 거다. 사생결단하고 때리는 것이 나는 너무 무섭고 안타까워 귀를 막고 "빨리 잘못했다고 해."라며 옆에서 소리를 지른 적이 있었다.

그날의 원인은 문을 '쾅' 닫고 들어온 게 원인이었다.

옛날에는 여름에 에어컨도 없이 더우니까 창문을 열어 놓고 수업을 한다.

학생은 교실에 이미 선생님이 들어와 계시니 빨리 들어오려는 마음에 문을 급히 닫으며 바람에 의해 문이 저절로 '쾅' 소리를 내며 닫혔던 것이다.

선생님은 그것이 기분 나빴겠지만 사실 학생은 잘못이 없었다. 학생도 선생님의 일그러진 얼굴을 보았으면 얼른 먼저 "선생님 죄송해요."라고 했더라면 그런 공포스러운 일이 없었을 텐데….

사과를 받아 내려는 선생님과 잘못도 없는데 나이가 어리다는 이유로 사과를 해야 하는 데서 오는 팽팽한 줄다리기가 있는 것이다.

사과는 사실 자기의 잘못을 인정하는 것이다. 외국에서 "아이 엠 쏘리."는 굴욕적인 말이라 잘 안 쓴다고 한다. 다른 표현으로 대신한다.

그리고 어른들 사이에 시비가 있고 난 후 사과는 큰 용기가 필요한 것이다. 한쪽이 자기가 나이가 좀 어리다는 이유로 사과를 하는 경우가 있다. 사과의 용기에 고마워하며 "그래 알았다."로 끝나면 되는데 훈계를 하는 경우가 있다. 그러면 사과는 희석되고 더 큰 분쟁이 될 수 있는 것이다.

우리나라와 일본과의 경우도 과거사를 두고 분쟁이 끊이지 않는다. 36년간 우리나라를 식민지화 시키고 만행을 저지른 것은 용서하기 힘든 일이다.

일본과 우리와의 관계는 일본에서 우리에게 놀랄만한 커다란 것을 제시하지 않는 한 풀기가 쉽지 않을 것이다. 찔끔찔끔 사과로는 우리의 응어리를 풀 수가 없을 것 같다.

정서적 차이겠지만 일본에서 살고 있는 언니 말에 의하면 아베가 그 정도 하면 일본 입장에서는 큰 사과를 한 거라고 한다. 내 개인적인 일이라면 사과를 받아들이고 다시는 그러지 않겠다는 다짐을 받고 보란 듯이 살 것 같다.

우리 스스로도 치욕이라 생각하고 보란 듯이 딛고 일어서서 스스로 고개 숙이게 했으면 한다. 일본은 침략자로서 주홍글씨의 오명은 영원히 남아 있을 것이다. 지금 우리의 국민소득이 일본을 앞질렀다고 한다. 그동안 우리가 일본을 능가하는 일이 국민의 노력으로 많이 생겼다. 예전에 일본의 소니는 독일과 미국을 제치고 전자제품으로 선망의 대상이었다. 지금 소니는 자취를 감추고 유럽의 중요한 곳곳에 삼성과 LG가 깃발을 날리며 우뚝 서 있는 것을 보면 외국에 나갈 때 자부심을 느끼게 한다.

일본이 시속 40킬로로 달릴 때 우리는 시속 100킬로로 달려온 것이다.

미워만 하지 말고 일본을 우리의 경제 발전을 위한 필요한 도구로도 쓸 줄 알아야 한다. 경제를 더욱 발전시켜 일본의 코를 납작하게 만들면 이기는 거다.

용서는 승자만이 하는 것이다.

2019년 3월

동기간의 끈끈함

나는 어려서 사촌 형제들과의 추억이 많다. 사촌 언니, 오빠, 동생들과 각별하게 지냈다. 우리 집이 아지트였고 오기만 하면 숙식이 다 해결이 되었다.

대가족에서 우리 형제도 5명인데 사촌들까지 와서 벅적대면 한 달에 쌀을 두 가마(160킬로)까지 소비가 되었다. 어머니가 힘드셨을 텐데 조카들이 오는 것을 좋아하셨고 더불어 먹는 것을 좋아하셨다. 물론 주방에서 도와주는 언니가 있었다.

고기를 넉넉히 넣어 곰국이라도 끓이면 작은집과 고모네 식구들을 불렀다. 전화도 없던 시절에 우리는 심부름을 해야 했다. 명륜동에 살며 우리 형제들은 한 정거장 안팎에 살고 있는 집들을 뛰어가서

"엄마가 저녁 드시러 오시래요." 제때 안 오면 두 번씩 가곤 했다. 우리 식구만 먹으면 큰일이라도 나는 건지 으레 그랬다. 한편 생각해 보니 우리는 친척 집에 베풀기만 했지 초대를 받은 적은 거의 없었던 거 같다. 사촌 형제들이 오면 으레 자고 가곤 했다.

내가 아주 어렸을 때 부모님이 어느 날 아이들이 타는 멋진 구루마

(어린이용 마차)를 사 오셨다. 말 모양의 나무로 만든 지금의 유모차였다. 초등학교 고학년인 사촌 오빠들이 보자마자 신이 나서 언니를 태우고 밖으로 나가 원남동 신작로를 냅다 달리는 것이다. 나는 멀리서 보았다. 내가 5살쯤이었던 것 같다. 조금 후 구루마는 전복이 되어 언니는 떨어져 아스팔트에 얼굴을 긁히는 사고를 당했다. 오빠들은 불려와 할아버지와 삼촌에게 호되게 야단을 맞았다. 그때도 나를 안 태우고 언니를 태웠다. 새로운 것은 언니 차지였으니….

나는 내가 말을 하지 못하던 때도 가끔 생각이 나곤 한다. 원남동에서 살 때 내가 낮에 자다 일어났는데 아무도 없어서 울고 있으니 엄마가 얼른 오셔서 나를 안고 안방에 데리고 갔는데 그때 엄마는 뽀얀 얼굴로 머리를 틀어 올리시고 핀을 꽂고 있으셨다. 안방에는 옷들이 벽면에 쭉 걸려 있었고 아줌마들이 옷을 보고 있었다. 지금 생각하니 패션 감각이 있으신 엄마가 도매상에서 옷을 떼다가 집에서 파셨던 게 아닌가 싶다. 그게 오래 지속되지는 않았던 거 같다.

추운 겨울 어느 날 고종사촌 언니가 놀러 왔다. 우리가 무척 따르는 4살쯤 차이가 나는 사촌 언니였다. 언니는 우리를 데리고 썰매를 타러 가자고 했다. 성북동 언덕 위 비탈길에서 사촌 언니를 밀어 주다가 우리 언니가 앞으로 넘어져 코피가 났다. 울면서 집에 오니 할아버지께서 사촌 언니를 나무라시고 할머니는 나무란다고 할아버지에게 뭐라 하시며 싸움이 되신 거였다. 두 분은 원래 잘 싸우시는 분이었다. 지금 생각하니 우리는 사촌 언니, 오빠로 인해 고난의 연속이었다. 그래도 우리는 언니 오빠를 무척 좋아했다.

사촌 언니는 상황을 파악하고 집으로 간다고 했다. 나는 언니가 가는 게 섭섭해 언니에게 "언니 차비 있어?" 물어보니 있다고 하며 손 흔들며 가는 뒷모습이 너무 안돼 보였다. 그때 내가 6살쯤이었던 거 같은데 그 모습이 아직도 선하다.

사촌 언니는 고모부가 일찍 돌아가셔서 고모가 장사를 하며 남매를 키웠다. 외가인 우리 집에 많이 의지하고 어머니는 조카들에게 신경을 많이 써 주셨다.

우리 집이 성북동에 살 때 사촌 오빠는 바로 위 경신중학교를 다녔다. 준비물을 안 갖고 왔을 때는 우리 집에 들른다. 어느 날은 완장을 안 갖고 왔다고 오니 엄마가 얼른 재봉틀로 드르륵 박아서 만들어 주었다. 오빠는 잠깐 사이에도 꼭 나에게 장난을 걸고 8살 차이인 나는 지지 않으려고 쫓아가서 때리곤 했다.

국민학교에 입학할 무렵 언니와 나는 명륜동에 사는 고모 집에 가서 잠시 지내며 혜화국민학교를 다녔다. 얼마 후 우리는 성북동에서 명륜동으로 이사 오면서 편히 집에서 다닐 수 있었다. 고모 집에 살 때 오빠는 우리를 위해 가을에 은행이 떨어지면 주워다가 깨끗이 씻어서 물감을 칠해 목걸이를 만들어 걸어 주었다.

어렸을 때 사촌들이 오면 무슨 할 말이 많은지 밤새 이야기들을 하며 깔깔 대곤 했다. 어느 날 우리가 기획을 해서 사촌들과 음악회도 열었다.

남자 동생에게 가발을 씌우고 원피스를 입혀서 남녀가 역할을 반대로 하며 연극도 했다. 할머니는 하나밖에 없는 남동생에게 치마 입혔다고 핀잔을 주셨지만 우리는 그때 이야기를 두고두고 한다.

언니와 연년생으로 나는 언니를 잘 쫓아다녔던 거 같다. 고등학교까지 같은 정신여중고를 다니며 아침에 언니가 늦었다고 도시락을 안 갖고 가면 내가 두 개를 들고 언니 교실에 가서 하나를 건네주곤 했다. 언니 반 친구들은 내가 언니 동생이라는 것을 모두 알았다. 나는 당연한 일이라 생각했지만 훗날 언니가 나에게 고마웠다고 얘기하곤 했다.

지금은 사촌 형제들과 조카들 결혼식에서 만나는 게 유일한 만남이다. 아버지 돌아가시기 일 년 전 우리 집에 사촌들을 다 초대해서 우리 형제들이 아버지 생신을 차려 드렸다. 모두 모여 아버지께 절하고 지난날을 회상하며 즐거움을 함께 했다.

95세에 아버지께서 우리 곁을 떠나셨지만 가시기 전에 보고 싶은 조카까지 모두 모여 즐거운 시간을 가졌던 것이 정말 잘한 일이라고 모두 입을 모았다.

동기간들과의 추억은 우리의 마음을 풍요롭게 하는 것 같다.

태교의 중요성

"김 서방 여자가 임신하면 예민해지기 때문에 신경이 날카로워질 수 있어. 그것은 임신으로 인한 호르몬 현상이니 자네가 이해하고 잘 다독여 주길 바라네."

아이가 엄마 뱃속에 있을 때 모든 것이 형성된다고 본다. 엄마가 스트레스 받지 않고 편안한 마음을 가질 수 있게 도와줌으로 아이의 평생 성격 형성에 도움이 되는 것이다. 그것은 내가 네 명의 아이를 임신하고 키우며 터득한 것이다.

나의 손주는 그동안 네 명이 되었다. 큰딸이 손자, 손녀 두 명, 둘째 딸이 손녀 한 명, 아들 손자 모두 순한 편이다. 떼를 부리며 투정하는 것을 거의 못 봤다.

나는 큰딸이 첫째 애 출산하고 공항에 가던 중 갑자기 눈의 이상을 발견해 되돌아와 급히 수술을 하고 2달 후에 미국에 건너갔다. 손자가 얼마나 순한지 먹고 자고 울지를 않는다. 우유 먹이고 요람 위에 놓고 음악을 틀어 주면 스스로 잠이 든다.

한번 잠들면 몇 시간씩 자니까 그동안 나는 내 할 일을 하곤 했다. 딸은 대학 연구실에 나가며 퇴근할 때 한국 음식을 주문해서 갖고 온다. 일주일에 두 번 받아 오는데 밑반찬부터 특별 음식까지 일주일 동안 먹고 남는다. 큰딸은 나를 닮지 않아 손이 컸다. 가끔 내가 음식이라도 만들려고 하면 한사코 하지 못하게 했다. 그래도 닭도리탕 등 음식을 해 주면 사위랑 맛있다며 정신없이 먹곤 했다.

청소와 세탁기 돌리는 것은 사위가 주로 하고 딸은 장을 봐 와 상을 차리고 퇴근 후 아기를 보았다. 부부 둘이 정신없이 아기를 보았는데 엄마가 와서 여유가 생기고 아기가 엄마가 노래도 불러 주며 놀아 주니까 똘똘해졌다고 좋아했다.

아기를 돌보며 출근한 딸이 궁금해 할 것 같아 실시간 동영상을 딸에게 보내 주곤 했다.

청소는 가끔 용역 업체에서 와서 하곤 했다. 3명이 와서 하는데 새 집처럼 해 놓고 간다. 주말에는 아기 돌보느라 수고했다고 주위에 차로 1~2시간 걸리는 곳에 놀러 가곤 했다. 40일 있는 동안 내가 힘들었다기보다는 좋은 추억을 갖고 왔다. 내가 좀 더 잘 도와주지 못한 게 마음에 걸린다.

내가 딸네 집에 가서 놀란 것은 옷장에 변변한 옷이 없이 3~4개만 달랑 걸려 있는 것이다. 공부하느라 백화점도 거의 가지 않은 것 같다. 장학금 받으며 힘든 박사과정 공부하느라 다른 곳에 신경 쓸 겨를이 없었던 것 같았다.

3년 후에 손녀를 낳았는데 코로나 때문에 내가 미국에 가지를 못하고 사위가 육아휴직을 3개월 받아서 둘이 잘했다고 한다. 딸이 조산기가 있어 예정일보다 앞당겨 병원에 입원하며 손자를 봐줄 사람이 필요했다.

뉴욕에서 방학에 치과 알바를 하고 있던 막내딸에게 얘기하니 바로 가겠다고 했다. 언니에게 가서 큰애를 봐 주고 언니가 먹을 미역국을 잔뜩 끓여 냉동실에 넣어 놓고 왔다고 한다. 산모 먹으라고 보낸 미역을 하루 종일 전부 국을 끓였다는 것이다. 이 딸도 나를 닮지 않은 것 같다. 막내딸이 자기가 하던 모든 것을 내려놓고 언니에게 비행기를 타고 간 것이다. 엄마 대신 언니를 도와준 고마운 딸이다.

손녀도 아주 순하고 잘 먹고 해서 엄마 아빠를 힘들게 하지 않는 것 같다.

둘째 딸 은영이도 임신을 하여 예쁜 딸을 낳았다. 사위가 임신할 때 잘해 주고 태교를 잘한 덕분인지 아기가 아주 영리하고 순했다.

"나는 너를 낳아 키우느라고 얼마나 힘이 들었는데 너는 저렇게 착한 딸을 낳아 거저 키우고 있으니 불공평한 거 아니니." 정말 다행이라 생각한다. 나는 착한 사위와 애교쟁이 손녀 재롱에 엔도르핀이 생긴다. 아기 때는 할머니를 엄마 아빠보다 더 좋아했다. 요즘은 할머니와 통화하면 더 얘기하고 싶다고 끊지 말라고 한다. 끊는 것을 아쉬워한다.

태교를 잘해서 편안한 성격으로 태어나면 첫째 아이에게 좋고 엄마 아빠가 평생 아이 때문 걱정할 일이 별로 없다.

태교의 중요성을 다시 생각하게 된다.

출판 중에 아들이 결혼해서 손자를 우리에게 안겨 주었다. 4.2킬로로 건강하게 태어났다. 친손자 얘기는 다음 기회에 하도록 남겨 놓겠다. 아들에게도 태교의 중요성을 얘기해 주었었다. (손주 자랑은 돈 내고 해야 한다는데 이렇게 하다니 미안한 마음이 든다.)

남의 집 아이 흉보지 마라

  4명의 자녀를 키운 엄마는 남들보다 곱절의 애들을 키우며 느끼는 것도 많을 것이다. 남과의 사소한 다툼이나 안 좋은 행동은 나의 가장 소중한 자식들에게 해가 될 것 같아 말과 행동을 조심하게 된다. 우리 애들 어렸을 때 시누이가 애들을 데리고 놀러 왔다. 그런데 어찌 말을 안 듣고 시누이를 힘들게 하는지 돌아간 후 시어머니와 "그 애들은 왜 그러는지 모르겠다."라며 주거니 받거니 흉을 보았다. 그런데 웬일인가 생전 그러지 않던 우리 아이가 똑같은 행동을 하는 거였다. 시어머니와 나는 깨닫고 반성을 했다. 그 후로는 절대 남의 집 아이 흉을 보지 않으려고 노력을 한다. 가끔 주위 사람들이 아이로 인해 고통 받는 가정을 보며 "우리 집엔 그런 애가 없어서 다행이다."라는 말을 서슴없이 하는데 해서는 안 될 말이라 생각한다. 그 부모는 어떤 마음일까… 나의 안일함에 취해 있으면 안 된다고 생각한다. 남의 어려움을 나의 어려움으로 생각하고 얼마나 힘들까 한번쯤 생각해 주면 좋지 않을까…. 자식 키우는 부모는 이 세상에 큰소리치고 장담할 일이 없다고 생각한다. 우리는 모두가 내 자식이라는 마음으로 산다면 따뜻한 사회가 되리라 생각한다. 고통을 나누면 행복이 보인다는 말이 있지 않은가.

내가 다시 태어난다면

　나는 교회에서 찬양대 지휘를 하고 있지만 수요일에는 예배 반주를 하고 있다. 내가 반주를 하게 된 것은 50대 중반이었을 것이다. 피아노는 치면 칠수록 그 음 안에 담겨 있는 매력에 빠진다. 나의 마음을 담아서 터치를 하면 한 소리 안에서 심오한 음색의 소리가 나오는 것을 느낄 수 있다. 피아노는 한 소절을 치는 순간에도 풍부한 표현을 나타낼 수 있는 악기이다. 생각 없이 음을 쳤을 때 돌아오는 것은 시끄러운 기계음이다. 생각을 담아 피아노를 쳤을 때 감흥이라는 반응이 있는 것을 느낀다.

　오케스트라 지휘자 중에는 젊어서 이름을 날리던 피아니스트들이 많이 있다. 우리나라 정명훈 씨도 그렇다. 피아노는 작은 오케스트라라고 한다. 나도 다시 태어난다면 피아노에 도전한 후 오케스트라 지휘자가 되고 싶은 바람이 있다. 내가 성가대 지휘를 하면 많은 사람들이 카리스마가 있다고 얘기들을 한다. 그것은 내 안에 있는 것을 끌어내서 나오는 나만의 색깔이 아닌가 생각한다.

　음악은 우리 마음을 평온하게 한다. 남편은 치과의사이지만 나보다 더욱 많은 음악을 알고 있어 나를 놀라게 하곤 한다. 자라나 온 환경이 어려웠지만 고등학교 다닐 때 음악 시간에 음악 감상을 할 수 있어 참 좋았다고 한다. 그때 들은 음악을 많이 기억을 하고 있는 것이다. TV에서 시끄러운 정치 얘기보다 음악 방송을 듣는 것을 좋아한다. 식사할 때도 조용한 음악은 우리의 식탁을 풍요롭게 한다.

다음에 하고 싶은 것은 외교관이다. 외교관은 여러 나라를 다니게 되므로 가정생활에 어려움이 있다. 통상 3년마다 근무지를 옮겨야 하기에 새로운 곳의 정착에 따른 문제가 있다. 우리나라가 어렵게 살 때는 외국에 나가는 것이 꿈일 수 있었지만 지금은 누구나 자유롭게 외국을 다닐 수 있게 됐다. 아이들 교육도 한곳에 정착할 수 없어서 어려움이 있을 것이다. 그래서 외교관 자녀 특례입학이 있었다.

외국인들과 만나고 서로 소통하며 협상을 하는 일은 흥분된 일이라 생각이 든다. 저 사람이 나의 말을 들어줄 것인가 걱정하기 보다는 '들어줄 것이다'라는 믿음을 갖고 협상을 한다면 좋은 결과를 얻을 수 있을 것이다. 어떻게 하면 상대방이 내 말을 들어줄 것인가는 많은 고민이 필요하다. 상대를 움직이기 위해 어떤 방식으로 접근할 것인가 생각도 해야 한다. 첫째 중요한 것은 풍부한 지식을 갖고 상대방에게 믿음을 주어야 할 것이다. 나를 돕고 싶은 마음이 들도록 해야 하고 타당한 의견을 제시해야 한다고 생각한다. 둘째 각 방면에 인맥을 많이 넓히는 것도 중요하다. 모두 재산이 될 수 있다. 내가 도움이 필요할 때 손 내밀 수 있는 곳이 필요하다. 살면서 어떠한 경우에도 적을 만들지 않는 것이 또한 중요하다.

남편은 나에게 내가 갖고 있는 장점 중에 하나는 누구도 두려워하지 않는다는 것이라고 한다. 대통령도 나의 아버지와 다를 것이 없다고 생각했다. 대학교 때 1년 후배 아버지가 김영삼 대통령이긴 했다. 똑같이 삶의 어려움을 갖고 있는 인간이라 생각한다. 콧대가 높던 클린턴도 여자 문제로 자존심이 추락하고 힐러리도 남편의 외도로 보통 여자와 다름없는 아픔을 겪지 않았는가. 위치만 다를 뿐 사람 안에 자리 잡고 있는 기본은 같다고 생각한다.

접근하는 것을 두려워하지 말고 예의를 갖추어 대한다면 많은 사람에게 도움을 받을 수 있을 것이다. 나에게 도움을 줌으로써 상대방도 나에게 도움을 받을 수 있는 것이니 서로 상부상조하는 것이 외교의 기본이다. 그러기 위해서는 대사로 부임 받았을 때는 그 나라 정치인도 알아야 하고 관료도 알아야 한다. 술 마시며 취할 때도 무언가를 캐치하려는 직업의식이 있어야 할 것이다. 파티의 알맹이가 있어야 한다. 친구들과 부담 없이 노는 것과는 다르다.

협상을 할 때도 어떤 말을 했을 때 상대를 움직일 수 있을까. 부임한 나라의 특징이 무엇인가를 알고 그것에 접근해서 국익에 도움을 줄 수 있어야 할 것이다. 각 나라 외교관 인맥도 넓히기 위해 파티도 열심히 쫓아다녀야 하고 초대도 해야 한다. 사람 만나는 것을 두려워한다면 외교관을 하지 말아야 한다.

보통 우리나라에서 대사라는 자리를 쉽게 생각하고 대통령의 보은으로 편히 가서 쉬는 별정직이라 생각할 수도 있는데 이것은 나라를 좀먹는 것이다. 부지런히 뛰고 인맥도 쌓아 우리나라에 도움이 되는 일을 많이 해야 할 것이다. 돌아가는 상황도 정확히 캐치해서 우리가 대처할 수 있도록 신속히 정부에 보고도 해야 할 것이다. 자신의 노력으로 나라에 도움이 될 수 있고 어려운 문제를 해결할 수 있을 때 성취감을 느낄 수 있는 직업이라 생각한다.

내가 필요할 때는 적에게도 손을 내밀 줄 알아야 한다. 그러므로 다시 관계가 회복되어 적이 친구가 될 수 있다. 외교관은 적성에 맞아야 하는 직업이다. 힘든 직업이지만 세계인을 상대로 거래를 한다는 것은 흥미 있는 일이다. 국익에도 나로 인해 도움을 줄 수 있는 보람된 직업이라 생각한다.

외교관의 기본 매너는 상대에게 따뜻한 미소와 호의적인 태도라 생각한다.

마누라 말을 들으면 자다가도 떡이 나온다

여자들에게는 남자보다 뛰어난 촉이라는 게 있다. 주위에서 잘사는 집들을 보면 부인을 잘 얻고 마누라 말을 잘 귀담아듣는 사람이다. 고집부리고 마누라 말을 무시하는 사람들은 밤낮 그 자리에 머물러 있고 발전이 없다.

사람 인(人) 자는 두 사람이 서로 의지하고 함께하라는 뜻이 담겨 있다. 옛날 어른들은 "집안이 잘되려면 여자가 잘 들어와야 한다."라고 하셨다. 현명한 여자를 말씀하신 것 같다. 여자들을 교육을 시켜야 하고 여자들이 깨어 있어야 한다. 여자들에게 교육을 시키지 않고 밖에도 못 나가게 하는 나라들은 암흑 속에서 사는 것과 같다.

대선 때마다 큰 역할을 해 온 한 정치인이 부인 말을 잘 듣고 부인을 존중하는 것을 보았다. 그 부인에게는 남편보다 뛰어난 촉이 있고 직관이 있어 보였다. 어느 날 기자들이 그분에게 질문을 했다.

"박사님은 사모님에게 꼼짝 못 하시나 봐요?" 물었더니

"아니, 그래도 말대답은 해요." 큰 그릇을 품은 분이라고 생각한다. 부인이 그만큼 똑똑하고 현명하신 분이었던 것 같다. 김대중 대통령도 부인을 존중하고 좋은 협력자로 많은 도움을 받으셨다고 들었다.

언젠가 고집이 센 남편에게

"마누라 말을 잘 들으면 자다가도 떡이 나온대요." 말을 했던 적이 있다. 남편도 모든 결정을 나와 상의해서 하는데 가끔 내가 제시하는 의견에 고집을 부리고 반대를 하는 경우가 있다. 물론 훗날 후회를 했을 것이다.

남자들이 큰일을 할 때 여자 말에 휘둘려서도 안 되지만 귀담아듣고 참고로 할 줄 알아야 한다고 생각한다.

예로부터 대통령들이 해외 순방할 때 부인을 동반하고 있는데 액세서리로 예뻐서 동반하기보다는 남자가 놓치는 부분을 옆에서 보좌하라는 의미가 담겨 있다고 한다. 대통령이라고 특별하지 않다.

남자들은 공부를 많이 할수록 이론은 밝을지 모르지만 순진하고 답답해 어리숙한 면이 있다. 혼자의 생각보다는 부부가 협의해 이끌어 나간다면 더 좋은 결과가 있으리라 본다.

요즘 남편이 나이가 들어서인지 나에게 더욱 의지하고 매사 물어본다. 나도 마찬가지로 물어보게 되는데 부족한 것을 서로 보완해 나가는 거라 생각한다.

사위를 볼 때는 가정의 책임자로 똑똑하고 능력 있는 사람을 우선으로 생각하지만 며느리는 내 아들을 잘 보좌하고 가정을 잘 이끌어 갈 수 있는 현명한 여자였으면 하는 바람이 있다.

똑똑함과 현명함이 조화를 이루었을 때 좋은 가정을 이루리라 생각한다.

나의 살던 고향

　나는 서울에서 태어나서 결혼 전까지 자랐기 때문에 서울에 대한 아련함이 있다.

　요즘은 서울에 가면 복잡하고 점점 낯설게 느껴지지만 그래도 나에겐 고향의 향수가 있다. 가장 생각이 나는 곳은 나의 국민학교 시절 명륜동과 성북동이다.

　남편과 십여 년 전 시간을 내서 그곳을 가 보았다. 명륜동에 살던 집이 오랜 세월이 지났는데 한옥 집 그대로 있어서 반갑고 놀라웠다. 그때는 대문이 두 개 있는 제법 큰 집이었는데 크다는 느낌이 전혀 들지 않았다. 우리는 오면서 그 동네 집을 하나 사면 좋을 것 같다고 생각을 했다.

　명륜동 고개를 넘어 혜화국민학교를 가 보았다. 학교가 이렇게 좁았다니…. 그때는 초등학교를 '국민학교'라고 했다.

　한 반에 학생 수가 100명이 넘고 서울에서도 1~2위를 다투는 명문 국민학교였다. 운동회 같은 것은 꿈도 꿀 수 없고 매일 배치고사다 모의고사다 해서 시험에 쩔었던 초딩 시절이었다. 지금으로는 상상할 수 없는 그 당시의 8학군이었다. 중학교 입시가 치열했기 때문에 학군 좋은 곳으로 몰리는 현상이었다.

그다음 코스로 우리는 성북동 집을 찾아가 보았다. 경신중고등학교 아래에 있던 집이었다. 몇몇 집들이 그대로 있었고 외국 대사관저 푯말이 곳곳에 눈에 띄었다. 우리 집은 이름 있는 설계사에 의뢰해 지은 멋진 서양식 집이었는데 헐리고 지금 새로운 빌딩 작업이 한창이다. 조금만 일찍 왔더라면 옛날 모습을 볼 수 있었을 텐데 아쉬운 마음이 들었다.

성북동에서 저녁에는 동네 오빠들이 나무로 만들어 준 총을 갖고 병정놀이를 했던 기억이 있다. 여자애들과는 가을에 골목에 천막을 쳐 놓고 동네 어른들을 초청해서 한복을 입고 춤도 추며 학예회를 했던 생각이 난다. 언제 마음의 여유를 갖고 다시 한 번 가보고 싶다. 그때는 온 동네를 걸어서 돌아보리라. 역시 국민학교 시절이 가장 기억에 남는 곳인 것 같다. 우리 집 옆이 그 유명한 황윤석 판사가 살던 집이었다. 자살이 미스터리로 남아 있는 우리나라 최초의 여판사다.

나는 결혼해서 인천이 익숙지 않아 조그만 것 하나 사는 것도 서울에 와서 사가곤 했는데 신포동이라는 곳을 나가 본 후 서울에 오는 횟수가 줄었다. 인천의 명동이라는 곳이었다. 점차 남편의 고등학교 선후배 부부들과 어울리며 서울에서 맛볼 수 없는 끈끈한 정을 느끼며 정착하게 되었다. 그래도 어린 시절 향수가 어딘가에 남아 있다.

내가 살던 고향으로 언제 다시 가서 살 수 있을까 생각해 본다.

법은 과연 정의의 편인가

우리 같은 보통 시민은 법을 무서워하고 법을 지키려고 노력을 한다. 나라에서 하라는 대로 지키지 않으면 큰일이 나는 것이라 생각을 한다. 세금 나올 것을 대비해 평소에 저축하고 밀려서 불이익을 받지 않게 부지런히 갖다 바친다. 그런데 우리와 같이 순순히 내는 사람들이 많아서인지 세금은 갈수록 늘어나 감당하기가 힘들어진다.

우리가 힘들여 낸 세금을 나라에서 알뜰하게 써 주었으면 하는데 선거 때만 되면 후보자들이 공돈인 양 서로 선심성 공약을 내는 것을 보면 화가 난다. 정말 쓰고 싶은 것 안 쓰고 낸 세금이라는 것을 알아 주었으면 한다.

국회에서는 처리할 일이 쌓여 있는데 밤낮 이권 정쟁만 하고 정회도 파행되고 있다는데 우리가 매달 그들을 위해서 얼마를 세금으로 내고 있는지… 우리 세금 걷어 한 사람에게 일 년에 7억이 넘는 세비가 들어가고 있다는데 감축을 해야 하지 않나 싶다. 특혜 또한 200가지가 넘는다고 한다.

그들은 자칭 우리의 심부름꾼이라며 선거 때만 되면 90도 각도 인사에 큰절까지 한다. 국회의원 한 번 해 본 사람들은 장관보다도 좋은 최고의 직업이라고 한다. 비행기는 보통 시민은 상상할 수 없는 일등석을 국민 세금으로 타고 불체포 특권이 있다. 최고의 의전으로 심심하면 해외에 몰려 나가서 해외 공관에서는 의전담당 부서까지 두는 곳도 있다고 한다. 국회의원 수는 필요한 숫자만 남기고 줄여서 세금 낭비를 막아야 할 것이다. 국회의원은 국민을 위해 봉사하는 자리로 자리매김 되어야 우리나라가 건전한 사회로 나갈 수 있을 것 같다. 특혜는 사치라고 본다.

우리와 같은 보통 사람은 법을 어기면 큰일이 나는 줄 안다. 그런데 법을 아는 사람들은 법망을 피해 법 위에 존재하고 있다. 아파트 분양을 하며 몇 천억의 비리들이 연일 터지고 있는데 그 사람들이 모두 거물급의 법조인을 끼고 저지른 것이라는 사실이 드러나고 있다. 조그만 아파트 하나 장만하지 못하고 발을 구르고 안타까워하는 현실에 건설업자는 높은 분양가로 국민에게 폭리를 취하고 있다.

변호사는 억울한 사람을 변호해서 억울함을 당하지 않게 해 주는 게 근본적 업무일 텐데 어느새 변호사라는 직업이 법을 교묘하게 이용해 자기의 의뢰인을 승소하게 만드는 직업으로 탈바꿈되어 가고 있다. 대표적으로 미국의 심슨 사건을 닮아 가지 말았으면 한다. 대형 로펌에 거액을 주고 의뢰하면 죄를 짓고도 승소할 수 있다는 우리의 편견이 사라지기를 바란다. 변호사 본연의 자세로 억울한 사람을 보호하는 역할에 충실했으면 한다. 물론 다수의 훌륭하신 법조인들의 노력으로 우리나라가 공정의 길로 가고 있다고 믿고 있다.

내가 1979년 어머니와 리히헨슈타인을 방문했을 때 그 나라는 교도소에 사람이 없으면 흰 깃발을 단다고 한다. 그만큼 국민이 법을 지키고 범죄자가 없다는 것이다.

우리나라도 흰 깃발이 올라갈 수 있는 나라가 되었으면….

수학을 좋아한 이유

학교 다니면서 좋아한 과목은 수학과 영어였다.

수학은 풀어서 답이 나오면 재미있고 성취감을 느낄 수 있었다. 영어는 외국인과 말을 할 수 있어서 좋았다. 외국에 나갔을 때 통역 없이 말을 한다는 것은 힘들 수도 있지만 눈을 바라보고 직접 의사를 주고받으면 교감을 느낄 수 있어 재미있고 좋다. 아는 단어로만 얼마든지 이야기할 수 있다. 서로 말이 다르지만 대화를 주고받으며 공감하고 새로운 문화를 알아가는 맛이 있는 거 같다. 외국인과 얘기하다 보면 농담도 더 많이 할 수 있고 깔깔대며 웃는 게 좋다. 아마 짧은 실력으로 겁 없이하기 때문일 수도 있을 것이다.

지금도 나는 모르는 단어가 나오면 핸드폰으로 찾아보고 발음까지 듣는다. 원어민 발음을 듣고 따라하면 기억에 오래 남고 재미있다.

내가 수학을 좋아하게 된 것은 수학 선생님이 글씨를 참 정갈하니 예쁘게 쓰셨다. 선생님이 칠판에 문제를 내고 풀어 가실 때 나도 노트에 같이 풀었다. 선생님과 똑같이 예쁜 글씨를 흉내 내며 보고만 있지 않고 거의 같은 속도로 풀었다. 그날 배운 것은 수업 시간에 풀면서 소화가 되었다. 특별히 집에 와서 따로 공부하지 않아도 머리에 푸는 방식이 입력이 돼 있었다. 외워야 하는 공식만 외우면 되었다. 응용문제는 내 나름 푸는 방식이 있었다. 종이에 그림을 그려 가면서 풀다 보면 제아무리 꼬아서 낸 어려운 문제라도 답이 나오게 되어 있다. 그것을 머리로만 풀 생각하면 복잡한 문제를 입력하기 힘들어 어려워 못하겠다는 말이 나올 것 같다. 기하를 특히 재미있어 했다. 수수께끼를 풀듯이 공식을 넣어서 조금만 머리를 쓰면 재미있게 답이 나왔다.

우리 아이들 중학교 3학년까지는 내가 도와줄 수 있었다. 엄마는 쉽게 가르쳐 준다고 아이들이 서울대 출신 아빠보다 엄마를 선호했던 것 같다. 내가 잘하기보다 가르치는 기술이 조금 있었던 것 같다.

내가 특히 못하는 과목은 국어였다. 미국 사람들이 우리나라 학생들보다 영어 시험을 못 푼다고 한다. 원인은 쉽게 풀 수 없게 꼬아서 내기 때문이 아닌가 생각한다.

그리고 교양으로 알아야 하는 과목은 국사와 세계사라 생각한다. 이 분야에 해박한 사람을 보면 존경심이 든다.

수포자라는 말이 있는데 본인이 조금만 공부 방법을 연구해 보면 수학 박사도 될 수 있다. 이번에 필즈상을 수상한 허준이 교수도 애초에 수학을 잘하는 사람은 아니었다고 한다. 포기하지 말고 재미를 느끼고 풀어 나가길 바란다.

수학은 거짓말을 하지 않는다.

수학의 답은 하나이고 정직하다. 다만 숨어 있을 뿐이다.

살림 잘하는 여자

10만 원 갖고 잔치를 하는데 5만 원이 주부가 좋아하는 떡 값으로 나간다면 몇 가지를 차릴 수 있을까. 분배의 법칙을 알아야 살림 잘한다는 소리가 나올 것 같다.

친척집 환갑잔치에 초대가 되어 갔다. 잔치 음식은 생각이 나지 않고 인상적이었던 것은 부엌에 잔치를 위해 준비한 어리굴젓이었다. 자배기로 가득한 것이다. 우리는 모두 깜짝 놀랐다. 잔칫집에 어리굴젓을 저렇게 많이 하다니 그렇게 중요한 부분인가. 그렇다고 집에 갈 때 우리들에게 조금씩 싸 주는 것도 아니었다. 그 집은 방 하나에 홈쇼핑에서 구입한 뜯지도 않은 물건들이 가득 있다고 자랑을 하는 것을 들었다. 홈쇼핑을 보면 사고 싶은 충동을 억제하지 못한다고 한다. 홈쇼핑이 시청자를 현혹시켜 장사를 잘하는 측면도 있다.

결혼 전에 친정어머니가 나에게 만 원을 주시며 네 나름 장을 봐 오라고 하셨다. 나는 시장에 가서 여러 가지를 사 갖고 왔다. 어머니는 보시더니

"이다음에 살림 걱정은 안 해도 되겠구나."라고 하셨다. 어머니는 손이 크시다. 풍족하게 해서 남아야 한다는 생활 방식이었고 나는 딱

맞게 해서 남는 돈으로 다른 거 하나를 더 장만하는 생활방식이다. 나는 먹는 것에 있어서는 넘치는 것을 별로 안 좋아한다. 반찬이 남았을 때 아깝다고 먹거나 하지 않는다. 밥도 한 끼에 먹을 양만 한다. 보온 밥솥에 밥을 보관하는 것을 별로 안 좋아하고 매끼 압력 밥솥에 새로 해서 먹는다. 찬밥 먹는 것보다는 새로 지은 밥이 맛도 있고 기분을 좋게 하지 않은가. 찌개에 고기를 넣을 때도 기준에 맞게 넣지 무조건 많이 넣지 않는다. 내 기준에 넘으면 조금이라도 남겨 다음에 쓴다.

내가 30대일 때 친정 사촌형제 가족들이 30명쯤 모여 서오릉에 놀러 간 일이 있었다. 음식을 준비하며 돼지고기 목살을 양념해서 갖고 간다고 한다. 몇 근을 할 것인가 고민을 하며 20근쯤 살까 하는 것이었다. 30대인 내 생각에는 3명이 한 근이면 족하지 않을까 생각했다. 다른 반찬들도 있고 10근만 사면 될 것 같았다. 요리하는 것을 좋아하는 사촌 오빠가 하얏트호텔에 다니며 가끔 호텔 주방에서 뭔가를 배워오는 것 같았다. 오빠는 호텔에서 배운 비법을 적용해 내 말대로 10근을 맛있게 양념해 갖고 왔다. 우리는 커다란 드럼통에 불을 피워 불판을 얹고 고기를 신나게 구웠다. 아이들도 있고 1인 200그램이니 넉넉히 맛있게 먹었다. 남은 것 거의 없이 풍족히 먹었으니 나중에 유머러스한 오빠는 나를 보고 "너는 어쩜, 칼이니." 하는 거였다.

사람들은 나에게 빈틈없이 살림 잘하는 주부라 하겠지만 나이를 먹으니 넉넉한 것이 좋아지고 이다음 우리 며느리는 넉넉한 손을 가진 여자였으면 좋겠다 생각이 들었다.

뭐, 글씨가 중요한가

"어머, 너 글씨를 잘 쓰는구나." 초등학교 때 친구 집에 놀러 가서 친구 책상에서 숙제를 하고 있는데 친구 오빠가 어깨너머로 보고 한 말이었다. 깜짝 놀라 얼른 가리었다. 볼 때마다 나에게 칭찬을 해 주었는데 나는 글씨 잘 쓴다는 말은 별로 달갑지 않게 들렸다. "공부를 잘하는 것이 중요하지 글씨가 뭐가 중요한가." 이것이 나의 생각이었다.

대학교 때 강의를 들으며 받아쓰는데 옆에 있는 친구가 "너는 빠른 강의를 적는데 어쩜 글씨체가 흐트러지지 않니?"

나는 글씨 쓰는 것을 좋아했다. 특히 펜촉에 잉크를 묻혀서 쓰는 펜글씨를 좋아하고 재미있어 했다.

내가 스위스에서 한국 대사관에 다닐 때 대사님이 본국 주요 인사에게 편지를 쓰실 때 꼭 나에게 대필을 부탁하시곤 했다. 대사님은 60대이고 나는 20대 여성인데 글씨체를 보면 알 텐데 그래도 내 글씨로 쓰는 것을 선호하셨다.

크리스마스 때는 200장이 넘는 카드 봉투를 펜으로 반듯반듯하게 주소를 쓰고 이름은 한문으로 썼다. 나는 그것을 귀찮아하지 않고 재미있어했다. 그 덕분에 모르던 한자를 많이 알게 되었다. 글씨를 화가

가 그림 그리는 마음으로 썼다.

주한 스위스 대사관 다닐 때 스위스 대사님이 어느 날 내 글씨를 보시더니 스위스 직원이 써 왔던 초대장의 영문 이름을 나에게 부탁을 했다. 영어 필기체 쓸 때도 그림 그리는 마음으로 쓰니까 멋이 있어 보였던 거 같았다. 매번 파티 초대장 이름을 내 손으로 써서 보냈다. 나는 알파벳을 멋들어지게 쓰는 것이 재미있었다. 대사님은 타이핑보다 친필이 성의 있어 보인다고 흡족해 했다. 타이핑에는 사실 친필의 멋이 나올 수 없다.

결혼해서 남편이 서울대학에서 박사논문을 쓸 때 그 당시 컴퓨터가 상용화되지 않았던 때라 손으로 써야 했다. 컴퓨터에서는 중간에 수정이 필요할 때 그 부분만 고치면 정리가 되는데 원고지에서는 잘못된 부분부터 모두 새로 써야 했다.

병원에서 환자 보면서 공부하는 남편을 위해 글씨로써 약간의 도움을 주고 싶었다. 사실 박사 공부를 권한 것도 나였기 때문에 그 정도는 기꺼이 도와줄 수 있었다.

깐깐하신 교수님 덕분에 논문을 4~5번은 다시 써야 했다. 남편이 A4 용지에 써서 주면 남편의 귀중한 논문을 논문용 원고지에 쓰는 거였다. 나중에는 교수님이 내가 대필하는 것을 아시고 놀라시며 덜 깐깐하게 하셨다고 했다. 후에 책으로 출판이 되었다.

가끔 처음 가는 은행에서 나이도 있고 70대 가까운 여성을 대수롭지 않게 보는데 사인을 하는 것을 보고 한결 대하는 태도가 부드러워진다. 어느 날 구청에서 전화가 왔다. 개발부담금을 내야 하는데 필요한 서류를 알려 주며 면제 받으려면 잘 준비해 갖고 오라고 한다. 찾아가서 내가 직접 하겠다고 하니 주민등록상 나이를 보더니

"젊은 사람도 하기 힘든데 이것은 아무나 하는 것이 아니다."라며 법무사에게 의뢰해서 해 오라는 거였다. 그리고는 샘플을 보여 주며 이렇게 책으로 만들어 오는데 할 수 있겠냐는 것이었다. 나는

"다른 세금 관계도 직접 했고 이런 일 하는 것 좋아해 재미로 하고 싶다." 하니

"이렇게 책으로 제출해도 될까 말까인데 어떻게 하겠느냐?" 하며 기본 양식을 건네주며 신상 관계를 쓰라고 해 글씨를 써서 내니 잠깐 생각하더니

"그럼 해 갖고 와 보세요." 맘이 누그러졌다.

세무서 심사위원들 책상에 심사할 서류들이 수북이 쌓여 있는데 제대로 안 해오면 쳐다도 안 본다는 거다. 내 생각에는 저렇게 책으로 두껍게 해 가면 바쁜데 어떻게 일일이 다 보겠는가 한눈에 알아볼 수 있게 간결하고 정확하게 해 가면 일도 덜어 주고 쉽게 파악을 할 거라 생각했다. 그리고는 내 방식대로 간단명료하게 해 갖고 갔다. 탐탁지 않게 쳐다보는 담당 직원에게

"넣어 보고 안 되면 그때 법무사에게 의뢰를 하겠다."라고 하니 겨

우 받아 주었다. 한 번의 교정할 기회는 있다고 했다.

한 달 후 쯤 심사가 끝났는지 세무과 담당 직원에게서 전화가 왔다. 목소리가 떨떠름하다. 세금면제 신청한 것이 통과됐다고 알려 주며 집으로 결과 통지서를 보내 줄 테니 주소를 알려 달라는 것이었다. 하여튼 고맙다 인사하고 전화를 끊었다. 물론 법무사에게 의뢰하는 것이 편할 수 있다. 하지만 본인이 직접 하면 세밀하게 놓치지 않고 더 성의 있게 할 수 있다고 생각한다. 전에 법무사에게 맡겼다가 세금 폭탄을 맞은 적이 있었다. 그래서 이번은 내가 스스로 하고 싶었다.

지금은 글씨 쓸 일도 별로 없고 손에 힘도 없고 해서 예전처럼 잘 쓰지 못한다. 남편은 나에게 결혼 초에 배웠던 서예를 다시 배우라 한다. 하지만 걸어 놓을 곳도 없는데 작품 하라고 할 것 같아 하지 않는다.

서예 하면서 얻은 것은 나의 예쁜 호 '설영(雪影)'이다.

선생님이 눈의 그림자같이 깨끗함을 생각해 지어 주었다고 했다. 항상 생소하게 느껴지는 '용희' 이름보다 '설영'을 좋아한다.

글씨는 컴퓨터가 대신해 줄 수 있다. 하지만 손으로 쓰는 자기만의 독특한 글씨는 따라올 수가 없다. 교회에 제출한 신약성경 필사를 컴퓨터 워드로 쳤지만 손으로 썼더라면 더 성의 있고 좋았을 걸 하는 아쉬움이 있다.

글씨는 예술이라고 생각한다.

나에겐 아직도 글씨 잘 쓰는 것보다 공부 잘하는 게 더 중요하다는 생각에 변함이 없다.

줌바 댄스를 다시 시작하며

　코로나로 인해 4년 동안 주민센터에서 해오던 줌바 댄스를 할 수 없었다. 이번에 2년 반 만에 다시 개강을 하여 놓치지 않고 등록을 했다.

　그동안 나는 남편의 권유로 매일 집 앞 센트럴파크 공원을 한바퀴 7000보씩 걸었다. 남편은 아침 눈뜨자마자 공원에 나가서 한 바퀴 돌고 온다. 나는 아침에 운동을 하면 하루가 피곤해서 아침 운동은 피한다. 저녁에 힘이 나는 야행성 체질이다.

　처음에는 공원 한 바퀴가 쉽지 않아 몇 번씩 쉬고 어느 때는 반 바퀴만 돌고 들어오곤 했는데 하다 보니 체력이 나아져 한 바퀴를 돌 수 있게 됐다. 호수를 바라보며 공원에 나가면 기분이 상쾌하다. 습관이 되니 안 나가면 찜찜하다.

　나는 7년 전 처음 줌바 댄스를 시작하면서 음악이 신이 나고 내 적성에 맞는 것 같아서 계속 하게 되었다. 운동도 즐겁게 하면 좋을 것 같았다. 약간의 역동적인 운동이라 한 시간 하기가 쉽지 않았다. 즐겁기는 한데 체력이 따라 주지 못하니 수업 중 몇 번씩 시계를 쳐다보았다. 수강생은 거진 40~50대 주부들이다.

　이번에 코로나로 중단됐던 수업이 다시 개강을 한다는 것을 알고 신청을 하고 설레는 마음으로 기다렸다. 전에는 거우 시간 맞춰 헐레벌떡 갔는데 이번에는 20분 전에 제일 먼저 도착을 했다. 내 자리를 찾아 앞줄에 섰다. 나를 쳐다보는 시선을 느꼈지만 열심히 선생님을 좋아하는데 별로 힘이 들지 않았다. 시계도 쳐다보지 않고 재미있게 하게 됐다.

예전에는 뛰는 것은 안하고 슬렁슬렁했었다. 이유는 내 나이에 무리하면 안 된다는 생각이 있어서였다.

고등학교 동창 야유회 때는 내가 줌바 댄스 몇 가지 프로를 외워 갖고 가서 앞에 나가 시범을 보이며 친구들에게 가르쳐 주었다. 교회에서 체육대회 할 때는 주최 측에 얘기해서 선생님을 초빙해서 모든 교인들이 같이 따라 하게 했다. 15분쯤 하니 재미는 있는데 모두 힘들다고 해서 선생님이 준비해 온 것을 다 할 수 없어 아쉬웠다.

줌바 수업 끝나고 나오는데 어느 수강생이 나에게 나이를 묻는다. "연세가 있으신 것 같은데 잘 따라 하신다."라는 거였다. 내가 원래 리듬을 잘 탄다는 소리를 듣기는 했다.

'내가 과연 몇 살까지 할 수 있을까?' 생각이 든다. 선생님은 나에게 "어머니 연세에 이렇게 잘 따라 하시니 다른 수강생들이 부러워할 거예요."라고 격려를 해 준다. 나는 "나이는 묻는 게 아니다."라고 하면서 알려 주지 않았다. 나이보다 중요한 게 체력이다. 이번에 나는 걷기 운동이 체력 증강에 얼마나 중요한지 새삼 느끼게 됐다.

나이가 70이라도 운동을 계속하면 좋은 체력을 가질 수 있을 것이다.

우리 개는 괜찮아요

　나는 개를 유난히 무서워한다. 공원이고 엘리베이터 안이고 커다란 송아지만한 개, 앙팡지게 짓는 조그만 발발이, 강아지 숫자는 날로 늘어난다.

　사실 주인이 끔찍이 여기는 동물을 내가 무서워하거나 싫어하는 모습을 보이는 것은 미안할 수 있다.

　요즘은 반려견이라 해서 일반 병원보다도 동물 병원이 더 수입이 좋다고 한다. 사람은 의료보험이 있지만 동물에게는 의료보험이 적용이 안 돼 돈이 없는 사람은 개를 키우기도 힘들다고 한다. 동물 병원은 대부분 임대료가 비싼 1층에 있다.

　우리 아파트 같은 동에 정말 송아지만 한 개를 키우는 집이 있다. 그 개를 보면 나는 위협을 느껴 먼저 올라가라 하고 기다렸다가 다음 엘리베이터를 탄다. 주인들은 "우리 개는 괜찮아요."라고 하지만 개들은 워낙 영리해 저를 좋아하고, 싫어하고, 무서워한다는 것을 안다. 문제는 저를 무서워하는 사람을 얕본다는 것이다. 집안에서도 서열을 안다고 한다. 누가 제일 어른인 것을 알고 그 사람 앞에서는 말을 잘 듣고 제일 어린아이들은 만만히 본다는 것이다.

내가 결혼 전에 시댁에 인사를 하러 갔을 때 낯선 사람만 보면 그렇게 짖어 대던 강아지가 나를 보더니 반가이 꼬리를 흔들면서 쫓아오는 것이다. 지켜본 사람들이 자기 식구를 알아본다고 신기해했었다.

반려견의 주인들은 개가 자기 자식 같고 말을 잘 들어 남을 해하지 않는다고 안심한다. 하지만 낯선 사람 특히 저를 무서워하는 사람을 얕보고 대든다는 것을 알아야 한다.

나는 공원에서 개를 보면 피해서 간다. 가끔 개와 만날 수가 있다. 내가 무서워하는 것을 알고 개는 나에게 위협이라도 할 모습으로 다가온다. 주인도 깜짝 놀라 개의 목줄을 잡아당긴다. 개를 무서워하는 사람은 개와 눈을 마주치지 말고 모른 체 하고 지나가야 하고 주인은 개의 심리를 알고 조심을 해야 한다.

내가 유럽에 가서 사는 것을 싫어하는 것 중에 하나는 고양이 때문이다. 스위스에서 어느 날 현관문을 열고 나오는데 앞집 담 위에 커다란 고양이가 웅크리고 앉아 나를 응시하고 있는 것이다. 길거리에 여기저기 고양이가 너무 많다. 그들을 피하는 방법은 쳐다보지 않는 것이다. 고양이는 사람을 해치지는 않는다고 한다.

반려견의 주인들은 "우리 개는 괜찮아요."라고 안일하게 생각하기보다 약자를 얕본다는 심리를 알고 남에게 피해가 되지 않도록 조심해서 데리고 다녔으면 한다.

나를 알아본 우리 집 강아지가 생각난다.

이혼보다 화합에

    근래 TV를 통해 이혼한 부부를 다시 결합시켜 주기 위해 만든 프로를 보았다.

    3쌍 중에 한 쌍만 재결합에 뜻을 같이했고 두 팀은 결국 그동안의 너무 깊은 골을 극복하지 못하고 끝나 안타까웠다.

    재결합하려는 의도가 있다면 잘잘못을 따지면 안 된다. 잘못을 따지다 이혼했으니 재결합을 위해서라면 상대의 잘못을 덮어 주고 자기의 잘못을 먼저 인정하려는 배려의 마음이 있어야 할 것이다. 두 사람 사이에 태어난 5살 아들은 엄마 아빠가 재결합하기를 간절히 바라며 가족은 같이 살아야 한다고 호소를 했지만 아빠는 무거운 발걸음으로 떠나고 말았다.

    재결합을 이루지 못한 두 팀의 공통점이 있었다. 부부만의 문제가 아닌 시어머니와 같이 살며 생긴 복합적인 문제를 풀 수 없었다.

    며느리가 시어머니와 같이 살면서 생긴 어려움을 남자들은 이해하지 못했고 눈으로 보이는 학대만이 시집살이라 생각했다. 내면적인 갈등은 전혀 이해하려 들지 않고 아내의 마음을 헤아려 주지를 못한 결과였다.

한집에서 살 때 남자는 무관심하든지 남편 하나 보고 들어온 아내의 편을 어느 정도 들어주는 게 필요한 행동이라 생각한다. 혈육끼리 똘똘 뭉쳐 며느리를 고립시키면 안 된다. 아들이 내 편을 들어주지 않아 섭섭하겠지만 이런 때 며느리가 시어머니에게 미안한 마음을 갖고 잘하면 시어머니는 믿을 것은 며느리뿐이라 생각하고 둘은 더욱 가까워질 것이다. 또한 집안이 편안해 지고 아들은 이해하는 엄마를 다시 보고 효자가 되지 않겠는가. 조금씩 양보하면 된다. 나는 우리 딸들에게 부모에게 잘하면 3대가 복을 받는다는 말이 있으니 시부모에게 잘하라고 얘기해 준다.

며느리가 들어와 내 식구가 되려면 적응이 필요하고 가족들의 배려가 필요하다.

나도 얼마 전에 며느리를 보았는데 아들보다 먼저 며느리를 챙기고 잃어버린 딸을 찾은 것처럼 짠한 마음이 생겨 "내가 이런 사람 아닌 것 같은데 나 맞나…." 생각했다. 며느리를 딸처럼 대하면 안 된다. 딸은 내가 낳은 자식이기에 편하게 얘기를 할 수 있다. 하지만 며느리는 다른 환경에서 자랐기 때문에 서로 조심해야 한다. 요즘은 딸에게 말할 때도 지킬 것은 지켜야 한다. 딸도 결혼하면 한 가정의 안주인이다.

요즘 이혼 변호사들이 TV에 종종 출연해

"그것은 충분히 이혼 사유가 됩니다."

라며 이혼을 부추기는 말을 서슴없이 하는데 아무리 전공이 위자

료 제대로 받게 해서 이혼을 성사시키는 일이라지만 조정을 하는 모습을 보였으면 한다. 이혼하므로 모든 것이 해결되고 낙원이 기다리는 것은 아니다. 낙원은 며칠뿐이라고 한다.

돌싱 프로에서 돌싱들이 이혼한 사정을 얘기하며 후회하고 눈물을 흘리는 것을 보았다. 부모라도 제대로 중재를 했더라면 하는 아쉬움을 가졌다. 이혼을 너무 쉽게 생각했던 것이다.

성격 차이로 이혼을 한다고 하는데 남남이 성격이 같을 수 없고 성격이 같으면 재미없고 곧 싫증이 날 것이다. 사람의 얼굴이 다르듯이 성격도 같을 수 없다.

성격은 서로 이해하고 맞춰 나가는 것이다.

부부 사이에 자존심 너무 세우지 말고 싸우더라도 하루를 넘기지 말아야 한다. 하루 이틀 냉전 상태로 지내다 보면 앙금이 더 쌓이게 된다. 적당한 때 한 사람이 먼저 손 내밀어 얼른 제자리로 돌려놓아야 한다. 그리고 잘잘못을 너무 따지지 말아야 하고 서로를 이해해 나가야 할 것이다. 잘잘못은 따지면 더욱 심각해지게 된다. 결국 '우리는 성격 차이'라는 말이 나오고 마지막 단계로 간다.

남들에게는 교양 있고 상냥하게 대하면서 남편만 보면 쌈닭처럼 말하는 사람들이 있다. 이것은 관계를 악화시키는 일이다. 남자들은 아내가 왜 그런가를 이해하지 못하고 지금의 상태만 보고 판단을 하기에 굳이 그런 모습을 보이지 않는 게 좋다.

때로는 싸움 없이 지냈던 사람들이 나이 들어서 황혼 이혼을 하는 경우가 있다. 그동안 참으며 쌓였던 응어리가 곪아 터져 회생이 불가능한 상태가 온 거다. 젊어서는 싸움도 적당히 해서 자기를 표현해야 한다. 하지만 싸움에 있어서도 선을 넘어서는 안 된다. 여자들은 평생 한으로 남을 수 있으니 여자는 하고 싶은 말을 해도 남자는 가려서 해야 할 것이다. 여자도 남자의 자존심을 건드리는 말은 해서는 안 되고 둘 사이에 폭력은 있어서는 안 된다.

폭력은 지는 자의 비굴함이라 생각한다.

우리 아들의 명언이 있다. 아이들이 초등학교 때 모두 데리고 동해에 피서를 갔다. 차가 오래되 문제가 있어 평소에 남편에게 바꾸자고 몇 번을 얘기 했는데 꿈쩍을 안한다. 피서를 가는 도중에 차에 문제가 생겨 움직이지를 않는 거였다. 나는 드디어 올 것이 왔구나 생각했다. 지금 같으면 아무소리 안 할 텐데 젊었을 때라

"거봐요. 내가 바꾸자고 그렇게 얘기하지 않았나요." 핀잔을 주니 남편은 쥐가 코너에 몰리면 가만히 안 있듯이 나에게 뭐라고 한다. 뒤에서 지켜보던 아들이

"엄마 아빠 사랑해서 결혼하셨잖아요. 싸우지 마세요."

누나들에게 가서는

"누나들 아빠를 이해해야 해. 우리는 남들보다 아이들이 많아 학비도 많이 들고 돈을 아껴야 해서 아빠가 그러는 거야."

우리는 아들로 인해 언제 그랬냐는 듯 평온하게 피서를 마치고 돌

아왔다.

아들이 말한 "사랑해서 결혼하지 않았느냐." 이 말은 우리의 초심을 생각하게 하는 말이다. 남편이 아무리 미워도 초심을 생각한다면 곧 화해가 되리라 생각한다.

아이들은 가정의 행복을 원한다. 나는 혼자 살면서 얻는 행복보다 결혼해서 얻는 행복이 더 클 수 있다고 말해 주고 싶다. 물론 노력이 필요하다.

내가 하고 싶은 것 중에 부부 상담을 하고 싶어 몇 년 전에 유튜브를 개설해 볼까도 생각했다.

주위에 이혼 직전에 갔던 사람들 여럿 설득을 해서 지금 잘 살고 있다. 참 아까운 사람들이 이혼을 많이 한 것 같아 안타까운 마음이다.

남자들이 아내에게 사랑 받는 팁을 하나 알려 주겠다.

칭찬을 아끼지 말고 해 주어라!

"당신이 제일 예쁘다."고 진짜 예쁜 아내가 될 것이다.

이혼 변호사들은 이혼을 성사만 시킬 것이 아니라 중재도 해 주었으면 하는 바람이 있다.

믿음은 긍정을 낳는다, 호의에 감사

　15년 전 은수저 두벌을 사야 할 일이 있었다. 남대문 시장을 지나며 예단 집에 들러서 은수저 두 벌을 고르고 계산을 하는데 현금이 없어서 카드를 건넸다. 단말기가 없어서 카드 결제를 할 수 없다고 한다. 285,000원이었다. 요즘은 간편한 핸드폰 결제가 되지만 그 당시는 그러한 방법이 통용되지 않았다.

　현금이 없어서 다음에 오겠다고 하니 나이가 지긋하신 여사장님이 그냥 갖고 가서 집에서 입금해 달라며 은행 지로 번호를 적은 쪽지를 건네주는 것이다. 내 전화번호나 이름도 물어보지 않는 것이다. 돌아오며 저 사람은 왜 초면인 나에게 이름도 전화번호도 묻지 않았나….

　믿음이 고마워 오자마자 입금을 했다. 아는 사람도 아니고 남대문 시장은 별의별 사람들이 다 모이는 곳인데 사람을 믿고 비싼 물건을 내주다니 감사한 마음을 간직하고 서로 믿을 수 있는 사회가 된다면 얼마나 좋을까 하는 생각이 들게 되었다. 서로 신뢰 할 수 있는 사회….

　송도에 이사 와서 서울로 가기 위해 광역 버스를 타는데 카드를 깜빡 잊고 안 갖고 온 것이다. 없으면 2500원 현금을 내야 하는데 갑자

기 찾으려니 잔돈이 안 보여 난감해하며 내리려고 하는데 젊은 남자 분이

"제가 내드리겠습니다."

하며 대신 내주는 것이었다. 너무 미안하고 고마운 마음에 몸 둘 바를 몰랐다. 인사를 한 후 자리에 앉아 가방을 뒤지니 천 원짜리 몇 장과 동전이 보였다. 고맙다 인사를 하고 건네니 괜찮다며 안 받겠다고 하는데 겨우 쥐어 주었다. 쉬운 일은 아니었을 텐데 감사했다. 덕분에 약속에 늦지 않게 갈 수 있었다. 고마운 분이었다.

또 버스 하면 생각나는 게 있다. 송도와 강남을 잇는 M6405 광역 버스는 우리에게 서울 가는 좋은 교통수단이라 많이들 이용하고 있다. 이 버스 안에서는 규율이 있다. 운전석 뒤에서 전화를 한다거나 큰 소리로 얘기하면 운전에 방해가 되어 뒷자리로 쫓겨 가야 한다. 기사가 왕인 버스다.

그날도 나는 결혼식에 가기 위해 아는 지인을 만나 운전석 건너편 옆자리에 앉게 되었다. 그 친구는 먼저 타고 나는 두 정거장 뒤에 타며 반갑게 같이 앉아 소곤소곤 얘기를 하기 시작했다. 우리가 하는 얘기가 즐거워 보였는지 기사분이

"무슨 얘기를 그렇게 재미있게 하세요. 즐거운 일 있으신가 봐요. 혹시 돌아가실 때 제가 운전하는 버스를 타시면 제가 반값으로 해 드릴게요." 생전 처음 들어 보는 기사님의 호의에 감사하며 내렸다.

결혼식을 축하하고 즐거운 시간을 보내고 돌아오는데 다시 광역

버스를 타게 되었다. 층계를 올라서며 기사님을 쳐다보는 순간 웃음이 터져 나왔다.

아까 그 기사분이었다. 많고 많은 버스 중에 그 기사분 버스를 다시 타다니 나를 보고 기사분도 웃으며

"참, 반값으로 해 드린다고 했지요." 하면서 극구 반값 버튼을 누르는 것이다.

광역 버스에서 떠들지 못하게 하는 이유가 있다. 제3경인고속도로를 달리는데 강남 가는 길이 복잡하다. 잘못하다가는 삼천포로 빠질 수 있기 때문에 운전하는 기사분은 정신을 바짝 차려야 한다. 지금은 버스가 생긴 지 오래되어 길이 익숙해졌고 손님들도 기사님을 배려해서 서로 조심들을 하고 있다. 광역 버스는 우리가 서울을 오가는 유일한 교통수단으로 서로 배려하는 마음에 내릴 때는 수고하셨습니다! 감사합니다! 인사를 나누며 훈훈한 마음으로 이용하고 있다.

우리 동네 송도마트라는 곳이 있다. 물건을 직거래로 갖고 와서 그런지 농수산물시장보다 비싸지 않고 신선해서 많이들 이용을 한다. 그곳은 5만 원 이상을 사야 배달이 가능하다.

어느 날 산책하다 들렀는데 장아찌용 오이가 신선하고 쌌다. 50개가 한 묶음인데 가볍지가 않았다. 배달도 안 되고 그렇다고 필요치 않은 거 가격 맞추려고 살 수도 없고 망설이고 있는데 처음 보는 채소 담당하는 분이 다가오더니

"어머니 오이 사시려고 그러세요?"

"글쎄, 사고 싶은데 배달도 안 되고 다음에 사야겠어요."

"댁이 어디신데요. 제가 댁까지 갖다 드릴게요."

하면서 어깨에 메고 따라오는 것이다. 미안해하는 나에게

"이렇게 무거운 것을 갖고 가시려 하셨어요?"

친절한 호의에 하루 종일 감사한 마음이었다.

또 어느 날 마트에 사과가 만 원에 8개인데 색깔도 좋고 먹음직했다. 맛있어서 며칠 후 다시 찾았는데 6개로 바뀌었다. 옆에 과일 담당 청년에게

"전에는 만 원에 8개였는데 6개네요. 8개 안 되나요?" 하니 "어머니 8개 원하세요? 그럼 8개 하지요." 하더니 마이크를 잡고

"지금부터 사과 8개 만 원에 타임서비스 하겠습니다." 방송을 하는 거였다. ㅋㅋ (나는 마트 주인과는 전혀 상관이 없고 가끔 가는 주민이다)

세상을 긍정적으로 바라보면 좋은 사람을 많이 만나고 나를 해하려는 사람도 돕는 사람으로 바뀌는 것을 볼 수 있다.

오늘은 즐거운 이야기들로 가득 찼다.

엘리자베스 여왕에게 부러운 거 한 가지

여왕은 의연하고 국민들의 사랑을 많이 받았다. 필립 공은 98세로 세상을 떠났고 여왕은 95세로 정신적인 큰 문제없이 국정에 관여하고 있다. 우여곡절을 겪으면서도 여왕은 품위를 지키며 왕권을 굳건하게 지켰다. 25세에 여왕의 자리에 올라 역대 최장기간 왕권을 유지하고 있는 것도 그분의 강인한 통찰력이 아닌가 생각한다.

필립공은 항상 한 걸음 뒤에서 여왕을 보호하며 일하는 데 어려움이 없도록 외조를 잘해 준 멋진 사람이었다.

자녀들로 인한 풍파가 끊이지 않았지만 흔들림 없이 남은 가족과 관계를 유지하고 있다. 가까운 가족이 그의 울타리에서 떠났다.

세기의 결혼식을 올린 며느리 다이애나비는 찰스왕세자와 이혼을 한 후 불의의 사고로 영원한 비운의 왕세자비가 되었다. 둘째 손자 해리 왕자도 쌓였던 불만으로 왕권을 포기하고 할머니 곁을 떠나 미국으로 가고 말았다. 껄끄러운 가족 관계 속에서도 품위를 지키고 있는 여왕은 국민들에게 존경을 받았다. 여왕의 임무에 충실하기 위해서 가정의 희생도 감수해야 하는 아픔도 겪으셨다.

하나님은 공평함을 주신다고 한다. 완벽이라는 것은 존재하지 않고 사람은 약한 존재이다. 우리는 여왕보다 더 많은 복을 받고 있는지도 모른다. 평온한 가족 관계, 건전한 가족 구성원과 살고 있다는 것은 커다란 행복이라 생각한다.

또한 95세의 나이에도 모든 것을 내려놓지 못하고 책임을 다해 끌어안고 있는 뒷면을 보며 오늘의 자유함이 우리를 평온하게 하지 않나 생각해 본다.

내가 여왕을 부러워하는 것은 남편이 98세로 건강하게 부부가 해로했고 여왕도 건강하게 살고 있다는 것이다. 무거운 왕관보다 평범한 것이 행복하다는 생각이 든다. 가치관의 차이는 있겠지만 부귀영화는 겉모습이 아닌가 생각한다.

여왕은 몇 달 뒤 무거운 짐을 내려놓고 홀연히 남편 곁으로 떠나셨다.

가장 우수한 나라

어머니께서 72세에 돌아가시기 전에 항상 하신 말씀이 있으셨다.

"앞으로 세계를 비출 나라가 동양의 조그만 나라에서 나올 텐데 그 나라가 우리나라가 될 것이다." 어머니는 그 말씀을 잊을만하면 한 번씩 하셨다. 그 당시 우리나라는 이웃 일본과도 20년의 차이가 나는 약소국가였다.

어머니의 그 말씀은 내가 1976년 스위스에 발을 디디며 느낀 것과 상통한 면이 있다. 그 당시 내 나이 24세였다. 우리와 비교가 안 되는 국민소득 세계 1위였던 스위스에서 느낀 점과 같았다. 잘사는 나라 사람은 우리와 다를 것이라는 기대를 갖고 스위스에 갔지만 우리나라 사람들과 별 차이가 없어 보였다. 도리어 우리가 더 영특하고 빠릿빠릿하고 부지런해 무한한 가능성을 갖고 있다고 생각이 되었다. 우리나라는 우월한 민족이다. 내가 스위스에서 인정을 받고 나에게 똑똑하다고 할 때

"나는 보통사람으로 우리나라에는 나보다 더 우월하고 똑똑한 사람이 많은데."라고 생각했다. 부지런한 우리가 결코 그들에게 뒤질 것이 없다고 생각했다. 다만 너무 우물 안 개구리로 근시안적으로 살고 있는데 언젠가 자유롭게 세계 무대를 밟는다면 우리도 경쟁에서 지지

않으리라 생각했다. 그게 현실이 되어 우리나라도 선진국 반열에 오르게 되었다. 물론 가치관의 차이는 있다.

지금 우리의 문화 예술 분야는 세계를 석권하고 있다. 미국에서는 한국의 BTS와 블랙핑크에 열광하며 우리나라의 위상이 높아졌고 문화 인식도 많이 바뀌었다고 한다. 과장된 말이지만 유럽에서는 한국인이 없으면 오케스트라를 운영할 수 없다는 말까지 들리고 있다. 삼성, LG 전자제품은 외국 어디에서도 가장 선호하는 제품이 되어 공항에서 깃발이 나부끼며 우리의 자긍심을 높여 주고 있지 않은가.

우리나라는 스위스 할머니가 말했듯이 지도에서 보면 중국의 꼬리에 붙은 것 같은 조그만 나라이다. 어디서 이런 기운이 나오는지… 단합을 하면 세계를 깜짝 놀라게 하는 힘이 폭발적으로 나오는 것 같다.

우리나라의 교육열과 근면 성실함은 자원 중에 가장 으뜸으로 이를 바탕으로 세계에서 가장 빠르게 경제대국에 들어선 나라가 되었다. 급성장하며 우리가 놓친 부분이 있을 것이다.

앞으로 학문부분에서 노벨상도 나와야 할 과제이다.

이제 빨리하며 실수가 있는 것보다 하나를 해도 실수가 없이 하는 우리가 되었으면 좋겠다.

명품은 하자를 용납하지 않는다.

군대를 보낸 부모의 심정

여성들이 싫어하는 군대 이야기를 안 하려고 했는데….

군대를 제대한 남성들이 가장 싫어하는 꿈이 다시 입영통지서 받는 꿈이라고 한다.

병역을 기피하기 위하여 갖가지 술책이 동원이 되더니 이번에는 아들을 뇌전증 환자로 위장을 시켰다는 기사가 나왔다. 물론 아들과 엄마는 법의 심판을 받게 되었다.

남편 친구가 아들을 군대를 보내며 그렇게 엉엉 울었다는 소리를 듣고 의아해했다. 나는 4명의 아이들을 모두 외국에 단기건 장기건 유학을 보냈다. 유학을 보내며 내가 동행하지 않고 모두 혼자 보냈다. 공항에서 얼마나 씩씩하게 나가는지 울거나 슬퍼할 겨를이 없었다.

"나는 멀리 유학 보내면서도 울지를 않았다."고 하니

"유학이랑 군대는 달라요. 군대 한번 보내 보세요."라고 하는 것이다.

나는 딸을 3명 낳고 얻은 아들, 엄마 아빠보다 할머니의 넘치는 사랑에 너무 귀하게 자란 것 같아 평상시 아들을 위해서 군대는 꼭 보내야 한다고 생각했다.

입영통지서가 나오고 드디어 머리를 깎고 입영 날 의정부 306 보충대에 집합을 했다.

"부모님께 인사" 구호에 맞춰 인사하고 몇천 명이 뒤도 못 돌아보고 들어가는 것이다. 내가 계속 서 있다고 아들이 다시 돌아올 것도 아니고 "쯧" 하며

"여보 갑시다." 하니 남편이

"당신 진짜 엄마 맞아?" 하는 것이다.

나는 아들이 들어가는 뒷모습을 보며

"감사합니다. 잘 견뎌 내고 멋진 장환이가 돼서 나오게 해 주세요." 하며 기도를 했다.

부모가 아들을 위해서 해 줄 수 없는 2%를 군대에서 해 줄 거라 생각을 했다. 군대로 인해 나라에 대한 책임감도 생기고 자기 뜻도 굽힐 수 있는 어른이 된다고 생각한다.

아들은 귀하게 태어났지만 외국에 가서 자원봉사 하는 집에서 눈칫밥도 먹었고 더욱이 25세 전에 군대를 통해 겪을 것 다 겪으며 단단해졌다. 이제는 어디를 가나 걱정할 것이 없어진 진짜 사나이가 된 것이다.

우리나라가 짧은 기간 안에 세계를 놀라게 한 경제 대국이 된 이변에는 군대의 공이 있었다고 생각한다. 남자애들이 엄마의 치마폭에서 벗어나지 못하다가 군대를 통해 철이 들고 사나이가 된 것이다.

주위에 아들 군대 보내는 것을 두려워한 몇몇 엄마들이 내 얘기를 듣고 자신감을 갖고 보냈다 해서

"보내며 울었냐?"라고 물어보니

"울긴요." 하는 것이었다.

2년이라는 세월이 아깝지만 평생 살 것을 생각하면 좋은 기회라 생각하고 놓치지 말기를 바란다.

사실 세계에서 몇몇 국가에만 있는 국방의 의무이다. 국가에서는 힘든 병역의 임무를 완수한 군필자들에게 그동안 학업과 하던 일을 중단하고 충성한 보람을 느낄 수 있도록 인센티브를 주어야 할 것이다. 병역의 의무를 남자들에게만 국한할 것이 아니라 여성들에게도 개방해 똑같이 의무에 대한 혜택을 받을 수 있게 했으면 한다. 돈으로 보상을 하기보다는 자긍심을 갖도록 여러 가지 제도 개선을 하는 게 좋지 않나 생각한다.

요즘은 병역의무가 18개월로 많이 단축된 것 같은데 아들을 잘 격려를 해서 자랑스러운 마음으로 보냈으면 한다.

군대는 아들을 철들게 하는 곳이다.

Ⅲ

오늘의 즐거운 이야기

뜻깊은 여고 졸업 50주년 홈커밍데이

평상시 집이 멀다는 이유로 고등학교 동창회 활동을 제대로 하지 못하고 마음만 있었던 나에게 어느 날 전임 회장에게서 연락이 왔다. '회장을 맡아달라고' 뜻밖의 제안이라 생각을 해 봐야 한다고 했는데 얼떨결에 회장이 되고 말았다. 맡고 보니 정신여고 졸업 50주년이라는 커다란 행사가 눈앞에 있었다. 몇 년 동안 코로나로 인해 잠정 중단됐던 동창회 활동이 기지개를 켜고 있는 시점이었다.

처음 맡은 일이라 걱정이 많았다. 임원진을 어렵게 꾸리고 기도로써 일을 진행을 하였다. 카톡방에 80명쯤 올라와 있는데 이 기회에 친구 찾기가 필요하다 생각이 되어 수면 중에 있는 친구 40명을 카톡방에 초대를 해서 120명이 되었다. 또한 들어오면 나가지 않도록 부탁을 했다. 그리고 단합을 위해 반 모임을 조성하고 반대표를 뽑았다. 반 모임을 통해 결속이 되어 더욱 활성화되었고 오랜만에 반 친구들이 모일 수 있는 기회를 갖게 되었다고 즐거워했다.

매해 연회비를 걷는데 이번에 85명이 동참을 해 주었다. 역대급 동참이라 한다. 2개월 만에 회비 걷는 것은 끝내고 다음 단계로 가을 졸업 50주년 기념 여행과 홈커밍데이 행사라는 커다란 과제가 기다리고 있었다.

우리는 몇 년 전 미국을 방문해 50주년 때 다시 미국에서 만나자고 했는데 지금의 코로나 팬데믹 상황에서 외국은 무리라 하여 제주도를 3박 4일로 제2의 장소로 선택을 하였다. 여행사도 알아보았지만 우리가 자체적으로 하자는 임원진들의 의욕에 자체적으로 비행기 편과 숙소를 알아보기 시작했다. 숙소는 제주도 중문 켄싱턴리조트와 위 호텔로 정했다. 46명이 신청을 하였다.

그런데 7월 말부터 코로나 확진자가 10만 명이 넘으며 확진자의 자가 격리가 심해지며 40여 명이 버스 한 대로 가는 것은 위험할 수 있다는 의견이 나왔다. 제주도에서 내과 진료를 하고 있는 친구도 무리라며 걱정을 하였다. 포기하겠다는 친구들이 속속 나오며 공식적인 여행은 취소하고 13명이 단출하게 다녀왔다. 재미있는 계획도 많이 세워 아쉬웠지만 나이도 있고 무리한 일은 피해야 할 것 같아 어쩔 수 없이 내린 결정이었다. 내년 좋은 계절에 졸업 50주년 기념 여행을 계획하기로 했다.

다음 단계로 졸업 50주년 홈커밍 행사를 준비하게 되었다. 회계는 두 가지를 혼자서 걷기 힘들다 하여 부득이 회장인 내가 기부금을 걷게 되었다. 전임 선배님들은 학교에 500만 원 정도 장학금으로 기부하고 행사비로 썼다고 하였다.

우리는 동창회가 활성화가 되어 천만 원 정도는 기부해야 하지 않겠느냐는 의견들이 나왔다. 학교에서는 체육관 건축이 자재비 폭등으로 어려움을 겪고 있으니 체육관 건축 기금으로 도와주었으면 좋겠다는 의견을 주었다.

단톡방에 협조문을 올리며 친구들의 동참을 끌어냈다. 나의 기부를 시작으로 2개월 만에 63명이 동참해 주어 3500만 원이라는 기부금을 걷게 되었다. 그동안 얼굴을 보이지 않았던 친구들이 선뜻 아낌없이 지갑을 열고 동참을 해 준 것이었다. 쓸 것도 많을 텐데 평생 잊을 수 없는 친구들이라 생각한다. 70세면 남편들이 현직에서 떠나 어려울 텐데 아낌없이 후원을 해 주었다. 나는 평생 잊을 수 없는 많은 사랑을 받았다. 또한 "너였으니까 우리가 이렇게 성대하게 행사를 할 수 있다."라고 찬사를 아끼지 않았다. 그 당시는 너무 정신이 없어 무슨 말인지 몰랐는데 지나고 보니 참 꿈같은 일이었다는 생각이 든다. 앞으론 그런 일을 할 기회는 없으리라 생각한다. 작년 한 해 동안 내 머릿속에는 오직 50주년 동창회 행사를 어떻게 잘할 수 있을까 하는 생각뿐이었다. 나의 모든 것을 쏟아 부은 한 해였다.

자식들 결혼시키는 것보다 몇 배 힘이 들었는데 결국 해내고 친구들에게 좋은 추억을 남겨 주었다. 기부는 돈의 많고 적음을 떠나 마음이 중요하다고 생각한다. 몇 친구가 큰 금액을 낸 것보다 많은 친구들이 동참을 해 주어 더욱 감사했다. 20명 가까이 백만 원 이상 기부를 해 주었고 그 외 50, 30, 20만 원 등 모두 감사했고 귀한 기부였다.

우리는 홈커밍데이 행사 장소를 어디로 할까 물색을 하다가 학교는 코로나로 출입이 제한이 되었다 하여 강남 조선 팰리스 호텔을 택하게 되었다. 전·현직 교장선생님 3분과 동문회장님을 초청을 하여 66명이 참석을 하였다. 예배와 공식행사가 이어지고 우리는 교장선생님께 예상보다 큰 2천만 원을 기부금으로 전달할 수 있었다. 이어지는 맛난 음식과 여흥으로 성대하게 치를 수 있었다. 여흥 시간에는 레크리에이션 강사도 초빙하고 각 반들이 나와 즐거운 장기도 보여주어 3시간 반이 금방 지나갔다. 사진 촬영기사도 초빙해 영상과 사진도 많이 찍을 수 있었다.

모든 순서는 PPT로 만들어 빔으로 띄워 주었다.

행사를 진행하며 보이지 않는 돕는 손길들이 있었고 나의 도움 요청에 모두가 발 벗고 나서서 힘을 합해 준 덕분에 가능했다고 생각한다. 기부금 외에 에코백을 100개를 손수 만들어 들고 온 친구도 있었다. 몇 친구들이 모여 한 땀 한 땀 도왔다고 한다. 그 외 많은 친구들이 재능기부를 아낌없이 해 주었다.

행사비와 기부금으로 생각보다 많은 금액이 걷혔지만 우리 임원진은 회의를 할 때 식사와 커피 값은 모두 우리 자비로 하고 회비는 온전히 기부와 행사비로만 지출했다. 행사비도 철저한 시장조사로 한 푼도 허투루 쓰지 않았다. 일 년간 수고 했는데 회비로 밥 한번 못 사 먹느냐는 말도 있었지만 다독이고 다 끝난 후 지출 없이 멋진 곳에서 임원진들과 뒤풀이를 할 수 있었다.

기부금 중 남은 돈은 차기회장에게 인수해서 내년 가을에 좋은 날을 정해 올해 못 간 졸업 50주년 여행을 갈 예정이다. 이번 졸업 50주년을 계기로 우리가 더욱 결속이 되고 앞으로 나이에 얽매이지 않고 활기찬 인생을 살기를 바라는 마음이다.

올해는 나에게도 벅찬 한 해였다. 친구들의 모교사랑과 따뜻한 마음에 다시 한번 고개를 숙입니다.

"우리 용희 회장님 유능한 거인입니다.
그간 어려운 문제 잘 풀고
많은 친구들이 참석하여 모두 즐겁고
아름다운 추억을 간직하게 해 주고
50주년 잔치를 훌륭히 마쳐 진심으로 감사…
드레스도 예쁘고 우아한 우리 용희 회장님
어제 돋보여 자랑스러웠어
우리의 보석이지
모두들 같은 마음으로 감사할 거야
휴식으로 그간의 피로를 잘 풀기 바라며." (친구)

"용희 회장님!
그간의 애씀이 좋은 결과로 맺어져서

친구들이 매우 뜻있고 즐거운 시간을 갖게 됐음을
참석 못 한 친구지만 참으로 고맙게 생각해.
용희 회장님!
고생 많으셨소.
기쁨 또한 크리라 생각 듭니다.
용희야! 정말로 큰 행사 책임감 갖고 치르려니 고생
했지?
애썼어! 고맙고!" (친구)

"선배님 오늘 귀한 자리에 초대해 주셔서
정말 감사합니다.
선배님들의 아름다운 홈커밍 행사에
함께 할 수 있어 너무 즐거웠습니다.
이렇게 멋진 선배님들이 계셔서 정말 자랑스럽고
저 또한 정신 동문인 것이 뿌듯합니다.
특별히 노래선교단 선배님이 14명이나
함께 참여하시고 축가도 해 주셔서
노래선교단 후배로서 더욱 좋았습니다.
동문 선배님들의 도움이 학교에는
정말 큰 힘이 되는 것을 매일매일
체험하고 있습니다.

정말 정말 기쁘고 감사했습니다.

59기 선배님들 모두 모두 건강하시고

하나님의 크신 축복 누리시길 바랍니다."

정신여중 박○○ 올림 (교장선생님)

그 외 많은 감사인사를 받았다.

2022년 10월 24일

자랑스러운 정신여고 졸업59기 동기들(홈커밍데이)

칠순을 맞이하여

올 초에 아들이 "엄마 생신 어떻게 할까요?" 하니 남편이 "올해 엄마가 칠순이니 외갓집 식구들을 초대를 하여라."라고 했다. 아들딸들이 나서서 칠순 잔치를 성의껏 해 주었다. 만류하고 싶었지만 성의를 받아들이는 게 부모로서 도리인 것 같아 감사히 생각하여 직계만 초대했다. 남편은 코로나 상황으로 칠순을 제대로 못 차려서 엄마와 같이 하라고 일렀다.

그리고 나는 내가 몇십 년 전부터 틈틈이 써 왔던 글을 집필하고 싶었다. 내가 처음 글을 집필해야겠다고 생각했을 때는 큰딸이 결혼해서 얼마 안 된 후였다. 그동안 15년이 흘렀고 오랜 기간 써 온 대작이다. 그동안 1남 3녀가 모두 결혼을 하였다.

큰딸은 스탠퍼드 대학 박사 부부로 1남 1녀를 낳아 미국에서 육아에 소홀함이 없이 잘 키우고 있다.

둘째는 사위가 현대자동차 차장으로 있으며 장미의 가시가 달린 아내를 잘 보듬고 예쁜 딸을 낳아 재미있게 키우고 있다. 둘째 딸도 아이 예쁠 때 엄마가 키워야 한다며 신세계인터내셔널 직장을 그만두고 행복하게 육아에 전념하고 있다.

셋째 딸은 미국에서 치과대학을 이번 5월에 졸업하고 NYU 치과대학병원에 레지던트로 일하고 있다.

피아니스트가 미국에서 석사공부 끝내고 다시 시작해 치과의사가 된 것이다. 배우자는 샌프란시스코 큰언니 집에 놀러 갔다가 스탠퍼드대학에서 만난 공학박사로 10년 연애 끝에 결혼을 했다. 사위는 뉴욕 JP 모건 재정분야 vice president로 있다.

우리 막내아들은 작년에 결혼하고 2월에 4.2킬로의 떡두꺼비 같은 아들을 낳았다. 며느리도 아주 맘에 드는 규수였다.

아들은 이번에 삼성전자 과장으로 이직을 했다. 며느리는 서울에서 초등학교 선생님인데 육아휴직에 들어갔다. 며느리가 결혼 전에 인사하러 왔을 때 첫눈에 보고 맘에 들어 안심이 되었다. 밝고 현명해 보여 앞으로 우리 가정을 잘 이끌어 갈 거라는 믿음이 있었다. 사실 며느리를 만나기 전에 걱정을 많이 하며 기도했다. 아들이 사랑하는 여자를 나도 사랑해야 할 텐데… 응답해 주신 것 같다.

자녀들을 통해 손자 2명 손녀 2명 모두 4명의 손주를 보았다. 가족이 2명에서 14명이 된 것이다. 앞으로 몇 명이 더 생기지 않을까 기대해 본다.

우리는 남남이 만났는데 맺어질 연이었는지 나와 막내사위, 큰사위와 며느리, 막내딸과 둘째 사위가 생일이 같다. 날짜 기억에 유난히 둔한 나에게 아주 잘된 일인 것 같다.

모두가 돈독한 신앙을 갖고 바르게 살아가는 모습이 감사하다. 남편부터 우리 가족은 술 담배는 거의 하지 않는다.

하지만 모두 모이면 와인 정도는 마신다.

이번에 미국에서 막내딸 졸업식에 아빠가 교수들과 같이 입장해서 딸에게 졸업장을 수여하며 우리에게 주어진 마지막 기회를 멋지게 장식해 주었다. 돌아오는 비행기에서 남편은 "그동안 4남매 키우느라 수고가 많았다."며 내손을 꼭 잡아주었다. 칭찬도 아끼지 않았다.

"단상에서 보니 당신이 제일 우아하고 눈에 띄었다고." 사랑받기에 부족함이 없는 남자다.

칠순을 맞이해 인생을 한번 돌아보는 기회가 된 것 같고 70살은 lucky seven으로 시작되는 새로움의 시작이라 생각 합니다.

2023년 9월

에필로그

    나의 지나온 시간을 그래프로 그리는 시간이 있었습니다. 30년간 상승 곡선을 그리다 결혼을 하며 갑자기 힘든 환경에서 헤어나지를 못하다가 하나님을 만나고 자식을 키우며 다시 상승 곡선을 타게 되어 오늘이 있게 된 것 같습니다. 항상 긍정의 마인드를 놓지 않고 어려움을 딛고 일어난 사람만이 참 행복을 느낄 것입니다.

    나의 스위스에서의 생활과 옛이야기를 통해 많은 분들에게 희망을 주고 싶어 몇십 년 동안 느끼며 쓴 글을 모아 책으로 내게 되었습니다. 글을 쓰는 시간은 나에게 행복을 주는 시간이었습니다. 옛날이야기로 묻혀질 우리나라의 1960년대 전·후반의 기억이 많이 생각이나 글로써 쓸 수 있어 다행이었습니다. 한없이 떠오르는 소재로 쓴 글이 더 많았지만 일부를 추려서 정리 했습니다. 몇십 번을 다듬고 다듬어서 완성한 글입니다.

    나의 성장기와 아들딸을 키우며 엄마로서 나누는 이야기를 보며 새삼 그때가 떠올랐습니다. 후반 수필 부분에서는 옛날에 적었던 글들이 우리나라의 격동기를 보는 것 같고 젊은 사람들은 이해가 안 되는 부분도 있겠지만 공감을 같이 나누었으면 합니다. 저의 당돌한 면도 없지 않았지요. 선천적으로 타고난 기질인 것 같습니다.

작년에는 아들을 결혼시키며 요즘 같은 때 4남매를 모두 결혼시켰다고 성공했다고들 하시는데 여러분들도 같은 소원 이루시기를 바라겠습니다.

70년 살아온 세월 동안 남들보다 더 많은 일을 감당해야 했고 이겨나가니 오늘의 행복을 주신 것 같습니다.

막내 시누이가 결혼하기 전날 한복을 곱게 입고 우리 방에 와서 오빠 언니 수고하셨다며 큰절을 하는 감동도 있었습니다. 시어머니는 고맙다는 말을 남기시고 가셨습니다.

저는 남편의 사랑을 듬뿍 받으며 아들딸 각자 가정을 이루고 건전하게 사회의 일원으로 열심히 살고 있습니다.

앞으로 저의 부족한 부분을 채워 봉사하며 살고자 합니다. 나를 도구로 써 주신 하나님께 감사드립니다.

저의 꾸밈없이 솔직한 글을 읽어 주신 모든 분들께 감사드리며 여러분의 앞날에 《희망의 단비를 맞으며》를 통해 희망을 갖고 행복하시기 바랍니다. 사랑합니다!!

희망의 단비를 맞으며

ⓒ 김용희, 2023

초판 1쇄 발행 2023년 11월 20일

지은이   김용희
펴낸이   이기봉
편집   좋은땅 편집팀
펴낸곳   도서출판 좋은땅
주소   서울특별시 마포구 양화로12길 26 지월드빌딩 (서교동 395-7)
전화   02)374-8616~7
팩스   02)374-8614
이메일   gworldbook@naver.com
홈페이지   www.g-world.co.kr

ISBN   979-11-388-2505-4 (03810)